默默安然 著

图书在版编目（CIP）数据

以"声"相许 / 默默安然著.
— 武汉：长江出版社，2018.8
ISBN 978-7-5492-5878-9

Ⅰ.①以… Ⅱ.①默… Ⅲ.①长篇小说-中国-当代 Ⅳ.①I247.5

中国版本图书馆CIP数据核字(2018)第182799号

以"声"相许 / 默默安然 著

出　　版	长江出版社
	（武汉市解放大道1863号 邮政编码：430010）
选题策划	漫工厂产品部
	（湖北省武汉市洪山区南湖城投瀚城311 邮政编码：430079）
市场发行	长江出版社发行部
网　　址	http://www.cjpress.com.cn
责任编辑	张艳艳
特约编辑	耿　婷
装帧设计	米杰罗
印　　刷	武汉立信邦和彩色印刷有限公司
版　　次	2018年8月第1版
印　　次	2018年8月第1次印刷
开　　本	787mm×1092mm　1/32
印　　张	8.5
字　　数	235千字
书　　号	ISBN 978-7-5492-5878-9
定　　价	34.80元

版权所有，翻版必究。如有质量问题，请联系本社退换。
电话：027-82926557（总编室）027-82926806（市场营销部）

005	楔　子	CHAPTER·00
008	音　痴	CHAPTER·01
022	变　声	CHAPTER·02
038	吃	CHAPTER·03
056	卖　艺	CHAPTER·04
073	浪漫绝缘体	CHAPTER·05
090	嘴　硬	CHAPTER·06
108	隐　藏	CHAPTER·07
135	较　劲	CHAPTER·08
157	套　路	CHAPTER·09
182	嘴　甜	CHAPTER·10
205	戏　精	CHAPTER·11
233	爱与梦	CHAPTER·12
265	◇　◇	番外一
269	◇◇◇	番外二
271	后记．论声控的养成姿势	

楔子

CHAPTER 00

晚上八点,正是吃过晚饭也消了食,和小伙伴打几局游戏或者和女朋友卿卿我我的大好时间。高木木却一个人蹲在狭小的操作室里,里面是控制外墙上那面巨大电视墙的一些机器。他连灯都没开,连上了自己的电脑,准备把一个文件拷贝过去,里面是过几天卡拉 OK 比赛决赛的预告片。

正在这时,QQ 抖动出一个对话框,吓了他一跳。不用看名字,他就知道是谁。他拍了下脑门,这才想起更要紧的事,他点了下右下角的日历,发现今天是周四,大事不妙了。

"你稍安毋躁,稍安毋躁……"

高木木一面安抚对面的辛丸子(当然没什么用,对面已经机关枪一样骂了一堆了),一面赶紧打开了视频通话软件。扎着一个通天辫,还绑着一根粉色发带,穿着小黄人大 T 恤的辛丸子,很快出现在了屏幕上。

"你这打扮……"高木木哭笑不得地拧了拧眉头,"日本的流行趋势不太对劲啊。"

辛丸子哪里由得他这样转移关注点,气沉丹田地吼了一句:"高木木!这才过了多久!你就忘了!"

高木木本来是蹲着的,双手都用来堵耳朵,一屁股就坐在了地上。

"我这两天课太满了,实在是忙晕了,这会儿还在……"

"人家都说到手了就变个样儿,果然是真的,"辛丸子两只手握着拳在眼睛前面转啊转,"这日子没法过了……"

本来心里是真有点愧疚的,所以高木木都没加紧和她斗嘴。不过看到她这个反应,他就松了心。要说他这个女朋友最大的优点可能就是,粗神经——不,是大度,大度。

三个月前,辛丸子去了日本,念声优学校——说实话,他也不太懂——他留在国内,继续读研。他们约定好,每周四北京时间晚上八点视频通话。结果他今天吃完饭就急忙忙来做这个,居然没想起来。

"好了好了,我明天就去给你寄零食大礼包。"

"还有水果。"

"水果寄过去都坏了。"

辛丸子下巴搁在桌子上,嘟着嘴,瞬间换成了动画片里才会有的小女孩的声音:"叔叔,这里的水果太贵了,呜呜呜……"

高木木立刻双手举过头顶投降:"好好好,水果。"

"说到做到!明天给我发快递单的照片!哈哈哈哈哈!"辛丸子得意扬扬,夸张地仰天大笑,终于想到问,"你在干什么啊?怎么后面黑漆漆的?"

"我在往其他电脑里拷点东西。早弄完了。"

说着高木木站起来去拔数据线,忽然他发现了窗外有奇怪的光照进来。他心里有非常不好的预感,这事儿他实在太熟悉了。他站起来,从唯一的一扇小窗户往外望,看不见外面的电视墙,但能看到对面楼玻璃上的投影。

还有楼下的围观群众。

"怎么了?"辛丸子对突然看不见人感到莫名其妙。

"你知道吗?"高木木笑了,"你上电视了。"

"什么?"

"你等着!"

他刚刚完全没注意机器是开着的,而且连通着屏幕,他和辛丸子的视频过程都直播了。不过反正都发生了,高木木干脆一不做二不休,抱着笔记本跑下楼,在大家的哄笑声里站到电视墙对面,把摄像头对准大屏幕。辛丸子看见了自己独树一帜的造型和惊讶的脸。

"啊——"她双手捂住脸,一声惨叫。

所幸是只有画面没有声音,大家听不见他们说什么,只能看到辛丸子夸张的表情。高木木看着辛丸子的一系列表情动作被放大了好多倍,居然笑得停不下来。

要说他女朋友比较不明显的一个优点,就是可爱——大概只有他懂得欣赏了。

"先别挂。"

高木木怕她挂掉,赶紧把电脑转回来,正对着屏幕,字正腔圆地说,"我爱你。"

辛丸子整个人都凝固了……虽说他俩也是老夫老妻了,但这好像是他们第一次正式接触"我爱你"这个句式。这不是他们的惯用剧本啊。可是她还是瞬间脸红,心里像揣着只跳着脚的闹钟一样。

"我……我也……"她双手捧着脸,就快遮住眼睛了,"啊,啊,你知道的。我挂了啦!"

电视墙上回归系统界面。高木木心满意足合上电脑,全然不管周围骚动的群众,径直上楼去关上机器,然后扬长而去。

CHAPTER 01 音痴

✧ 1

其实在校庆那天之前,大家对于辛丸子的印象还是极好的。学校里绝大部分人都认得她,或者说认得她的声音。几乎每天她都会收到陌生人的信笺,抑或是身边的人给她带话,说有人要和她做朋友。唯一可惜的是,里面没一封是情书。全都是——"7月新番哪个值得追""女生到底怎么发出来像男生的声音啊""阿银和十四如果要你选一个当男朋友,你选谁"……这类莫名其妙的。

那简直是辛丸子的人生巅峰——直到校庆那天为止。

如果是普通的校庆还好,偏偏是建校80周年的大庆,他们那届大一新生是重头戏。报名表上,辛丸子的节目是"唱歌组,通俗"。

为此她焦虑了一周,终于打定主意,到了校庆当天就装病,或者躲起来,说什么也不能去。结果她光顾着焦虑,忘了交作业期限,等到回过神来,才发现已经是最后一天。她熬了个通宵,赶完了作业,发到了老师邮箱,但还是晚了一点。思前想后不放心,她买了早点跑去老师办公室献殷勤,结果一进门发现有个同班女生抢在了她前面,而且老师已经有早点了。

"行了行了,看在校庆的分上,走吧,走吧。"

还不等辛丸子开口,老师不耐烦地甩了甩手。辛丸子立刻转身,顺势咬了一口手里的煎饼果子。

"你现在也去礼堂吧。"没走两步,女同学追上了她,"我们一起过去吧。"

辛丸子吃得正嗨，一边使劲儿往下咽，一边使劲儿摇头，含糊地解释："不、不……我感冒……"

"这么巧！我也感冒！"

巧个头啊！难不成这世上同一天感冒的人都是失散多年的亲姐妹吗！辛丸子强忍着吐槽的冲动，伸手在自己脑门上一通猛搓，直到印堂发红，然后摆出可怜兮兮的脸，认真地说："我真不舒服，我还是不去了，不信你摸，我好像有点发烧。"

女同学真的伸手摸，辛丸子被她手心烫的一哆嗦，在心里默默翻了个白眼。

"挺凉的啊。告诉你，感冒更要多运动，出出汗就好了。走啦！"

不顾辛丸子的垂死挣扎，女同学硬是推着她到了礼堂。她实在想不通，她跟这同学平时半点也不熟，顶多就是擦身而过问句"吃了吗"的程度，今天怎么这么"好心"。她甚至怀疑，这是高木木的阴谋。

但她没敢问。万一不是，还暴露了她和高木木的"关系"，就太糟糕了。这点智慧她还是有的。

因为认识她的人多，刚一进礼堂她就被负责唱歌的学长逮到，直接拎进了后台。两个学姐围上来，对她的穿衣品味毫不吝啬地投以鄙视。其中一个拿了条自己的裙子，推着她到一块破帘子后面："快换！"

"为什么一定要换……"辛丸子看了看自己穿的T恤牛仔裤，挺正常的啊。再说天气也挺凉的了，穿裙子多冷啊。

"你可是我们今天的王牌！怎么能穿得那么普通！快换，出来我给你化妆！"学姐一把拉上了帘子。

王牌？是什么？好吃吗？辛丸子提着那条裙子，欲哭无泪。

她只知道，撑过去今天，她一定要吊打高木木。

换好衣服，辛丸子被按在椅子上化妆，这期间身后人来人往的，好多人拿手机放歌，还有穿着奇怪演出服的人走过。辛丸子一直分神，猛地一看镜子，吓了一大跳。

"没想到你化了妆变化还挺大的嘛。"学姐满意地拍了拍手。

嗯,以前还算是现代知识分子,现在像古代媒婆。辛丸子想咬舌自尽。但她怕疼。

唱歌的环节排在第一个,算热场子的。辛丸子得到的果然是王牌待遇,被放在了最后压轴。其他人都准备得差不多之后,负责放伴奏的学长朝她伸手:"你的伴奏。"

"没有。"

"什么?"学长以为自己听错了。

"我说,没有。"辛丸子一脸生无可恋,她指了指电脑,"你那里有富裕的吗,给我看看。"

她蹲在那儿翻人家下好的伴奏,本身她会的流行歌就不多,其中正经拿得出手的更少。更何况她想找一首调最平,只要是人就唱不走调的。

"如果,我唱小苹果,你们会揍我吗?"辛丸子回过头,看到背后所有人的表情,"好了,我知道了。那……就这个吧。"

她伸手一指,陈绮贞的《旅行的意义》。

虽然大家对压轴选这种小清新的曲子不太满意,不过想了想她的声音,还是充满了期待。

其实她只是觉得这首歌从头到尾调都一样而已,当然了,其实她五音不全到根本分不清什么是调。

辛丸子趴在后台口,看着前面的人一个个都是麦霸水准,最起码也是中规中矩。而且大家都轻轻松松,好像在说这年头谁还不会唱首歌啊。

她就不会啊!辛丸子在心里号叫。

不行不行不行……辛丸子站在那儿,膝盖打架。她总有种预感,她继续待下去肯定会出大乱子。卫生间在外面,如果她尿遁……只有这个办法了!辛丸子决定了之后,尽量面不改色地往外溜,做好准备如果有人叫住她,她就说去厕所。但并没有人注意她,她顺利绕了出来。舞台上一个人刚唱完,主持人走上去，她也没停下，一门心思拨开人往外走。

"下面一位演唱者，辛丸子。"主持人毫无停顿地说，"大家欢迎她上台。"

掌声堵住了辛丸子的去路，她僵在那里，保持着面向大门的姿势，回头看着舞台。

不是说好压轴的吗！这才中间啊！人和人之间基本的信任呢！辛丸子走也不是留也不是，主持人在台上也很尴尬。两个人跑出来，一边一个架住她，直接就把她从侧面推上了舞台。"主持人拿错流程单了，那是之前的，不过没关系，你就上吧。"学长还冲她比了个加油的手势。

辛丸子努力摆出正经脸，走到舞台中间。校领导都坐在下面，她好像还看见了某个少白头的英语老师。她想起自己不可能过得去的四级，忽然悲从中来。身后的伴奏，流水一般温柔地从她背后滑过。等她想起来开口，早就不知道该到哪儿了。她也完全不在意，还是从第一句开始唱。

"你熟记书本里每一句 / 你最爱的真理 / 却说不出你爱我的原因 / 却说不出你欣赏我哪一种表情 / 却说不出在什么场合我曾让你动心……"

辛丸子由衷地觉得自己今天的发挥不错，唱到中途，她都沉浸其中了，好像底下的人都不见了，自己就是那颗夜空中最亮的星。

直到最后一个音符收起，辛丸子鞠了个躬，直起腰的瞬间，她才看清楚底下人的表情。如果画成漫画的话，估计就是彩色变黑白，头发变爆炸头，嘴张成四方形，背后是代表一片死寂的"——"，或者十分不淡定的"！"。

没错，所有人都是一副惊魂未定的石化表情，唯独只有校长，临危不乱，从口袋掏出了类似速效救心丸的东西。

辛丸子狠狠咽了咽口水，小步往后台跑，藏到幕帘后面的一刻，她听到了礼堂里夸张的爆笑声，甚至还有人吹起了像嘘声的口哨。

她双手捂着脸，蹲了下去。

✧2

高木木赶到礼堂的时候，一切都来不及了。

他不知道自己千叮咛万嘱咐"装病",辛丸子为什么还是上台了。他只知道自己刚一推开礼堂的门,就看见穿着一条惨白裙子,脸上两坨高原红,在舞台花花绿绿的打光下面演僵尸,哦不,马上要唱歌的辛丸子。

他下意识捂住了耳朵,怎奈穿透力太强,根本不是人类抵御得了的。

该怎么形容呢?就好像伴奏是伴奏,她是她,根本不是一个画风。按理说,这歌只要一句唱对,后面的应该不会差到哪里去,但偏偏辛丸子就是有能力,每一句都有不同的诠释。有时候是从开口就一塌糊涂,有时候大半句都是对的,让人大松一口气,刚想夸,最后两个字莫名其妙就拐了弯……总之听她唱歌真的太具有娱乐性了。无论是给她递一副快板,还是配一只二胡,似乎都能相得益彰。

高木木为她高超的演绎而折服,一直到她唱完才敢靠近舞台,趁着音乐还没收束的几秒钟,溜进了后台。

一进后台他就感受到了诡异的氛围,大家面面相觑,沉浸在一种想笑又不敢笑的纠结里。他找到了陈染,作为主持人的陈染更难办,等下还要面对下台的辛丸子,和底下吵闹的观众。

"我还以为你开玩笑呢,没想到……"陈染的脸色很不好。

"哈哈,"高木木笑笑,"我说了,别人唱歌要钱,她唱歌要命。"

陈染也跟着笑了起来。

不知怎的,她感觉自己的笑声好像有回音,她下意识往台口看了看,就看见辛丸子站在那儿,双眼正朝她放冷箭。

高木木显然也看见了,不仅如此,他终于知道回音是从哪儿来的了。陈染随身带的麦没关,而控制的人早已经迫不及待切到了主持那一档。

他们刚刚的对话对着全礼堂的人直播了,全校都听到他那句"别人唱歌要钱,她唱歌要命"了。

无恶意的玩笑话,太多人听到,太多人传,就成了恶意。高木木懂得这个道理。

显然,辛丸子就是那么觉得的。不等解释,她撒腿就往礼堂外面跑。

高木木拍了拍陈染的肩膀，让她安心，转身就去追辛丸子。

"等等，辛丸子，你等等！"

两个人跑出了礼堂，路上清静极了，高木木也就没顾忌什么，大叫了起来。

"鬼才会等你！"辛丸子嘴里说得坚挺，奈何太过缺乏运动，没跑几步就气喘吁吁降了速。

"停！"高木木踩着一旁的花池边，一个旋转跳跃就落到了她面前，展开双臂堵住去路，"我……"

辛丸子一弯腰，从他胳膊底下钻了过去。

高木木不甘示弱，伸手勾住了她的裙子带。

"放开啦！"辛丸子也不敢再往前跑。这该死的裙子，两边的带子就是人工系的结。万一挣扎掉了，那她岂不是清白不保。

"你好好听我解释，我就放手。"

"好好好，我听。"辛丸子叉着腰转过身，飞起就是一脚。幸好高木木早有准备，放开手的同时已经向后跳开了。辛丸子没踢着他，心里的气哪里消得下去，"你得赔我精神损失费！本来就是因为你，我才来的！"

"一个月的四喜丸子，成不？"

"不行，得两个月……"

就在辛丸子要对肉妥协时，她看到远处的礼堂门开了，一下子涌出好多人来。有的人在打电话，还有好多在原地转圈。"结束了？"辛丸子有点奇怪，难不成她的杀伤力大到让校庆提前结束了？

高木木回过头，眯了眯眼睛："好像有事，回去看看。"

说着，他下意识拽了一把辛丸子的胳膊。让他没想到的是，辛丸子终于逮到这个机会，稳准狠地反手在他手臂内侧拧了一把。那一瞬间，高木木明显感觉自己后背的汗毛全竖了起来。

"怎么会有你这种女人啊！"他揉着胳膊问，"以后哪个男人敢牵你手啊！一不小心就残废了！"

"我想起来了，"辛丸子揉着自己的手指，摇头晃脑从高木木身边走过，"再加一个月的红烧猪蹄。"

怎么会有女人看着自己的手想起猪蹄，高木木想着这个问题，但没有说出口。

他俩走回礼堂，发现校庆真的停了，一片乱糟糟的。"不会真的因为我吧？"辛丸子小声嘀咕。

"不会，除非你有超能力……"

高木木的话音未落，他们就从人群缝隙里看见了一个人躺在舞台上。显然这情况比校庆结束还糟糕。高木木一脸震惊转过头，问辛丸子："你真的有超能力啊？"

辛丸子把手指关节掰得咯吱咯吱响，恶狠狠地答："是啊。你要不要试试啊？"

"不了不了，女侠饶命！"

高木木有点好奇地挤过去，可是看清了躺在地上的人的脸的瞬间就僵住了。辛丸子看出他表情不对，刚还嘻嘻哈哈的，这会儿却跟吃坏东西一样。她也走了过去，然后她也吃坏了东西。

地上躺着的，看上去毫无知觉的女生，是陈染。

✧3

一旁的人给他们绘声绘色讲解了刚刚他们出去后，究竟发生了什么事。

辛丸子下台以后，底下哄闹了好久才平静，陈染也过了好久才重新回来。礼堂里都是灯光，谁也看不出她脸色对不对，也没人在意。她继续主持，但没说两句，就表现出非常不舒服的样子。站在台口的人跑过来问她怎么了，她摇了摇头，然后咣当就倒在了地上。

辛丸子跟陈染不熟，也就公共课见过几面，有一丁点印象。不过她忽然想到陈染和高木木是一个班的，看上去还关系匪浅呢，怪不得刚刚一起吐槽她。辛丸子想着就斜了高木木一眼，却发现高木木仍旧是一脸忧愁地看着陈染。

关心同班同学也是对的……可辛丸子却听见了自己磨牙的声音,跟磨刀霍霍有点异曲同工。

救护车来了之后,大家把陈染护送上车,她平日关系最好的一个闺蜜,还有一个老师,陪同着一起去了医院。发生了这种变故,校庆也没有继续进行,留下一堆人在礼堂里无所事事。忽然一个男生注意到了辛丸子,开玩笑地说:"该不会是被你吓晕的吧!"

"说什么呢……"

不等辛丸子还嘴,四周的同学们都已经大笑了起来,一群人又像开玩笑,却又言之凿凿地对她说:"肯定是被你吓着了。"

虽然说辛丸子不是个记仇的人,已经打算接受两个月丸子加一个月猪蹄的精神赔偿了。可此刻,别扭的感觉又从心底漫了上来。她是一根筋,但她很有自尊心。

她气鼓鼓瞪了高木木一眼,在散不掉的揶揄声里跑了出去。

高木木下意识想追,迈了两步却还是停了下来。他知道这次辛丸子是真有点生气了,可现在也不是解释的好时机。

让大家没想到的是,陈染的病还挺严重的。是一个大家都不太熟悉的叫作美尼尔的病症。似乎是有一些遗传因素在,她从很小就患了。发病的时候主要是耳鸣头晕,严重了就会晕倒。不过她已经很多年没发展到晕倒的程度了,绝大多数时候她可以用药物控制得很好。

在知道了这个之后,很多人的反应居然是:"啊,果然是被辛丸子吓得。"

玩笑说一遍两遍,或许还能在心里劝自己是个开得起玩笑的人。但耳朵一直充斥着同一个玩笑,心里就只有"闭嘴"两个字回敬了吧。辛丸子觉得自己委屈得都能人工降雪了,但实际上她却只能窝在宿舍不见人。

她跟高木木这个梁子算是结定了!遇见高木木之后,她觉得自己完全可以写一本名叫《论和一个人结500次梁子的方法》的书——但是一定没有销路,谁会像她这么倒霉啊!

那段日子,高木木有几次似乎是想靠过来跟她解释下,但都被她浑身散发出的煞气堵了回去。然后改成了信息攻击——

"今天晚上来社团开会。"——商量取消社团吗?

"再不来就开除你。"——没关系啊,总共六个人。

"你这人到底是怎么回事啊,怎么能一边生气一边耍贫嘴啊!"——特长,不行啊?

这还真是辛丸子的特长,她永远不懂最高段位的吵架是冷战。让她不说话,那还不如让她投降。小时候和家门口小伙伴打架,对方要么就一声不吭揪住她的辫子,要么就是回家告状。唯独她,哪怕是处在弱势也好,她都得去讲个理,想说的话说不出来,那才真是要她的命。所以每次她都不知好歹地跑去砸人家门,然后对方自然而然以为她是上门讲和的。也因为这样,从小到大,周围的大人们都说,丸子从小就是个大气的孩子。

大气个头啊!她根本不是讲和去的!

所以这次辛丸子发誓,她能回简讯就绝不接电话,能接电话就绝不当面说。她的硬气根本维持不了多久,她清楚极了。

可是道高一尺魔高一丈,高木木总有方法能把她那点可以称作优点的好奇心勾起来。下了课她去图书馆还书,就看见高木木抱着个大箱子站在图书馆门口。她本来下意识想跑的,可盯着箱子的视线却硬是拽着她停在了那儿。

那箱子上好像写着什么字,可惜她多少有点近视,所以只能靠近了去看。高木木其实早看见她了,就等着她自投罗网。等到距离近了高木木突然跳过去一把把她揪住,露出满口牙嘿嘿一笑:"正好,走,跟我去社团。"

辛丸子的注意力还在那个似乎是用红纸包着的纸箱子上,根本没反应过来。高木木抱起那个箱子,塞在她怀里,说:"既然那么喜欢,送你了。"

"这么贵重的礼物,我无福消受,还是还你吧。"

辛丸子掂了掂那个箱子，立刻就明白了，那是个空箱子，轻得连卖废品的价值都没有。她知道自己又被高木木坑了。她把箱子丢还给高木木，转身就想跑。可惜这回她穿的是带领子的衣服，安全得不得了。高木木丝毫没有手下留情，拎着她的领子，直接拽进了图书馆旁边的教学楼。

该死，她这才明白高木木为什么在这里堵截她——不是知道她要还书，而是这里离他们社团教室最近！

"死木头，你犯罪等级直线攀升啊！"为了不被自己的领口勒死，辛丸子只能倒退着跟着高木木跑，"以前还是骗，现在改抢了！"

"就你这点形容能力，别跟人家说你是中文系的。这明明是绑票。"

"难不成你还想撕票？"

"那得看你表现怎么样了！"

教室的门被推开，辛丸子以为又和上次一样，里面根本没有人，所以她也没调整自己的姿势，仍旧张牙舞爪。直到听到背后的哄笑声，她毛骨悚然地回过头，发现教室里零零散散坐了十几口子。

"还真被你绑来啦！"一个男生从口袋掏出十块钱递给了高木木。

辛丸子翻了个巨大的白眼。这年头居然有拿绑架打赌的。

高木木把十块钱放进口袋，掏出张五块的，递给了她："给，分成。"

天降横财，不要才傻。辛丸子欣然接受了。

随后，教室里的笑声更大了。她意识到不太对劲，就听见高木木说："既然你答应了，咱就开始吧。"

"开始啥？"

"大计划！"

高木木指了指黑板，上面写着巨丑的四个字"漫展计划"。然后他又指了指那五块钱，挑了挑眉毛："这是定金。"

✧4

上一次被高木木骗到社团教室的情形，辛丸子还记忆犹新。

那是这一连串事件的起因。

他们这个书法社，加上高木木这个社长和她，也不过六个人。实际上就是"被人遗忘了的，不合群患者的偷懒基地"。高木木的爸爸是个书法爱好者，家里字画有的是，虽说算不得什么大家作品，唬唬人总还是可以的。所以学校真有什么需要的地方，他可以帮大家搞定。

这个宁静港湾，辛丸子还是很喜欢的。

大约一个月以前的晚上，辛丸子洗完澡回到宿舍，发现宿舍里没有人。她开开心心打开电脑准备看动画，旁边的手机响了。看到高木木的名字，她顿时有点发毛。她有预感，不会是什么好事。可高木木确实很少给她打电话，有小事就微信QQ说了，所以她还是接了起来。不等她贫嘴，高木木用非常严肃，出了大事的语气说："你现在，马上，来社团教室。"

辛丸子脑袋顿时就蒙了。她从小到大就怕严肃腔，第一反应就是自己做错事了。"怎、怎么了？"

"要你过来就赶紧的，大家都等着你呢。"这句比刚刚那句还严肃。

"哦，好！"

辛丸子赶紧换了身衣服，电脑都没合就往外跑。一路上她一直在反省自己，是不是做了什么坏事，但实在是想不起来。

气喘吁吁跑到教室，一推门发现只有高木木一个人。看到她，还抬手和她打招呼："来啦。"

"他们人呢？"

"啊，有的说有拉肚子，有的说亲戚来了，有的说……"

辛丸子恶狠狠瞥了他一眼，转身就走："骗谁啊，明明只叫了我一个。"

"哎哎，"高木木先一步堵到门口，一把把门拍上，两条胳膊撑住门框，"你也知道校庆嘛，就算我们人少，至少也是个有名号的社团，总不好不出个人啊。"

辛丸子被这个传说中的姿势弄得有点紧张，她使劲儿把背往门上贴，可只能多隔出几毫米的距离。"你、你、你……孤男寡女，你要干吗？"

高木木挑了挑眉毛:"哦,多谢提醒你的性别。"

说完,他松开一条胳膊,反手拧上了门锁。

辛丸子知道不答应就别想出去了,无可奈何地捂着脸问:"那你想怎样啊?我又不会书法。"

"那我们……可以试试别的?"

"别的……"辛丸子突然不寒而栗,"你不会是又替我报了名吧?"

高木木"咳"了一声,态度一百八十度大转弯,满脸贼笑地点了点头。辛丸子感觉自己脸上的肌肉都在抽搐,上一秒她还以为这是要跟她商量。这一秒她就明白,根本是通知。

"你给我报的什么?"事到如今,她也只好着手准备。

高木木拍拍她肩膀,安慰她:"没事,对你肯定很简单的。唱歌而已。"

辛丸子顿时维持着张着嘴的表情石化了,高木木原本还很是得意,但在与这个模样的她对视了几秒之后,也察觉出一点点不妙。"怎么了?"

"我唱歌……是限制级的。"

"别闹……"高木木还觉得她是开玩笑,可显然辛丸子不像是能做演技担当的人,他小心地问,"有多限制?"

"你看过的最限制的。"

"我没有……"

不对。高木木挠了挠头。这话题不能继续下去了。

但显然唱歌这件事对辛丸子打击很大。她一直维持着生无可恋的脸。

也不怪高木木,谁能想到她一个说话能迷死各个物种的人,唱起歌来五音大概只有小数点后再加五个零那么一点点。从小到大的音乐课对她以及其他同学都是灾难,也因此她的音乐分数始终不错。因为老师也知道,不是她的错。

"也许没你想的那么糟,你随便唱点什么让我听听。"高木木抱着最后一点侥幸心理。

辛丸子认真想了半天,最后唱了首生日歌,毕竟那是她最烂熟于心的旋律。她仅仅是唱了四遍"祝你生日快乐"，高木木却觉得自己听完这个，今年的这一年大概是不会有好运了。

"停！"高木木猛拍了下手，"你回头给我录一版，我留着葬礼时放。"

辛丸子甩了甩衣袖，不浪费任何一个揍高木木的机会。

只可惜，最后辛丸子还是上了台。然后情势急转直下，她立刻从学校的最美女声神坛上跌落，这一下摔得太狠，直接变成了"唱歌要命"——而且还真的差点要命。

这简直要给辛丸子留下心理阴影了。有些时候她也会偷偷想会不会真的是她的问题，那她罪过就大了。所以大家去医院看陈染时，她没有去。她知道这样别人会觉得她冷漠，但她去了明显更尴尬。

而且，怎么说呢……她总觉得高木木和陈染关系匪浅，反正他没用那种眼光看过她。那种眼光明显是动画里男女主标配嘛！辛丸子想想就生气。

虽然她也不明白自己为什么生气。

所以高木木又把她绑来这里，还当着一大票人的面，她的怒火已经烧到发飙的边缘了。但看到"漫展"两个字的瞬间，什么怒火都荡然无存了。漫展对她来说，比 ctrl+F5 还速度，什么不开心都能立刻治愈。

"大家都要去漫展吗？"她环顾着屋子里的人，问高木木。

"对，大家都要去。"

"为什么？"辛丸子想了想，这次的漫展好像并没有什么厉害的卡司，"你们有什么内部消息吗？"

"这次漫展特别特别特别的好玩，包你满意。"高木木一边玩着手机，一边若无其事地问她，"怎么样？定金都给你了，和大家一起去呗。"

反正她也是要去的，虽然人多很奇怪，但辛丸子还是点了点头："好啊。"

话音未落，她就在高木木脸上看到了熟悉的奸计得逞的笑容。虽然是一闪而过，她忽然起了一后背的鸡皮疙瘩。

完了。她又中计了。

紧接着高木木把黑板上的四个字擦掉，重新写了一大排。"刚刚那个是简称。既然人到齐了。这个就是我们计划的全称。"他看着辛丸子，强憋着笑，"漫展外为同学治疗筹款摆摊计划。"

同学……是陈染。原来是这样啊。辛丸子肚子里有一句"那么长那么拗口的全称谁记得住"的吐槽，却罕见地没有力气说出来。高木木费这么大劲把她拽过来，让她参与，原来是为了陈染啊。

高木木注意到她的表情有点奇怪，好像在走神。他敲了敲黑板，想把她魂引回来："你想什么呢？"

"我能不去吗？"

这才是对的反应嘛。辛丸子要是会好好配合，就不是她了。高木木从口袋掏出手机，找出一个录音。辛丸子听见里面的对话——

"和大家一起去呗。"

"好。"

她知道高木木现在心里一定很得意，换作往常她肯定龇牙咧嘴扑过去抢手机。可她现在，就是有点不高兴。

"好吧，我去就是了。可我现在有事，回头你们定完，把计划发给我吧。"

说完，她转身拉开门就走了。留下大家面面相觑。有些人发出了"切"的声音。

高木木蒙了几秒钟，立刻追了出去。可是楼道里空荡荡，已经没了人。他忽然吐了口长长的气，沮丧地倚在了墙上。他不清楚究竟因为什么，可他却知道辛丸子这次是真生气了。他从没见过她嘴角向下抿得那么厉害，而且刚刚转身的瞬间，他看到她眼睛里有光闪了一下。

他忽然，一点干劲儿都没了。

CHAPTER 02 变声

✧ 1

事实上高木木算计来算计去,结果百密一疏,就是他完全没想到辛丸子会是个音痴。

他真正注意到辛丸子,那情景想来还挺诡异的。他落了东西在社团教室,独自跑去拿。他以为里面肯定没人了,从远处看也是黑着灯的。可当他跑到后门附近,忽然看到玻璃上映出了一块蓝色的光。里面漆黑,楼道的灯也不算亮,玻璃上却有块晃动的彩色。就算他是个男的,他也敢承认自己有点心慌。

更诡异的事还在后面,他轻轻推门进去,看见个披头散发的女人坐在里面,只有电脑的光把头发照亮了。他小心翼翼靠近,想看看到底是谁,女人忽然蹦出一句不知是韩语还是日语来。

高木木整个人都毛了。他以为自己开门的方式不对,直接闯进恐怖片里了。

就在这个时候,他又听到了好几句话,寒毛彻底竖了起来。因为虽然听不懂,但这几句话的声音听起来完全不像同一个人。高木木伸手扶住了墙,忽然摸到了灯的开关。他终于找到救星,立刻双手按下了所有开关。

教室里即刻灯火通明,高木木睁开一只眼偷瞄了一下那个"妖怪",发现妖怪正双手捂着脸,显然被亮瞎了。

他凑过去,歪头一看,原来是辛丸子。她戴着耳机,眼前是一台电脑,正在播动画片。那声音肯定就不是电脑发出来的，那不然……"黑灯瞎火的，你在这儿干什么呢？"高木木拉凳子，坐在她旁边。

"你开灯前就不能说一声吗，吓得我瓜子都掉了！"辛丸子把手从眼睛前拿下来，眯了眯眼睛才习惯。然后第一件事是把进度条往回拉，"正看到关键时刻，你赔得起我的精神损失费吗！"

高木木内心是崩溃的。他本来还想按常理出牌，正式地聊一聊，毕竟他俩还不算熟，但被辛丸子一串话整蒙了。他忽然觉得跟辛丸子隔着次元壁，正常模式估计是无法沟通。

所以他打开了他平常绝对不开的开关，悠悠地说了一句："真正的仓鼠，是从来不会掉瓜子的。"

"你才仓鼠！你全家都仓鼠！"

"……"

高木木一头撞在桌角上，用力地叹了口气。他第一次意识到，在这个总共只有六个人的书法社团里，除了他以外，还有一枝奇葩。

且是枝很可能青出于蓝的奇葩。

高木木发现自己的心里其实有点高兴。

"无头骑士异闻录。"高木木看着屏幕上放的动画，他还看过，"你的智商，看得懂？"

辛丸子颇感意外地看了他一眼，重点并没有放在智商被嘲讽上，而是："哟，不错嘛，社长，看来是同好！写小本本的，还是录小歌歌的？"

"我玩这些时你还玩洋娃娃呢！"

"咱俩……同岁吧？"辛丸子戳穿了他的心虚，"再说，我才不玩洋娃娃呢，我小时候都玩变形金刚的！"

"你最喜欢哪个？"

"当然擎天柱了。"

"嗤，我本命御天敌！"高木木拍了拍她的肩膀，"快叫前辈！"

辛丸子白了他一眼，不过摘了一只耳机，递给了他："我可是不随便跟人分耳机的,看在同好的分上。"

高木木其实没兴趣听,但是辛丸子都这么说了,这耳机简直等于猪肉盖戳,他不能不接啊。他把耳机塞进耳朵里,把椅子又往前拉了拉。他完全忘了自己是回来取东西的,居然放松了心情在这诡异的气氛里看起了动画。

没过一会儿,高木木感觉身边的辛丸子嘴里在嘟囔什么,听上去就像有回音似的。他把耳机摘下来,突然发现,没错,辛丸子是在重复动画里的台词。而且,听起来很像。

就算离近了,还是有点毛骨悚然。一个人在身边发出跟自己完全不搭,且变幻莫测的声音。高木木有些赞叹地看着辛丸子。

辛丸子终于发现他在看她,转头手舞足蹈地说:"声优都是怪物,是吧!"

"你也是怪物。"

"哎呀,咱俩还不那么熟呢,你这么夸我多不好意思!"辛丸子高兴得狠狠拍了两下高木木的背,高木木感觉自己快要像武侠片一样喷血了,"不把我的技能点透露给别人,我们还是好朋友!"

"保证!"

高木木伸手在嘴前做了个拉拉链的动作,"不过,这么厉害的技能点为什么不能让别人知道啊?"

"尴尬癌要爆发了哎!"辛丸子摇了摇头,"人家画张画,唱个歌,都好展示。我这个咧?来来,给我说句话——不像话嘛!"

"有什么可不像话的,什么工作没人做啊,你说出去别人肯定是羡慕你。"

"妈,我以后要当老师!妈,我以后要当声优!就是里面说话的这个!"

辛丸子一指电脑屏幕,挑了挑眉毛,问高木木:"你说哪个更有说服力!"

高木木抽了抽嘴角,也有点无言以对。不过他看到了辛丸子一直很生动的表情却渐渐收敛了,无意识地噘了噘嘴。她心里,其实是不满意这个结果的吧。师范类中文系,毕业后做语文老师。这条路,并不是她自己选择的吧。

只是，根本说不出口自己的爱好。所以才勉为其难接受的吧。

正在这时，一个人在门口探了个头，看到了他俩，似乎误会了什么，嬉笑着跑掉了。辛丸子这才反应过来时间有些晚了，她合上电脑站起来，突然想起来问："社长，你是来干什么的？"

"我……干什么来着？"高木木真想不起来了。

"我先回去啦！拜！"

辛丸子抱着电脑，头也不回地跑走了。高木木在原位上呆坐了十几分钟，才缓过神来。他就是来拿个记事本的，没想到拖了一个小时。

可这一个小时一闪而过，他居然有点意犹未尽。

他翻开本子看了看，上面是之前学生会开会的几条记录。本来他一点都不感兴趣的。可这会儿他的手却停在了一行字上，怎么也移不开。

有个想法凭空像盏灯泡一样"蹭"一下冒了出来，把他自己都吓了一激灵。但仔细想了想，就只剩下兴奋了。

他关上灯，从漆黑的楼道里穿过，心里一直悬着一股轻飘飘的感觉。他啊，自从来了这所学校，还没遇到过什么真正让他开心的事。虽然一切都在他掌握里，他从上任社长手里接过了这个只有六个人的书法社，进了学生会，成绩什么的都不是问题。在别人眼里，他就是最寻常的好学生的样子，可能还有点孤僻。

但这都是因为他对大学生活本来就没有期待，他只希望能以这种样子，平平静静过完四年。

但此刻，他突然发现了乐趣。他就好像站在迷宫大门前一样，无比期待接下来要发生的事。当然，他是迷宫制造者。

走迷宫的人，是辛丸子。

✧2

回想起自己的变声之路，其实也没什么特别的事发生。辛丸子几乎没有变声期，她的声音从小时候的萝莉音非常圆润地转变成了现在的少女音。

她从小对声音很敏感，不见人，只闻声，她就能清楚辨认是谁，哪怕之前只见过一次。但她没和人说起过，家里人也只当她是听力好。直到初中时的一个暑假，她和邻居家的小女孩一起看动画片。小女孩手里有只游戏机，一直玩得停不下，并没有认真看。

辛丸子倒是看得很认真，无意识地跟着角色重复经典台词。邻居女孩玩着玩着，忽然抬起头，狐疑地看着电视说："咦，今天为什么一直重复啊！"

"重复什么？"

辛丸子慢了两拍才明白是怎么一回事，她在邻居女孩又把注意力放到游戏机上之后，打开了手机的录音，又重复了一句。她把声音调到最小，贴在自己耳边听了一下。她惊悚地发现，自己听到了别人的声音。

那不是她的原声，而是电视里角色的声音，是个正太的声音，带着股翻译腔。虽然不是百分百像，但不留意的话，至少有百分之八十的相像。辛丸子被自己的发现震惊了，她怎么会发出这种声音的。

后来，她尝试着去学其他的声音，然后自己录起来听。她逐渐意识到自己确实有这样的才能，她可以最大化控制自己的声音。不过，仅限于说话。

一开始她因为这个发现兴奋了好一阵，觉得自己的头两侧写着两个大字——"天才"！每天都走路生风，感觉自己段位一下高了起来。

但这股热度并没有坚持多久，一场中考就把她浇熄了。她考得比模拟考低很多，面对爸妈的轮番攻击，她总不能搬出"我是天才"来还击，那绝对是火上浇油。她忽然意识到，纵使她是个天才，但她的技能树点歪了。

辛丸子的爸妈都是老师，妈妈是体育老师，爸爸是音乐老师，深爱教育事业。她觉得就算中了五百万，也很难让她爸妈不讲课。所以从很小她就知道，她的未来一定会是个老师。这种从小就能看到老的感觉，其实非常不好。似乎是物极必反，她逐渐长成了一个性格古怪、思维跳跃、自称活在 2.5 次元的新品种。

她没有乐器天赋，初中和朋友去了一次 KTV 后，也再无人敢邀请她，可以说，毫无音乐细胞。而且她还是个运动白痴，八百米永远不及格。没有继承任何优良基因的她，似乎只有死记硬背比较厉害，于是一头扎进了文科里，最后选了中文系。

对此，她爸妈高兴得很，要知道语文老师大多是班主任，她也算是子承父业，而且青出于蓝了。

只有辛丸子知道，她努力至今的原因是，她怕自己不好好学习，爸妈就不让她看动画了。正因为她整个高中成绩没有明显下滑，才得以在高三时期还能每周按时追番。当然，还需要时不时称赞一下父母亲大人的开明。所以辛丸子也没办法再说起自己是什么天才，万一被爸妈以为她的思想被影响了，那岂不是得不偿失。

她考虑过进播音系，但她却不清楚自己喜不喜欢播音工作，她喜欢的类型更接近于声优。她想要给专业的动画配音。可这在当下来说，太稀有了。即使有个别院校有配音专业，但她都不知道怎么和爸妈张口。做个配音老师，这实在有点异想天开了。

于是，她慢慢把自己的这个技能点放下了。只有很偶尔的时候，会偷偷自恋一下。

所以辛丸子压根没想过在大学里会有什么奇遇，她的梦想就是混到毕业，找个小学对付对付熊孩子。虽然她很清楚自己不是为人师表的材料，到时候不和熊孩子一起玩游戏就是好事，但她还是朝着这条路走了下去。

大学开学一个星期之后的学生会社团招募，她站在人群里左右为难。一开始她是不准备加入任何一个的，可是看着寝室里的人一个个都雀跃着，好像大学不入个什么社就天理难容似的，她也不想显得太不合群了。所以虽然心里一点打算也没有，她还是跟着女孩子们一起去了招募现场。

美术、吉他、文学……辛丸子一边想着一边就画了叉。这些爱好，她还真是一点都没有啊。一个人沿着楼道往里走，绕过了那些很多人的房间，越走越清静，但尽头明明还有一间教室亮着灯。

辛丸子其实不是想走过去,只是半发呆着往前走,没停下步子罢了。旁边有些黑的楼梯口突然跳出来一个人,吓得她一哆嗦。

"同学,你听说过书法社吗?"

辛丸子定睛看面前站着的人,比她高一头,带着个半框眼镜,很短的短寸,看上去倒是难得的清爽。嗯,像个好人。只不过……"我只听说过其他人的推荐。"

"来来,那你听听我的推荐。"

原以为说个冷笑话就能脱身,没想到男生接话超级快,反倒搞得她无言以对。辛丸子也就跟进了教室,没想到她前脚进去,后脚教室门就被关了起来。教室里剩下的两个人,驾轻就熟拿桌子堵住了门。

辛丸子瞬间觉得自己成了不小心飞进陷阱的麻雀。

"这……你要干吗!"辛丸子双手抱胸。

"别这样。你这没钱没色的,我劫什么啊。"

男生干脆利落地把辛丸子的自尊心打击为零。他拿出一张 A4 白纸,递到辛丸子面前,一本正经地说:"来,填个入社团申请就好了。"

"填……哪儿?"

"来来,"男生手指在白纸的左上角,"在这儿写个名字。"

辛丸子心说,写个名字也没什么,这又不是什么正式申请表。最后一笔还没写完,男生一把抽回纸,丢到后面桌子上。

"欢迎你加入书法社。我是社长,高木木。"

男生笑着朝辛丸子伸出右手。辛丸子愣愣地盯了他两秒,终于回过神来,用力拍开他的手:"加入个头啊!"

教室里的几个人笑了起来,趁这个空当,高木木几笔就在刚刚那张白纸上画上了七扭八歪的格子,最上面写着硕大的三个字"申请表"。

一直到走回寝室辛丸子还处在不知道自己怎么被算计的茫然中,对面铺的女生问她:"辛丸子,你最后进的什么社团啊?"

"书……书法?"

"书法啊,我都没看到。不过你会吗?"没想到室友并没有觉得奇怪,反而一副看高大上的感觉。

"还行吧,"辛丸子立刻看着自己作业本上的字,"学过点……草书。"

既入之则安之,终归,也算个社团不是。辛丸子这样安慰着自己。可那天半夜她做了个梦,梦里她穿着小丑服,被高木木丢在了一个球上,艰难保持着平衡。她在梦里就很不服气,于是奇迹般学会了滚球。然后她就飞快滚着球去追高木木。

她就这样笑着醒了过来,意识清醒前一秒,她还听见了自己的笑声。

虽然随后她就因为梦见一个刚刚见过一次的人,而忧心忡忡。

✧ 3

晚上吃完饭,辛丸子刚在床上躺平,母亲大人的查岗电话就来了。

"辛丸子,开学一个多月了,感觉怎样?"

"能怎样,换个学校而已嘛。"

"热情!辛丸子,你要有点热情!"

"回禀母亲,我念的又不是体校,不需要那么大的热情。"辛丸子翻了个身,"好了啦,我现在在刻苦温书呢。"

"你骗谁啊,你现在肯定在囤积脂肪。"

辛丸子忍不住笑了两声:"我爸呢?"

"你爸最近迷上豫剧了,跟几个票友出去玩了。"母亲大人急匆匆挂了电话,"不说了,我跑步的时间到了。"

辛丸子都习惯了,这就是她的一对奇葩爸妈,一文一武,偏偏文的是爸爸,武的是妈妈。简直是互补典型。所以认真想想,在这种矛盾冲突下,她能成长成如今这样,也已经是很坚强了。

刚把手机放下,黑下去的屏幕又亮了。上面是个陌生号码的短信:"晚上八点,社团教室集合。"

社团?高木木?不知怎的,辛丸子想起那个人,背后忽然一阵冷风。

本想不去的，但毕竟是第一次活动，作为一个新生，缺席总不大好。

只不过这样想着，她看了眼时间，明明白白的19:55。

辛丸子从小到大，就没饭后运动过。结果被这个高木木驱使着，从宿舍一路冲刺到了社团教室。"抱、抱歉……我来晚……"她推开门，捂着肚子气喘吁吁。结果一抬头看到教室里只有四个人，一个在打电话，其他三个在斗地主。

她简直心疼自己燃烧掉的卡路里。

"哟，来啦。"高木木从外面走进来，经过她身边，拍了拍她的肩膀，"我刚去厕所了。我们开始开会吧。"

辛丸子走进教室，随便找了个空位坐下，看着高木木手里抱着一个本子。她不明白，中途去厕所，为什么要抱着本子。

该不会……他也迟到了吧！

"大家好，今天是书法社这学期第一次开会。首先，我们欢迎一下新加入的同学——辛丸子。"

高木木指向她，然后兀自拍起手来。其他四个人，继续该啥干啥，顶多抬头看了辛丸子一眼，就算打招呼了。

辛丸子就没见过那么尴尬的气氛，嘴角突突抽了两下。

"哦，对了，还有我。"高木木却好像根本没在乎这些，"我也是今年一年级新生，我叫高木木。"

"你大一？"

辛丸子差点蹦起来，原以为怎么说也是个学长，所以多少抱着点尊敬，没想到居然是跟自己一天进校的新生！那她到底为什么被耍啊！

"之前的社长早就不想干了，我们都不想接他的班。结果那天这位自己找上门来说想进书法社，社长以最快的速度跟他交接完，就光荣退役了。"

一直在打电话那位帮辛丸子解了惑，辛丸子掐着眉心，顿时感到一阵心累，自己到底进了个什么社啊。

"总之呢，我们书法社，目前有六个社员。我觉得，足够了。"

高木木推了推鼻梁上的眼镜横梁，一本正经地继续他的社长"演讲"："以后，我会负责帮大家申请活动教室，大家打个牌，上个网，都随意。不过大家还是要尽量过来，不要一个人都没有，我就不好交代。放心，有大事我都会解决。我爸刚好是个书法爱好者。"

也算是鬼使神差，辛丸子真的进了个她梦寐以求的社团。仅仅是挂着个名号，她想躲清静时，可以拿社团当避风港。想到这儿，她对这个诱捕她进来的社长，肃然起敬了。

不过……"我有个问题。"辛丸子缓缓举起了手。

"不用举手，又不是上课。"

"你为什么会自己找来这个社啊？"

"我爸喜欢书法，我从小耳濡目染啊。"高木木回答得很快。

"可……你要是真喜欢书法，是不会让这个社一直这样的吧。"

辛丸子没看错，高木木好像突然被她的话噎住了。他本来是看着她，随意准备张嘴的表情，现在慢慢把头转回了手里的本子上。"咳……"他尴尬地清了清嗓子，"大家自便吧。"

辛丸子咬着嘴唇，使劲儿憋着笑。

"你也是中文系的？"

她的笑劲儿还没过，高木木已经迁回到她旁边了。她赶紧收敛起表情，认真地回答："是啊，二班。"

"我也是中文系，一班的。"

"是哦，那我以后能找你抄作业吗？"

"你觉得……你需要吗？"

"我确定，"辛丸子点点头，"我需要。"

高木木一直维持的那副开记者招待会的表情，终于有点绷不住了。他把辛丸子前面的凳子调转过来，对着辛丸子坐。"你怎么就觉得我成绩肯定比你好？"

"因为你的长相就可以用'学习好'三个字概括啊。"

"你可以直接说书呆子。"

"这是你自己说的,我可没这么想。"

高木木彻底笑了起来,他笑的时候嘴角有很深的笑纹,看上去老奸巨猾的。当然,这是辛丸子的主观心理活动,她不会让高木木知道。

不过辛丸子对高木木的印象反而又加了差不多0.5分,至少是个开得起玩笑的人。

整体来说,辛丸子喜欢这个只有六个人的社团。大部分时间都没有人来,她可以神经病似的一人分饰几角,在教室里上演全武行。甚至还录了好几张模仿声优的碟。这个社团对于她来说,简直就是小王子的B621。

她实在没想到,大一快结束时,会被高木木堵个正着。她原以为不会被人知道的秘密,却被个"老奸巨猾"的人知道了。她虽然表面装得无所谓,实际上还是很紧张。除了劝自己放宽心,她也没有其他办法。

不过之后一段日子,无论是同学,还是社团的团员,都没有对她表露出什么特殊的关注。高木木似乎真的依承诺,帮她保守秘密了。辛丸子提着的心,终于一点点放了下去。

直到某天,一个从没见过的学生会学姐,找到了她的宿舍,十分严肃地问:"谁是辛丸子?"

辛丸子在床上横得好好的,一个激灵坐了起来,以为自己闯什么祸了。

没想到学姐直接冲到她床下,把一张表丢到了她床上,然后一屁股坐在她的椅子上,翻着白眼抱怨:"你也真是的,报名表填成这样,填仔细点才有竞争力啊。害得我还得来找你。"

"什……"辛丸子一头雾水,低头看了眼那张表格,一下子就炸了,"神经病啊!"

学姐的脸色瞬间就绿了。

辛丸子从床上跳下来,一边蹦跳着提鞋,一边跟学姐说:"我不是说你!你在这儿等我下!我十分钟就回来!"

Chapter 02. 变 声

"你去哪儿啊!"

学姐的喊声在身后,辛丸子头也不回冲出了宿舍楼。去哪儿?当然是去找高木木算账了!

——广播站节目报名。申请人:辛丸子。节目类型:动漫。

✧ 4

关于广播站的事,辛丸子只能说略有耳闻。据说很多届之前广播站繁荣过一段日子,但随着后来学生们越来越宅,只对电脑感兴趣,广播站也疏于管理,所以彻底荒废掉了。除了播报一些新闻通知,再无其他用处。

但它确实还在那里,设备专业,也能覆盖到学校的角角落落。学生会的人突发奇想,想把广播站重新搞起来。没想到校方一下子就答应了,每天中午时段和晚上八点之后,允许他们自行广播。当然,因为是公开的,内容必须积极向上。

不仅如此,校方还很重视这件事,声称是发现学生特长与个性的好途径。这一来就让很多对广播本不感兴趣的同学也主动申请加入了进来,只盼着能给老师们留个好印象,之后申请别的也能容易些。

但是不管别人怎样,辛丸子可是绝对没想过要凑这个热闹。她认得申请表上的字,绝对是高木木写的。也只有高木木知道,她跟动漫的渊源。

只是辛丸子冲出宿舍楼之后,茫然地站在原地,忽然发现自己不知道要去哪儿找高木木。她抄起电话拨了过去,响了好久才接通,她刚要骂,就听见高木木飞快低语:"我这会儿有事,等会儿打给你。"

就……撂了。

辛丸子握着手机,愣了几秒,差点把手机丢出去泄愤。但转念一想,是她自己的手机,又赶紧收回了手。

她慢吞吞走了回去,学姐果然还在等她。她犹豫着问:"我现在想放弃,还来得及吗?"

"放弃个鬼啊!"学姐气不打一处来,"你知道多少人报名吗!你以为你报个名就能入选吗！你到底多有自信啊！"

"我不是这个意思……"

辛丸子扶额，这位学姐的阅读理解真是满分。

"快，给你两分钟，把表细致一下！正式选拔的时间，我再通知你！"

被催促着，辛丸子重新看起了那张表，在动漫底下又加了个模仿声优的分支。她知道，自己迈出了这一步，就等于把她的技能公之于众了。所以在填的期间，她不止一次回头看学姐，想用楚楚可怜的眼神表达自己想放弃的心情，但每次都被学姐"敢说不，杀无赦"的眼刀戳了回来。

"好好准备，别给我丢人！"

把表上交，一直冷面的学姐忽然有了笑容。临走时拍了拍她的肩膀，对她弯曲手臂，做了个大力的姿势。

"学姐……该不会你们有指标吧？"辛丸子忽然明白过来，学姐却加速度逃离了，"喂！别跑！一定是有指标吧！"

天呐！为什么她会落得这个境地！辛丸子侧脸贴在桌子上，眼神直勾勾的，一副垂死样，把后进宿舍的室友吓了一跳。等到她终于有些接受了现实，高木木的电话终于打过来了，辛丸子感觉自己像植入聚能环一样，一下子跳上了桌子。

"高木木！你的承诺呢！"

电话那边寂静了几秒，幽幽地冒出一句："……你有担架？"

"我想把你打上担架！"

"好好好，别生气。"听出她真的怒了，高木木语气正经了起来，"我和你说啊，我真不是害你，这是个难得的好机会。才华是不该被埋没的。是金子总会发光的，我只是帮你刨了刨土而已。"

"照你这么说，我还得请你吃饭呗？"

"不用这么客气。"

辛丸子一叉腰，对准听筒大叫："客气个头！你就不会先问问我吗！"

"啊，震死我了！"高木木一声惨叫，好像把手机拿远了点，声音也飘忽起来。但辛丸子还是听到他义正词严地说,"我要是先问了你,你怎么可能同意啊。"

是她输了。她从未见过如此厚颜无耻的人。可仔细一想居然好有道理,让她无言以对。

"既来之则安之,好好准备。你以为其他人就没技能吗?别太天真了。没准第一个就被刷下去。"说到这儿,高木木居然还冷笑了一声。

辛丸子的斗志一下子被激了起来:"笑话!我虽然不能文不能武,但我还真不信在这批人里有和我一样的!"

"哎哟哟,这么肯定啊……"

"你不信,我们走着瞧!"

撂下电话,辛丸子打开了她自己整理的全年代各国动漫表单,里面包括声优表和经典 OPED 插曲。她已经很久没打开这个文档了,也很久没更新了。这些大都还是她初中时做的。大致看了一遍之后,她忽然有点心酸。

原来她曾经如此有热情啊。可她现在居然已经把从前那个充满热情的自己忘记了。

广播节目,她没做过,可她毕竟听过!她一定要做一档有内容又惊喜的节目,给高木木看看!

万万没想到,大学之后第一次刷夜,居然是为了这个。敲完最后一个字后,辛丸子一头栽在了枕头里,几乎是瞬间就睡了过去。

她唯一想了一下的事情是,她怎么莫名其妙地,又遂了高木木的意。

选拔过程是分成很多天零散着进行的,有老师陪着他们,教他们用那些器材。他们每人播半小时的节目。辛丸子的排号很靠后,几天过去,她开始觉得靠后不是件好事。

起初的一两天,大家的情绪都很高涨。总算在广播里听到点有趣的东西了,中午食堂里看手机和谈情说爱的人都少了起来,大家在一起也有了些话题聊。但是接连几天下来,大多数内容还是没什么新意,甚至有些很生硬无趣。介绍音乐、电影、书籍的居多,但这类东西每个人都有心头好,太大众没吸引力,尺度很难斟酌。读情感故事的,顾忌着学校,也只能读些心灵鸡汤。女生们还好,男生总会有不少反感的。更不要提说不伦不类单口相声的,吹笛子的,自己跟自己辩论的……简直是场奇葩秀。到最后,大家的热情也差不多耗光了,开始恢复常态。只有偶尔遇到好笑的,才会留下点印象。

这个选拔,是全校自愿投票。当然,校方在背后有一些决定权,但只要没什么敏感内容,还是不干涉的。所以,不能吸引人,等于白搭。

辛丸子就在这不怎么好的局面下出场了,她准备充分,但一迈进广播站,看到那一堆专业器材,心突然跳到了嗓子眼。她也说不清是怎么一回事,并不是紧张,而是……激动。

她没想到自己会有那么一天,能坐在一间这样的屋子里,让别人听见她的声音。她忽然明白过来,原来在她内心最隐蔽的一个角落,仍旧期盼着这一天。

她慢慢坐下了,面前只有一面非常小的窗,能看到下面的人,不过底下的人应该不会注意她。老师帮她调试了设备,然后居然退了出去,只留她自己在里面。麦开了以后,外面就会有电流音,她必须要说话了。这一切来得太快了,她脱口而出:"我是高中生侦探工藤新一,当我跟青梅竹马的同学毛利兰一起到游乐园游玩时,却目击了黑暗组织的交易现场。当时我只顾着偷看交易,却忽略了从背后而来的另一个同伙。我被那个人强灌了毒药,等我醒来时……"

完蛋了。说完这段之后,辛丸子心底一声哀号。她本来是打算用自己原音说两句开场白,然后再突然接出这句。这样才好有对比。大家又对这句很熟,一下子就能拉住人的耳朵。

可她现在突然说出这句,如果不注意的人,可能会以为放了原版。

"刚才的那段台词,是不是很熟悉呢,应该不止我一个人可以背出来吧。"辛丸子想要弥补,干笑了两声,"欢迎收听《声优也疯狂》栏目。"

在说这句话的间隙,她抬眼看向了窗外。很意外的,她看到了楼下,有人停下了脚步。

这给了她莫大的鼓舞。她又在柯南和毛利兰之间切换着说了两句经典台词——

"有一天他一定会回来的,即使死了也会回来……他要我告诉你,无论如何一定要等他。"

"笨蛋,我当然知道,只要为了对方……再多的困难也能迎刃而解。"

辛丸子并不知道效果如何,人是无法准确分辨自己的声音的,别人听起来和自己以为的总有偏差。她完全陷在了自娱自乐里,后来连窗外也不看了。

半小时过得飞快。老师进来叫她时,她还意犹未尽。依依不舍离开广播站,辛丸子才发现自己手机有未读信息。

居然是高木木,上面写着——"怪物小姐,技惊四座。"

辛丸子情不自禁勾起了嘴角。

CHAPTER 日 吃

✧ 1

"怪物小姐,你到底要吃多少?"

高木木看着对面的辛丸子风卷残云,刚刚还满满一盘的菜和肉,转眼就剩菜汤了。他默默扶了扶额,辛丸子已经这样吃了两周了,他饭卡里新充的钱已经只有个位数。

"我啊,天生丽质,怎么吃都不长肉。所以啊,我干吗要委屈我的肚子。"
话是这么说,辛丸子打了个饱嗝,显然也是撑得够呛。
高木木欲哭无泪。

两星期前,从广播站出来,辛丸子直奔食堂。好吃的已经不剩什么了,四喜丸子就还剩一颗,她跳着脚指着:"阿姨,我要那个!"

"阿姨,我要丸子。"

半路杀出拦路鬼,辛丸子眼见着食堂阿姨把最后那粒丸子放到了高木木的盆里。

"喂!是我先要的哎!"辛丸子对高木木发脾气,"再说你应该已经吃过了吧!"

"你只说要'那个',没说要丸子啊。"高木木端着饭盆环顾了一下,"哎呀,就剩一张空桌子了……"

辛丸子端着白饭和白菜,站在那儿挣扎,过去还是不过去。高木木故意用筷子把丸子分成一块一块的，慢悠悠地吃。

为了肉，不算折腰。辛丸子还是冲了过去，毫不客气地跟高木木抢了起来。他俩使了十八般武艺，一顿饭吃完，米没吃进去多少，气倒是灌了一肚子。

"你这叫同类相残。"高木木喷了一声。

"谁跟你是同类啊！"

"我说你和它，"高木木指了指饭盘里剩下的肉渣，"是同类。"

辛丸子一下变了脸色，二话不说站起来就走。高木木第一次见她这反应，一时拿不准是不是装的。以他对辛丸子不完全的了解，这丫头还是很不爱生气的。连瞒着她报名这种事，都已经不生气。难不成会为了个丸子生气？这是什么脑回路？吃货吗？

高木木一头雾水，只得站起来在后面跟着。他看了半天，辛丸子是真生气了。

"喂喂，到底怎么了？"

"没事！"辛丸子一跺脚，"不许跟着我！"

"不就个丸子吗！行了行了，我赔你一星期的午饭，行了吧！"

"不行！"辛丸子紧急刹车，高木木险些撞到她身上，"两个星期！"

到底是真生气，还是故意骗他，这是个问题。高木木一直都没闹明白。他唯一闹明白的是，辛丸子确实是个吃货。

说实话辛丸子本人是真纠结，她太讨厌自己的名字了。同是丸子，小丸子听起来就像是章鱼小丸子之类的，软软糯糯，在小容器里翻个身，就娇俏地鼓起来。而她，听起来就像是红烧狮子头。

所以每次只要有人拿她和肉丸子类比，她就习惯性生气。

可偏偏她真的很爱吃红烧狮子头。

食堂里的喇叭突然嗞嗞响，辛丸子和高木木本来要走的，一下子都停住了。广播站的选拔结束，本来就说两个星期左右会有结果。电流声就像心电图仪器似的在半空画出无形的波动,辛丸子的心跳突然加速了。

"广播站节目的最终结果已经出了,包括每个时间段的分布,已张贴在教学楼和宿舍楼外,请报名的同学自行观看结果。如有时间上的问题,可联络学生会。"

辛丸子和高木木对视一眼,同时撒腿往外冲。

从食堂到教学楼比较近,他们跑过去时那里已经围了不少人,高木木利用自己的男生优势,挤出一条路,然后硬是把辛丸子拽了进去。辛丸子蒙了吧唧地钻进去,一抬头就看见了自己那么有特色的名字。

并且不止一个。

每周三、周五两天。中午、晚上两个档。

"谁是辛丸子啊?"

"就是那个变声的?好厉害啊。"

"是啊,据说要不是在意课表,光看投票,她都要一个人承包了。"

"也没听说是谁,好像也不是学生会里的人。"

后面议论声不断,辛丸子窘得面红耳赤,立刻就想从一旁溜出去。然而就在此时,高木木突然拍了拍她的肩膀,字正腔圆地说:"辛丸子,好巧啊!"

"巧个……"

她一扭头,就撞见大家的目光齐刷刷落在她身上。她生无可恋地白了高木木一眼。

从那之后,辛丸子在学校里开始出名了。广播站的工作很好玩,自从她开始了"动漫新番介绍""动漫片段回顾""有趣台词串烧"等等节目的播出,广播站就被学生们递上来的信件淹没了。统统是夸奖她的、点播的,还有告白的……当然,告白的人里面大多数都是现实中不认识辛丸子,只是迷上她声音。

走在学校的路上,越来越多的人认得她,和她打招呼,还经常会有人冲到她面前,跟她聊最近的番。

辛丸子从来就没有那么有成就感过。

与此同时，她心中对于声优事业的爱，噌噌噌地飙升。对于眼前的专业，和之后要面对的工作生活，她却越来越没有劲头了。

她不知道究竟该感谢高木木阴差阳错给了自己这个机会，还是生气自己的生活被搞得一团糟。

快到六一儿童节了。辛丸子在笔记本上写写画画，想着节目策划。突然，一个纸团稳稳砸在了她后脑上，同时她听到了周围不约而同的"噗哧"。

辛丸子捂着脑袋回头，一下子就看见了两排之后，佯装看天的高木木。她做了个抹脖子的动作，气哄哄地捡起了纸团。

"灭绝师太的课还是要听的，考试她真的不划范围，看你怎么办。"

他们俩的选修课不太一样，但公共课几乎全在一起。辛丸子火速写上"要你管"，重新把纸团揉上，回头举起手，却发现往上方丢，难度要大得多。她闭起一只眼，瞄准高木木脑袋一撒手，眼看着高木木敏捷一躲，正好砸在后面一排女生的脑袋上。她"啪"一下趴在桌子上，开始装睡。

"对不起，对不起……这是给我的。"高木木瞄了装死的辛丸子一眼，强忍着笑跟后排女生点头哈腰道歉。

然后他把纸团拿回来，夹了半块橡皮，瞄准辛丸子后脑勺丢了回去。

"哎哟！"辛丸子没控制住，一声惨叫。被称为灭绝师太的四十多岁不苟言笑的女老师，厉声问了句："谁！"

教室里哄堂大笑。辛丸子涨红着脸，用一节课的时间把那半块橡皮搓成了橡皮泥，下课后一把黏在了高木木后背上，然后撒腿就跑。

跑有什么用，不是还有下节课吗！高木木无可奈何地摇了摇头。

到了另一间教室，高木木一眼瞄到辛丸子旁边还有空座，几乎是以刘翔的速度跨过台阶和人，从桌面上滑过，直接摔在了辛丸子旁边的椅子上。

"你、你、你……"辛丸子被吓了一跳，心说从天而降个什么不好，掉下来这么个玩意，"坐别处去！"

"教室又不是你家开的,我爱坐哪儿坐哪儿。"

"那我坐……"

辛丸子站起来,回头一看,只有最后几排有地方了,她的眼睛根本看不清。高木木挑衅地看着她,好像在说,你走啊你倒是走啊。她用力往下一坐,哼了一声:"你说得对,不是我家开的,也不是你家开的!我就坐这儿!"

上课没多久,辛丸子又拿出笔记开始研究广播站的事了。可是她专心不了,因为她每次刚写两个字,高木木就探头偷看,她就不得不把本子合上。

"你怎么这么小气。我也算伯乐哎。"

"我又不是马。"辛丸子眼珠一转,一手按着本子,另一只手一摊,"给你看也行,把上节课的笔记给我抄抄。"

没想到高木木答应得很痛快,立刻抽出本子:"成!一手交钱一手交货!"

辛丸子强忍着笑,把本子递了过去,把高木木的笔记换了回来。但她打开笔记,笑容就僵住了,本子上的笔记根本不完整,每页都有无聊的涂鸦。与此同时,她也感觉到身边一片死寂。自然了,她的本子上也没有什么完整策划,只有她写下来的奇怪想法,然后又被随手涂掉的,一团乱麻。

他俩对视了几秒钟,突然一起笑得前仰后合,又不能出声,只能默默捶桌,忍得相当痛苦。

棋逢对手,原来是这种感觉,还真奇妙啊。怪不得当初俞伯牙会一气之下摔琴,他俩现在也很想互摔呢。

✧2

六一那天的中午,正好有辛丸子的节目。她前面的学姐放了半个小时的儿歌,显然大家都缺乏兴趣。其实她也不知道该怎样才好,她是看美少女战士数码宝贝灌篮高手之类日漫长大的,她相信他们这一代,大多数都是这样长大的。可她在节目里,也不敢太多的涉及日语台词之类,她总得顾及一下校领导的接受面。

难不成要尝试一下葫芦娃吗……到了广播站,辛丸子还是没想好。学姐的结束语还没说完,她以为还有点时间考虑。谁曾想看到她来了,学姐突然加快了速度,后面的词都没说,直接撂下句"明天见"就站了起来,边往脸上扑着散粉边对她说:"我先走了。约会事关重大。"

辛丸子想挥的手还没彻底抬起来,就被拍门声震了下去。

说实在话,似乎也只有她对广播站是真的上心。大概也是因为她的关注度太高了,广播站里的来信,十封里有十封都是给她的,搞得别人都没精神了。自从有了她,甚至之前需要经常打理广播站的老师们,都有了各种各样去做"重要的事"的借口。

不过她倒也无所谓,没人在旁边盯着,她更自在。不然总觉得是在搞什么重要演出,她一个尴尬恐惧症重症患者每次都羞愧得想咬舌自尽。

辛丸子不紧不慢调着设备,缓缓连接信号,开始播她的节目。

"今天是六一儿童节,祝全学校所有的单身汪们(包括我自己)自求多福,因为那些成双成对的人,会把所有节都过成情人节的。"

辛丸子说到这儿自己忍不住笑了两声,她自己并不知道,虽然她说话声音非常好听,但一笑就暴露了原音。听起来……非常反差,"今天,我们来怀旧一下。80后、90后一定都看过一部动画——《蜡笔小新》。第一集叫作《买东西》。家里要来客人,可美牙在煮饭,于是她想让小新帮她去买。"

"'你干吗不自己去买啊?老婆。'小新说。"辛丸子在小新和美牙之间切换着声音,"'不是叫你不要学你爸爸说话吗!''是。美牙。'"

"要是现实生活里摊上熊孩子,啊,想想就头痛。当然了,如果只是这种顽劣小孩子的冷笑话,是吸引不了人的。在第一集里,就出现了蜡笔小新全剧最出名的桥段。"

"大象,大象,你的鼻子怎么……"

辛丸子第一次不用担心自己唱歌走调,这玩意要是也能走调她就是外星人了。她刚有那么点进状态，身后的门突然被踹开了。辛丸子吓得一哆嗦，下意识住了嘴。她回过头，诧异地发现是高木木。他好像刚跑了一千米一样，气喘吁吁，眼镜也有点歪，看上去可狼狈了。

"你来干什么？"辛丸子心说，总不会好心来送饭吧。

高木木一个箭步冲到她身边，叉着腰怒气冲冲地对她说："你是白痴吗？居然当众唱这个！"

辛丸子抖了两下眉毛，拍了拍高木木的肩膀："兄弟，是你思想太肮脏了！你的节操呢！这叫童真好吗！"

说完，她弱弱补了一句，"反正老师们又没看过……"

"你都说第一集了，老师难道不会去找来看吗？"

"呃……"辛丸子语塞，脑补了一下老爷子们去看蜡笔小新，扑哧笑了，"会吗？真的会吗？"

高木木扶额："你的脑回路果真跟普通人不一样……"

要知道他是从食堂冲刺过来的，辛丸子刚一提蜡笔小新，他就预感到之后会出现什么了。谁知道还是慢了一步。不过从这点上来说，他多少还是能掌握一点辛丸子的不着调方向的。

高木木摘下眼镜，用 T 恤边擦了擦，一低头的瞬间，突然看见了麦上闪着的灯。他意识到了什么，张大了嘴不出声地对辛丸子说："关麦。"

"什么？"

关麦啊……高木木自觉自己的嘴形已经做到最大了，脸都扯到极限了。

"你到底怎么了？哈哈哈哈哈哈——"

辛丸子的关注点完全没在他说什么上，忍不住指着他的脸狂笑。

高木木翻了个白眼，终于忍无可忍，对着她的耳朵大叫了出来："我说你赶紧关麦啊，白痴！"

辛丸子这才注意到，刚刚他俩说话时，麦就这样开着。也就是说，他俩刚刚无节操的对话，完整无误地飘荡在全学校的上空。

"啊——"她惨叫了一声，硬生生关上了麦。惨叫声在她关闭前还露出了那么一点，更显得戛然而止得滑稽。

　　正是午休时间，所有人都在听。食堂里、宿舍里、走在路上的学生们，全都笑得肚子疼。而就连校长，被他们这样一提醒，都特地找来《蜡笔小新》那一话看了一眼。然后，把之前辛丸子介绍过的动漫，都大概扫了两眼。

　　紧接着，他叫停了广播站的所有节目。自此，广播站又只能播普通的通知了。

　　但是他也没有因为这个处理辛丸子，毕竟也是说不出什么理由。更何况，虽然不能承认，但是所有听到的老师也都被逗得不行。

　　从那之后，辛丸子感觉所有人看她的眼光都不一样，连灭绝师太似乎都有了笑容，当然，还不如没有。

　　所有人对辛丸子的印象整齐划一地从"会变声的天才二次元少女"变成了"脑回路世间少有的超级不着调少女"。

　　不仅如此，所有人都对她和高木木的关系充满了猜疑。

　　似乎只有她本人，不清楚这件事。

　　辛丸子在意的只有她的形象，要知道活了二十几年，她刚刚和"形象"这个词沾了点边，就又光速远离了。

　　"都怪你！我的光辉形象毁于一旦啊！"

　　社团教室里，辛丸子见四下无人，终于能找高木木讨个公道。

　　"别怪我，还不是因为你一直在推荐那些没节操的动画。再说你的形象什么时候光辉过？"

　　"说得就跟你少看了似的。"

　　"至少我没公开推荐。"

　　"说得就跟我愿意似的！"

　　她会蹚广播站那趟浑水，还不是高木木害的。

　　面对辛丸子气得跳脚，高木木临危不乱，推了推眼镜，继续他的书法大作。好好的宣纸上，画了一只奥特曼。

"社长又在练字啊？"另一个团员突然进来，见到只有他俩在，立刻露出暧昧的笑容。高木木将桌上的一打宣纸翻了过来，奥特曼无辜地被扣在了桌上。开始认认真真写起了自己的名字。

辛丸子已经习惯了他这副嘴脸，这就是她的社长大人。不知道的人呢，以为他内向、诚实、稳重，就是死书呆的典范，人送绰号"木头"。

但只有辛丸子知道，他是裹着树皮的马蜂窝，这就是他扮猪吃老虎的手段。

简单地说，他不是老实，是闷骚。

✧ 3

闷骚是种病，得治。

辛丸子医生的治病方法是，破财免灾。

她这个严重的精神心理双重伤害，用一个月的早点，才能勉强补上。

于是接下去的一个月，高木木每天都要换着花样买早点、占座，然后等着辛丸子磨磨蹭蹭、迷迷糊糊到食堂，一句话不说把早点吃干抹净。

据辛丸子的事先提醒，她有起床气，至少要缓两个小时才能正常与人沟通。在此之前，千万不要贸然搭腔。

但是这情景就太诡异了，一整个早上两个人面对面一句话也不说。唯一的沟通只是辛丸子偶尔抬起手，往边上一指。高木木需要从她伸出哪只手，手里举着什么，手指向哪个方向，来断定她是再要一套肉夹馍，还是再来一碗豆浆。

这样下去一个月，他就可以摆摊算命了。高木木横了埋头吃的辛丸子一眼，心想这样吃居然不长胖，活这么久没被其他女性同胞打死，也算命硬了。

他正百无聊赖等着上课时间，余光就瞄见旁边桌两个同系女生在朝他俩这边看。早上的食堂不算很乱，很多人宁可晚起半小时，也不愿意吃早点。所以真静下心来，还是能听到周围不少谈话声的。

"他俩确实在一起了吧？"女生自认为压低的声音，听起来还是很清晰，"这性格算互补吧。你说是谁追的谁？"

高木木倒是无所谓这些风言风语，学校这地方，从来都这样，没点花边新闻才不对劲。虽然从前他都挺反感的，会用自己的方法澄清。但这次事情的发展轨迹实在太奇葩了，他倒不怎么急于澄清了。

主要是因为，要是跟辛丸子谈恋爱……应该挺糟心的吧。

不过他的人生里，想找点糟心的事儿，还挺难的。

这么想着，高木木把视线转回对面的辛丸子身上，发现她还是低着头，不停用勺子舀豆浆喝。但仔细一看，她根本没喝进嘴里，一勺一勺，全又倒了回去。

显然，她也听见邻桌说什么了，此刻恨不得变身喝豆浆机器人。

"行了，别喝了。"高木木懒得揭穿她，站起来背上包，拍了拍她，"快迟到了。我先去占座了。你快点。"

"唔……"

辛丸子没意识到，自己因为心虚，第一次开口说话了。确认高木木离开食堂范围了，辛丸子立刻垂下头，把脸扣到了饭盆上。

给她块豆腐让她撞死吧。为什么她生平第一次传绯闻，会是和高木木啊。

慢悠悠晃到教室，离上课还剩三分钟，高木木果然帮她占好座了，招手催促她快点。辛丸子环顾了一圈，发现在高木木的左上方四十五度角落里还有一个空位。那位置真好啊，估计互相都看不见对方。辛丸子没理高木木，几步就坐在了那里。

果然，她朝高木木的位置看过去，得穿过太多人的后背，这多少让她安心。但驳了人家的好意，她心里还有点过意不去。吃了人家的饭，转脸就……不，这跟那句古话本质上是不一样的。

所幸也不是什么重要的课，辛丸子没过多久就开始闭目养神了。就在她隐约见到周公时，却有个不知死活的人推了推她。她有点迷糊了，条件反射以为是高木木,一下坐直了,伸手就朝旁边掐过去,嘴里说着:"高木木你……"

话没说完,辛丸子已经清醒了,她愣愣看着自己手里掐着的脖子,不是高木木的……而是……是……是谁来着?

"那个、那个……对不起啊,吓到你了。可是你能不能,先放开?"

苏严指了指掐在自己脖子上的爪子。辛丸子赶紧松了手,跟招财猫似的不停点头:"对不起啊,我睡迷糊了……"

说完她想抽死自己,睡迷糊了想起高木木,这传出去还了得。

苏严,苏严……辛丸子渐渐想起来这个人了。他俩并不是一个系的,但有一些科目重叠,不过也说不上认识,之前也从来没坐得近过。不过她在广播站时,收到过几次苏严的信和留言条,似乎也是个二次元同道中人。

"你是不是问过我,究竟哪部有关新选组的动画是正剧向?"

"对,是我。"苏严想到那个哭笑不得,"你回我,这年头谁还看正剧向……"

"哈哈哈哈哈哈!"

辛丸子没控制住,笑了起来,苏严一把捂住她嘴,把她的头往桌子上按。就在这一低头的间隙,辛丸子从人和人之间错开的一丝缝隙里,对上了高木木看过来的眼睛。她迅速拉过苏严,挡在了自己面前。

"怎、怎么了?"苏严四下看看,不明所以。

辛丸子赶紧摆手:"没事,刚说到哪儿了来着?"

整整一节课辛丸子和苏严都在聊二次元话题,从今敏、宫崎骏,到目前最新的番,从全年代经典,到国漫发展。辛丸子觉得,苏严应该是她认识的这方面知识最多的男生。虽然两个人的偏好,和站的 CP 都不太一样,不过好在他俩都不是掐架党,所以能愉快地交换意见。

他俩聊得劲头太足,以至于下课了教室里的人都走得差不多了,他俩都没反应过来,还在原位坐着。直到辛丸子听见几声特别烦人的咳嗽,实在忍不住抬头看了一眼。她看到高木木就站在她旁边,居高临下冲她挑眉。

"你在这儿干吗?"辛丸子说这话,忽然有点心虚。

"找你有事。"

"什么事?我下面没课了啊,下午才有。"

苏严在一旁插进话来:"我下面也没课了,要么我们去图书……"

"社团有点事,跟我走。"

说着,高木木拉起辛丸子就往教室后门走,她一边跟苏严挥手拜拜,一边叫着:"去社团?现在?"

高木木一声不吭把她拉出了教学楼。但辛丸子发现那方向不是往社团那边走啊。又走了几步,高木木放开了她,揉了揉鼻子说:"我想起来了,没什么大事,回头再说吧。"

辛丸子望着高木木绝尘而去的背影,感觉自己的五官因为莫名其妙而挤在了一起,她大叫了一声:"你的药是不是又吃光了?"

高木木没回头,抬起手比了个"OK"个手势,表示肯定。

唔……辛丸子瘪着嘴,闷闷地回了宿舍。她好想继续和苏严聊啊,可惜她还没来得及和苏严互留号码。仔细想想,苏严长得比高木木讨人喜欢多了,娃娃脸,声音也软,完全是弟弟型的。

她正想着,正好室友推门进来,她随口一问:"对了,你认识四班的苏严吗?"

"苏严……"室友想了一下,做出了恍然大悟的表情,"你说那个有点像林志颖的娃吧。怎么,你对他感兴趣啊?"

"什么就林志颖……什么就感兴趣……"

"也是,你和那谁不还好着呢吗,没那么快移情别恋吧!"室友认真地说。

辛丸子一下跳了脚。结果她忘了她在床上,屋顶很矮,脑袋结结实实撞上房顶,疼得她眼泪立刻就下来了,哭号着:"我跟那谁没关系!"

"哎哎哎,你别哭啊……"室友显然沉浸在自己的世界里,完全没在乎前因后果以及她说什么,赶紧安慰她,"分手就分手,没啥!等着,姐帮你要苏严电话去!"

"喂!"

不等辛丸子阻止,室友已经奔出了宿舍。辛丸子趴在床上,捂着脑袋,气得内伤。

这下好了。一波未平一波又起,她已经能预想到,明天江湖上流传着的就会是,她被高木木甩了,然后立刻转投苏严怀抱。

这叫什么事儿啊!

✧ 4

但是,苏严真的讨人喜欢,真的讨人喜欢,真的讨人喜欢。

重要的事,一定要说三遍。

自从认识了苏严,几乎每次在教室遇见,辛丸子都和苏严坐在一起。他俩支着笔记本,一人一只耳机看动画,根本没好好听课。苏严超级无敌体贴,每节课都带零食,全是那种不会出声的东西。比如可以吸的果冻啦、棉花糖啦,甚至开杯乐……辛丸子隐隐觉得,每节课都变成了野炊。

并且,她深切体会到,自己多了一个闺蜜。

苏严简直太有闺蜜气质了,男生身上容易有的那些认死理啦、好面子啦等坏毛病,他通通都没有。他总是捧着他那张人畜无害的小脸说,嗯,你说得也对。

每次都惹得辛丸子母爱泛滥。虽然苏严生日比她还早三个月。

"果然少女番还是得有萌物,狐狸啦、喵啦、萝莉啦……"苏严递过一盒薯片,辛丸子左右看看,虽说是图书馆,但这个钟点人还不多,应该不至于吵到人,她就接了过来,"有吃的就是朋友。"

苏严笑笑:"你听过一句话没?给买吃的就是喜欢。其实……"

"我记得,某人吃我买的东西,好像是最多的。"有一个幽幽的充满怨念的声音,从背后响了起来,打断了苏严的话。

辛丸子感觉到脖子后面一股冷气，一缩脖子，一卡一卡地转回头，就看到高木木不知道什么时候坐在了她身后。她迅速抄起桌子上一本书，大叫一声"鬼啊"，然后狠狠拍了下去。

"喂喂！你都看见我了！"高木木赶紧往后躲，"你少趁火打劫！"

"啊，目的被发现了……说！鬼鬼祟祟跑我们后面来干什么！"

"谁鬼鬼祟祟了，图书馆又不是你家开的。"辛丸子刚觉得这句有点耳熟，下一句更耳熟的就来了，"我来找你，社团有点事。"

辛丸子双手在面前打了个叉，坚定地说："我不会再上当。"

"不骗你，大家都等着你呢。我手机没电了，没法给你打电话，找了你一圈了。"

高木木看了苏严一眼，不知是不是想多了，辛丸子总觉得高木木对苏严有点敌意。仔细想想，好像有好多次，她和苏严聊得好好的，高木木都会突然窜出来打岔。可这么多次后，高木木和苏严居然还没成为朋友。

是……不太对劲哎。

高木木严肃的表情，也不太对劲儿。她总是不能确定高木木的严肃是真是假，她都想去淘宝看看测谎仪多少钱一斤了。不过她至少能感觉到气氛不妙，好像这样下去真的有可能发展成武斗。

"那……我去去就来。"辛丸子对苏严说，"要么，你等会儿我，我东西就放在这儿。"

苏严立刻点头："好啊。"

辛丸子抬起头，发现高木木已经走出去了，她喊了声"你走这么快干什么"，在后面紧追。她腿不够长，想追上得小跑，外人看起来，就像她在努力求和好一样。

"你慢点啊，急什么！"

高木木渐渐放慢了脚步，突然停了下来，辛丸子一个没刹住，直接撞到他背上。高木木本来就不胖，辛丸子的鼻子正撞在他蝴蝶骨上，立刻吃痛得弯下腰去。

"安全行驶你不懂啊……"辛丸子捂着鼻子,闷声闷气地说。

高木木回过头,没来得及笑话她,表情就慌了。

"来来,仰头,别说话。"他走到辛丸子对面,一只手绕到她脑后托起她的脑袋,一只手掏出纸巾,堵上她鼻子,"你反射弧到底有多长,流鼻血了没发现啊!"

"啊?我还以为……"

"别说话。"

辛丸子憋得难受。她想说,她还以为是鼻涕,怪丢人的,所以一直遮着。

但高木木似乎没开玩笑的心情,皱着眉头盯着她:"到底是不是撞的啊,你疼不疼?"

辛丸子想了想,点了点头。

"那去校医那看一眼,走。"高木木拉过她胳膊,"你就往上看,跟着我走,没事。"

见他认真了,辛丸子才咧嘴一笑,晃晃头,含糊地说:"我骗你呢,不可能是撞的啦……"

"真的?"高木木的眉头皱了好半天,才纾解了一点,"那就是那小子给你吃太多垃圾食品,上火了吧。"

"你别乱怪人家嘛……"

辛丸子没意识到,自己的语气已经软了下来。她还以为,是鼻子被堵着的原因。

"少吃点膨化食品,少吃点糖……真是的。"

楼道水房里,她鼻血已经止住了,高木木拿纸蘸水,帮她擦脸上的血。辛丸子的心忽然扑通扑通跳得厉害,不敢正视高木木,想把纸抢过来自己擦,一下没瞄准,就握住了高木木的手。

她一下子像朵炸开的烟花,自己往后跳了一大步,汗毛都竖起来了。反倒是高木木一副"你神经病啊"的表情看着她,问:"你跑什么?"

"我、我、我……我自己擦就行!"

辛丸子说着跑到水池旁边，开大水龙头，啪啪朝自己脸上泼了几把水。

折腾完之后，已经过去了很久，接着他们就去了空无一人的社团教室，"商议"了校庆演出的事——悲剧的开端。

"你啊，最近也搞搞考试的事吧，"高木木难得正经地对她说，"真想挂科啊？"

"知道了。"

"知道什么啊，天天上课都和那个谁一起胡闹！"

辛丸子这下能肯定，高木木就是对苏严有意见："人家有名字，人家叫苏严。"

"好好，苏严。"高木木明显不怎么在乎这个，"你俩想一起挂科啊。"

"不想……"

"那你从明天开始，好好听课，和我坐一起，知道了吗？"

"知道了……"

高木木的教导模式非常像监护人，辛丸子不知不觉就跳转到了应付爸妈的乖宝宝模式。过了半分钟，她才反应过来："啥？和你坐一起？"

"一言既出，驷马难追。"

高木木掏出手机，点了一下，里面是刚刚的录音。辛丸子听到自己的声音，蠢得不堪入耳。她跳起来去抢手机，想把录音删掉，高木木举着手机就跑，辛丸子对他围追堵截。但高木木的运动能力显然比她想象得要好，各种轻巧得从桌椅上翻跳过去，紧接着她就笨拙得把椅子撞倒。

"呃……你俩谈恋爱去别处成不？我们在隔壁自习呢。"

教室外面突然出现一个女生，似乎挺不好意思的，脸都有点红。说完之后，立刻转身就走了。辛丸子和高木木两个人都僵住了，面面相觑了一会儿，辛丸子先一步收敛了起来，快步往门口走。

"我先回去了。"她走到门口，脸也有点烧。

"好。"高木木也有点心慌，"那个……我明天给你买早点。"

"其实我之前说的请客什么的都是开玩笑的,我也不能一直刷你饭卡,要不咱俩一人一天的?"

高木木果断摇头:"我这个人吧,没有花女生钱的习惯。而且既然答应你了,我就得做到。更何况,很不巧,我平时还是有点外快赚的。"

不含蓄地说就是老子是 gentleman,老子乐意,老子有钱。

辛丸子忽然撒腿就跑。

一路从教室加速跑回宿舍,才算把她心里的燥热感转化成汗水消耗掉。辛丸子冲了个澡,彻底冷静了下来。刚要上床想闭目养神把高木木忘掉,突然想起来她把苏严给忘了!

她赶紧给苏严打电话,可没人接。虽然她不觉得有人会那么傻,这么久还等着。但思来想去,不去看一眼还是不安心。要是高木木就好了,等就等呗,她恨不得咧。

她又跑回图书馆,一眼就看见了苏严趴在原位上。还真有这么傻的孩子啊……辛丸子有点于心不忍,走过去轻轻拍了拍苏严。

"你来了啊……"苏严揉着眼睛醒了过来,抬起头看到她,一点也没生气,反而笑了。

"你先走不就好了吗,干什么一直等着啊。"

"我有话没说完。"苏严摇了摇头,凝视着她的眼睛说,"我喜欢你。"

仿佛所有声音都被吸去了,周围的一切都变得不存在,辛丸子彻底放空了几秒,才逐渐恢复了知觉,可头皮还是一阵阵发麻。这是她生平第一次被表白,想象中的电击感多少还是有一些,但更多的是震惊——震惊苏严会这么说,震惊这种事会发生在自己身上……但在震惊里,并没有开心的成分。

相反的,理智回归后她更多的是沮丧,是不是要失去一个刚得到的朋友了。

还有在"喜欢"这个词出现的瞬间,高木木的脸在她的脑海里一闪而过了。

CHAPTER 04 卖艺

✧ 1

在没亲身体验过"喜欢"这件事时,大部分对于它的想法都是错的。

什么年龄啦,学历啦,长相啦……条件能刷刷刷写一大页。但一旦遇到那个人,对照一下之前想好的条件就只剩啪啪啪打脸了。

爱上缺点这种事,辛丸子原本是不信的。直到从苏严嘴里说出来所谓的动心瞬间,她深刻理解了物种的多样性。

"你到底喜欢我哪儿啊!"

心里是很想说,没事,我改。但辛丸子还是想听听苏严怎么夸她,毕竟她的长处实在是不太好找,好歹让她听了过过瘾。

"就是校庆那天,你在台上唱歌……"

苏严刚说了一句,辛丸子就喷了他一脸的可乐。苏严毫不在意,抹了一把脸,继续说:"不是有一句歌词是'说不出你欣赏我哪一种表情,说不出在什么场合我曾让你动心'吗?就在那一刻,我就动心了。"

辛丸子直勾勾注视着苏严的脸,花了好长时间都没缓过劲来。她无法理解这个逻辑,究竟苏严喜欢上的是原来的词作者,还是她?说到底,其实是被歌词感动了吧。

"我唱成那样你还能注意歌词,也是很厉害……"辛丸子抽了抽嘴角。

"你唱得好可爱!"

……又喷了一脸。

"对、对不起啊!"辛丸子拿纸巾帮苏严擦脸,"说实话,你的听力还好吗?"

"超级好的!"

"那……"

苏严双手握住辛丸子举着纸巾的手,两眼闪亮亮冒着光,诚恳得不忍直视:"从小到大,我就喜欢唱歌走调的人。每次听人唱歌走调,全身汗毛都竖起来,瞬间就想号叫,好萌啊!但是唱歌走调的人一旦自己知道了,就不愿意在人前唱歌了。那天我听见你唱歌,萌得我鸡皮疙瘩都起来了,心跳得厉害!"

吓得她鸡皮疙瘩都起来了!辛丸子费了九牛二虎之力才把胳膊从苏严手里解救出来,跳着脚说:"你让我静静,我想静静。"

苏严立刻乖乖闭嘴。

这世上真有人喜欢唱歌走调?受虐倾向吗?斯德哥尔摩综合征?天上掉下那么大一朵桃花给她,她都高兴不起来,因为她总觉得这是长成桃花模样的炮仗,说不准什么时候就连同她一起炸上天了。

"你么不走寻常路,不怕扎脚吗?"

冷静了一下,辛丸子还是忍不住问苏严。

她自然是没有答应苏严,她百分百确定自己对苏严没感觉,就连被抓手都面不改色心不跳的。而且她料想到和苏严在一起之后她的命运就是不停地唱歌,让苏严"欣赏"。且不说她受不受得了,总会殃及无辜吧。

但苏严丝毫不气馁,一副留得青山在不愁没柴烧的样子,做好了打持久战的准备。辛丸子倒是也可以理解,毕竟见过她这种登峰造极的,再遇见谁口味都太轻了。

只不过多了告白被拒这一层,辛丸子对苏严多少有点歉疚。虽说怎么想都觉得这歉疚太与众不同了——"我唱歌唱得太难听了,让你喜欢上了,是我的错。"

Chapter 04. 卖 艺

随便想想，辛丸子就糟心得不行，到底做了什么孽，她先招惹了高木木，又招惹了苏严。事实证明，没有一个是省油的灯！

自从上次在社团教室撅了高木木的挑子，一个多星期了，辛丸子没和高木木说过话。她还是尽可能和苏严走得近，只要苏严不再提奇怪的事。只是，还是一样上课开小差，一样谈论着二次元话题，一样嬉笑怒骂，辛丸子却渐渐有点开心不起来了。她的开心程度只能升到百分之七十左右，就被一块挡板挡住了，再也过不去。每当她看到高木木，她就能感觉到那块挡板的存在。

以她对高木木的了解，在漫展之前，一定会机关算尽地逼她就范。再说她原本也答应了，没打算耍无赖。可眼看着漫展一天天近了，高木木却像忘了那回事似的，再没和她提过。她被憋得浑身难受，但总不好主动去问进行得怎么样了。哪有自己抽了楼梯再自己搭上爬回去的？那她的小辫子可算是被高木木彻底揪住了。

不找也好，没准高木木就是突发奇想，现在已经放弃了！再说了，她有什么义务一定要帮高木木给女朋友筹钱！她可是 FFF 团的！

每天辛丸子都尝试说服自己，但她内心的挡板位置却逐渐下滑，她的快乐值也从没这么低过。直到她掏出手机，发现一个小时前高木木发的信息，还没看内容，挡板被直冲天灵盖的愉悦冲飞，再也找不着了。

虽然，只是条公式化的"周三晚上八点，在食堂举办书法比赛"的通知。

想到之前高木木说的书法作品他都会搞定，辛丸子毫无压力地到了食堂，在门口正好遇到苏严。听说有比赛，苏严也要跟着去凑热闹。反正书法社人那么少，带个亲友团助助阵也是好的，辛丸子就拉着苏严去了。

六个社员倒是都到齐了，但时间还没到，来围观做评委的应该也还没来。高木木抬头看了一眼她，伸手朝苏严一指："让他先回避。"

"为什么！"辛丸子不懂高木木和苏严这梁子是怎么结上的，但好歹是同学哎，干吗一见面就黑脸。她揪住苏严，不让走，"他是我带来的，不走。"

"你确定？"

"确……确定啊。"

辛丸子觉得不太对劲，感觉高木木针对的不是苏严，而是她。只见高木木拿出几张看似空白的宣纸，分发到社员手上，也包括她。她低头一看，宣纸上有很细很细的红线勾出的四个字的轮廓。她愣了一下，突然明白过来，第一次听说毛笔字还能玩填色游戏的！

而且，为什么其他四个人都是"国富民强""长命百岁"之类的，她手里的这个却是"寿终正寝"啊！

想让她寿终正寝就直说啊！再说寝字那么难写，就算填空都会填错啊！辛丸子心里好似有千万头羊驼在一起开了场运动会。

她手里握着"寿终正寝"，和高木木热烈地做着眼神"沟通"，她眼睛里一头羊驼使出天马流星蹄朝高木木飞去，高木木却淡定地使出庐山升龙霸——喝了口水。

照高木木的安排，他们几个就坐在最后面，抓紧时间赶紧描。不能一笔写下来，就拿小号毛笔一层一层填上，只要不太丢脸就行了。

"搞这次比赛一是让大家觉得书法社还在，还做事。二是看看学校里有多少真正的书法人才，可以扩充下社团。三是，周末我们就要去漫展了嘛，提前给我们社团造造势也是好的。"高木木说正经话时还颇像样子，大家的神色也都很认真。只有辛丸子，在听到漫展的时候，自己都没发觉地阴了脸。原来大家还是要去的，只是甩下了她。

也好，谁稀罕！辛丸子恶狠狠研着磨，溅得纸上一串墨点，立刻就要不得了。她正不知道怎么办，就看到苏严朝高木木走去。她支着耳朵，听到苏严说："我也想参加。"

"行啊。"高木木看了苏严一眼，丢了他一套东西。

"我也要进书法社。"

话音未落，高木木变了脸色。辛丸子鲜少看到高木木变脸色，一下来了兴趣，几步跑过去拉住苏严，朝高木木点头："好啊好啊，书法社正好缺人。"

"书法社不缺人。"

"你刚说的,扩充社团。"辛丸子把后四个字咬得清清楚楚。

"我是说要扩充社团,但我要找人才。人才懂不?"高木木挑了下眉毛,"哦,对了,你不懂。"

"没关系,我今天赢了你,我就进社团,如果输了,我再也不提。"

没想到平时苏严软软的,赌起气来也很厉害。辛丸子在后面揪了揪苏严的衣服,小声嘟囔:"不行啊,他会使诈的,他爸是书法家哎。"

"没事。我爸也是书法家。"苏严嘴几乎没动,但辛丸子居然听懂了。

敢情是书法家的儿子间的对决,她一个蠢材在里面搅和什么。这样想着,她跳到正中间对所有人喊:"走过路过不要错过!今天有场世纪大对决喂!"

所有人的注意力都放在了高木木和苏严身上,辛丸子顺势把她的"寿终正寝"团了丢进了垃圾桶。

同时,她发现垃圾桶里不止有她一个宣纸团,她抬起头,看到其他四个团员朝她露出同志间心有灵犀的微笑。

✧2

原本这什么书法比赛是没人关注的,没想到他俩一呛,看热闹不嫌事儿大的人都来了,把他们这块小区域围了个里外三层。

辛丸子见一下来了这么多人,突然有点慌。她一没见过高木木正经写过什么,二没看过苏严正经写过什么。等下他俩要是一个画奥特曼一个画小怪兽,那这个书法社就等着摘牌歇业吧。

"喂喂,你行吗?"她溜到高木木旁边,做贼似地问了一句。

"你这是关心我?"

"少蹬鼻子上脸,"辛丸子赶紧改口,"我是怕你输太惨,丢的可是书法社的脸。"

"你鼻子塌得跟伏地魔有一拼,我想蹬都没地方。"

辛丸子伸手在高木木胳膊上足足掐了一分钟才放手，悠然飘到了苏严身边，完全不理会高木木猪肝色的脸。

"喂喂，你行吗？"她问苏严。

苏严眼睛里有星星："你这是关心我？"

"……少……"辛丸子果断结束了话题，"我是伏地魔，我有罪，我忏悔！"

正说着，辛丸子听到有人喊，济公到了。大家不约而同让开了条路，一个上半身西服下半身牛仔裤，头顶十分具有地中海风情的老头走了进来。学校里基本上没人不认识他，即使是不上书法课，也听说过书法老师济振。老爷子一年四季一件破西服外套，敞开来，一面插着各种笔，一面是锥子钳子各种工具，天知道他平时是做什么的。永远乐乐呵呵，爱好是管闲事，外号济公。

没想到高木木连他都请来了，辛丸子觉得大事不好，要担心的估计是苏严。只见高木木非常耍心机地自己就开始写了，显然非常自信，她眼睛盯在高木木那边，手上拍着苏严："你你你，快……"

"老师，我写完了。"

身边的苏严举着纸站了起来，辛丸子觉得自己一整晚都在表演四个字：目瞪口呆。

还不等苏严把字送到老师手里，高木木也不甘示弱追了上去，济公甚是欣慰地举着二位的字，先展示出来给大家看了一下。

高木木写的是行楷，非常标准，看起来就行云流水，甚是纯熟。只是字的笔画简单了些，写的是"山有木兮木有枝"。

而苏严写的是隶书，四个方块大字，笔力苍劲，跟他的人反差极大。他写的是"返璞归真"，而且是繁体字，一眼望去全是笔画，辛丸子都想象不到他是怎么写那么快的。

高，实在是高！果然是真人不露相啊！要是她能写一手这么好的字，肯定恨不得每天上课拿毛笔记笔记。他俩藏这么深，当自己是兵马俑吗！

"后生可畏啊。"济公也是赞不绝口,"你们俩有兴趣来上我的课吗?"

高木木和苏严难得统一了一次,一起摇头。

济公似乎有点受到伤害,他左右斟酌了一下,把苏严那张往前一举,撂下句"这个略胜一筹"就走了。辛丸子原本觉得刚才斟酌的时候,济公可能在心里撒骰子呢,可当她看过去,发现高木木没有什么惊讶的表情,似乎是料到了这个结局。

他会认输?辛丸子有点心虚,小心翼翼盯着高木木的表情,连苏严在一旁蹦蹦跳跳说"我厉害吧",她都置若罔闻。

"愿赌服输,欢迎加入书法社。"

高木木对苏严说完,就开始收拾东西,众人也渐渐散了去。苏严拍了拍辛丸子,说:"走吧。"

辛丸子还是一直盯着高木木,可惜对方根本不回应她。她和苏严一起走出了食堂,可没走几步,她的腿就不听使唤了,死活不愿意继续往前,她对苏严说:"我饿了,我要去超市买点吃的。"

"我陪你去。"

"不用不用!"她连忙摆手,"不止买吃的,还要买点女性专用,你在比较难为情!"

"我不难为情啊!"

"我难为情!"

辛丸子转身跑得比兔子还快,一直冲进食堂门口的超市,她才敢回头,所幸苏严没跟过来。她穿过超市,进到食堂里,高木木已经走了,大概是走岔了。她叹了口气,随意地坐在了一把椅子上。

她这又是何苦呢,跑回来的意义是什么呢。苏严进了书法社,这不是很好的事情吗?她得偿所愿,给了高木木一个下马威。一切都很好,她心里那股子怅然若失,到底是哪里来的。辛丸子双手捧着脸,使劲儿拍了两下,在心里对自己说,振作,振作,元气,元气。

就在她站起来打算离开时,看突然瞥见了垃圾桶里一个揉得不是太紧的纸团，可以看清楚一个字，木。她抽了口气，赶紧把纸团捡起来摊平了，果然是高木木写的那张。

好好的，为什么丢啊……她有点舍不得，找了张干净桌子一点点把褶皱都抚平了，这期间她一直在心里叨念着那两句——"山有木兮木有枝，心悦君兮君不知"。

把这张书法偷偷摸摸带回了宿舍，却又不知道放哪儿才好，总不能大大方方贴墙上，但折又折不得，夹也夹不得的，简直愁人。最后辛丸子想到了一个办法，她把宣纸卷成一个圆筒，然后贴了一小块透明胶带固定，就天天放在自己枕头和墙的缝隙里。

她完全没意识到自己做了件特别痴汉的事儿，跟藏心上人作业本在枕头底下是异曲同工的。她也忽略了自己凌驾于地球生物之上的睡相，第二天醒来，纸卷已经到了隔壁室友的铺上。她想挽救已经来不及了，室友看了一眼，就嫌弃地说："这年头的情书都这么风雅了？"

"不、不是情书……"

"我知道这是高木木写的，我昨天虽然没去，这写着落款呢。你别欺负姐读书少，姐精着呢。"

室友站了起来，床晃了三晃，辛丸子眼睁睁看着她一步跨过来，伸手往墙上一拍，大作就成了床头一景。

"我，我，我，我，不是要挂在这儿啦！"

辛丸子想收拾起来，室友手嘴并用，三下五除二扯下几张胶条，贴了一圈。其他两个室友也醒了，全都支起脑袋看着辛丸子的这个床头奇景。

"不错，我们宿舍也算是与众不同，充满文化气息了。"

"就是有股恋爱的酸臭味。"

"你这是吃不到葡萄说葡萄酸。"

三个人热络地调笑了起来，辛丸子迅速蒙上被子装死。只是透过被子的缝隙，她的手指在落款"高木木"三个字上无意识地划来划去，也不知道怎么回事，她止不住想笑。

甚至不可以说是"想",她就是知道,自己在笑。

✧3

漫展对于二次元爱好者来说就是庆典,是扒在次元壁墙头上的机会,是节操可以大大方方掉的场所……是钱包清零日。辛丸子记得一整年的漫展行情,原本周末这个漫展是她几个月前就定下的重要行程,但居然被高木木搅了心情。

不行不行不行!不能想高木木!坐在清早的地铁上,辛丸子耳机里放着大把元气OP,说服自己要专注!地铁上一堆奇奇怪怪的孩子,化着浓重眼妆,带着血轮眼,举着洞爷湖的木刀(天知道怎么过的安检)……下了地铁,要穿过一个公园才到漫展场地,辛丸子发现公园的每片树丛后面都有人,不是在化妆就是在换衣服。哎,真好啊,她是由衷地羡慕这些coser,她也曾经想要加入他们,可刚买了两顶假发,就被妈妈发现了,当即就被处理掉了。别说参加cosplay了,初高中的时候,即使是去逛漫展都不能说实话。

所幸现在大学住校,她能放松些了,只是没了十几岁的冲动,现在让她再进cosplay圈,她也拿不出劲头了。她的关注点已经完完全全转移到了声优部分,她看过很多知名声优的现场,他们可以当着很多人的面拿着本子就开始配音。但她觉得自己还是做不到,归根究底还是她太没自信了。她一直不相信自己能以此为职业。

漫展场地很大,辛丸子细细逛了一圈,还围观了一个漫威电影男主的见面会,入了不少周边,出去时已经下午了。她想就近找点东西吃,左顾右盼搜寻周围的快餐店,猛然间,看见了人流间隙里的高木木。她以为自己看错了,使劲儿揉了揉眼睛,但是那么讨人厌的脸,怎么可能看错呢。

辛丸子本想绕开走,一个路人走路不看前面,撞了她一下,一边抱歉一边把手里的传单丢进垃圾桶。她看到远处的高木木似乎就是在发传单,心思一动,捡了一张别人随手丢的看了一眼。传单上印着的广告词是——"想用知名声优的声音为女神或男神录一段话吗?（想花最低的价钱骗人吗?）想要淘宝绝对搜不到的纯手绘定制T恤吗?（绝对不要用水洗!）想不花门票钱就能骗人自己去过漫展吗?（来这里呀!）"

这是江湖骗术啊,而且还很没有江湖道义!辛丸子举着传单,踮着脚尖,绕开高木木,偷偷靠近了他们的摊子。不看不要紧,一看她简直哭笑不得,他们在帮人截什么独一无二的声优祝福语,用的就是她以前的广播录音!

"你们这叫侵权,知不知道!"

辛丸子叉着腰,突然气沉丹田地叫了一声,吓坏了前面一票人,包括发着传单的高木木。高木木和她大眼瞪小眼半天,在她要采取下一步行动前,双手抱头,喊着:"重要的事说三遍!对不起、对不起、对不起!"

就好像是一把刚烧起来的火,被一盆凉水浇了个透,辛丸子仿佛都能看到自己头上冒出一缕叫作"泄气"的黑烟。

"这就是你们的计划?"

"与其平白地要人捐款,还不如我们让大家心甘情愿地拿出钱来。"高木木见辛丸子不打算发飙了,才扎着马步浑身提防地靠近她,"你看,美术部的,音乐部的,大家都来帮忙……"

"你也可以叫我啊!"辛丸子下意识说出口,再捂住自己嘴已经来不及了。

高木木的嘴角一点一点,渐渐要扯到耳朵根了,立刻抓住话柄:"那你是不是不生气了?"

"你知道我今天一定会来,是吧?"

辛丸子算是摸清了高木木的套路,怪不得这段日子也不上赶着她了,敢情是算好了在这里挡路呢。这倒好,不用求不用哄,她自己又往陷阱里跳了。

"不用客气,在下诸葛……"高木木挥扇子的动作还没做完,辛丸子把传单往他脸上狠狠一拍,咬牙切齿地说:"你也就是只猪!"

有了辛丸子帮忙,他们才算真正的顺风顺水起来,辛丸子更加确定,高木木是真的算好了她最后还是会加入。他们没租位置，只能把摊位支在外面。美术部的人画了一幅经典二次元角色海报，上面写着陈染的信息。但是他们并不是直接呼吁捐款，而是规规矩矩做生意，如果有人愿意多加些钱，他们感激不尽。

辛丸子现场录音，可以帮大家刻真正独一无二的碟，或者转存，特别适合没买到票，或者舍不得买票，但又想充数的人。没一会儿摊位前居然排起队来，大家忙得不亦乐乎。尤其是辛丸子，遇到没看过的动漫，还要先找来学，可是她脸上却尽是笑容。

"给。"高木木买了水，递给辛丸子，"传单发光了，还有什么我能做的？"

辛丸子挑了挑眉毛，她好不容易有机会整整高木木，怎么能浪费："来，给我揉揉肩膀。"

高木木看了看旁边这么多学生，有点难为情——等他回到学校里，一世英名不就毁了。

"就这么不情愿啊？"见他半天没动静，辛丸子翻了个白眼，"大家都在辛辛苦苦帮你女朋友哎！"

"女朋友？"高木木一时没反应过来，等反应过来之后瞪大了眼睛，"女朋友？！"

"陈染不是你女朋友吗？"辛丸子也没料到他反应这么大。

高木木痛快地把她的头按到了电脑键盘上，痛心疾首地说："我一直以为你只是不聪明，我错了，你是真傻。"

"那你这么关心陈染是为什么啊？怎么没见你这么关心其他人啊？"辛丸子揉着脸上的键盘印，突然醍醐灌顶，"哦，明白了，你是暗……"

话没说完，脸再次被迫滚了键盘。高木木一手按着辛丸子的脑袋，一手发愁地掐着眉心。

他愁的是该怎么和辛丸子解释清楚这件事。

他万万没想到辛丸子的联想能力那么强，也不知道从哪儿看出来他和陈染有关系的。他既不愿意让辛丸子这样以为，可想解释又有点开不了口。

做得出来，但对着当事人开不了口，这情况要么是贼，要么就是……就是……

高木木对陈染是有点愧疚，那天他去学生会那边，想取消自己校庆的报名。因为他报名的是和辛丸子的男女对唱。他本想到时候逼辛丸子就范的，谁曾想辛丸子的技能树点得这么歪。但他本身就是学生会的人，学生会需要他这个名额。正在这时，陈染走进来，见他为难，就替他顶了这个名额。

见到陈染出事，高木木心里咯噔一下，他想会不会因为要上台，陈染才会没休息好，或者是过于紧张。

但其实他也知道，无论怎么说，这也仅仅是个巧合罢了。不过他还是想尽自己所能表达歉意，可结果……辛丸子居然误会了？

所以是因为误会，那天在社团教室才那么不高兴的？高木木想到这儿，脑袋突然一片清明了。他低下头看着辛丸子正在帮人用无比中二的声音录着"我就是新世界的神"这样无比中二的台词，因为太羞耻了，表情跟吃了苍蝇一样。高木木觉得自己想得没错，做贼的应该不止他一个，或者说一个有贼心，一个正好没锁门。

忙活了半天，他们的募捐箱里已经塞得满满的，几乎每个人都愿意多给一些，少则一两块，多则一二十块。高木木一扭头，看见漫展里面很多貌似工作人员的人，还有穿着cosplay衣服的，朝他们这边走了过来。而与此同时，辛丸子看见马路对面驶来一辆城管的车。

"跑！"辛丸子和高木木异口同声。

男生负责拿桌椅之类沉的东西，女生抱着小件物品，辛丸子捧着钱箱，毫无默契可言地向不同的路口逃窜。辛丸子还以为只有她自己，跑了几步回过头，发现高木木正双手把一张折叠桌子举在头上，卖力地追她。

"你怎么不和他们一起跑啊？"她指的是那帮男生的方向。

高木木扑哧扑哧喘得厉害，这些东西里最沉的可能就是这张桌子了。他把桌子撂在地上，整个上半身趴在上面，气息奄奄地说："跟谁跑不一样啊……"

"不一样啊！"辛丸子鄙视他的记性，"你这些东西都是找人借的吧，你们肯定是开车来的吧，肯定得一起还吧。"

高木木这才想起来，顺着辛丸子手指的方向往后看去，他完全跑反了方向。他望着漫漫长路，哀号了一声，又扛起桌子往回跑。怎么刚刚那一瞬间，他就条件反射跟着辛丸子跑了呢，他的一世英名啊。

辛丸子站在原地，抱着钱箱，看着他的背影，不自觉地笑了。

"你等等我！我也要坐车！"

她也跟着往回跑，始终在偷笑。之前和高木木总是势如水火，每次都是她被整得团团转，难得的见高木木有如此狼狈的时候。

不过……比他平时可爱多了。

终于，高木木停了下来，开始左顾右盼。辛丸子也跟着看，周围哪里还有人，她用手肘碰了碰高木木："忘了车停哪儿了？"

"就在这儿。"

"肯定？"

"肯定。"高木木直勾勾盯着面前的桌子，"不用想了，这帮没良心的肯定走了。"

"走……走了？"

原地茫然了几秒钟，辛丸子笑容满面地拍了拍高木木，说："那我也走了。See you！"

✦ 4

从这里回学校，路途漫漫，主要方式就是城市轨道交通，半程轻轨半程地铁。坐公交的话，还不知道要倒几趟才能到。但无论地铁公交，都和高木木没什么关系。任何一种交通工具，也很难让他搬一张桌子上去。

走在路上，注目礼已经很多了，高木木扛着桌子和辛丸子一起走到了地铁站，迎面就是安检口。他颓唐地放下桌子，朝辛丸子抬了抬下巴："行了，你先走吧。"

真到了这地步，辛丸子就发现自己实在只是嘴硬，尤其高木木一退让，她更为难。

但为难归为难,她能怎样呢,留下来也无济于事。她慢腾腾过了安检,回过头高木木还站在那儿。她走到投币的闸机口,远远看到高木木还站在那儿。她站在闸机前,无论如何也迈不了步子。

她能做点什么呢……辛丸子看了看自己手里的钱箱,心说干脆两个人合钱打车回去?虽说实在是很贵,估计还会被拒载很多次,但这算是一个可行的方法。只不过现在的出租车都太小了,不知道后备厢塞不塞得下那张桌子。实在不行,至少也吃个饭再回去吧,顺便想想办法,不然她也太不够义气了。

这样想着,辛丸子又转身在安检员的目送下走了出去。高木木明明纹丝未动,却还一脸惊讶地问:"你怎么又回来了?"

"我突然想起来,回去也没饭了,先吃饭。"辛丸子死命抓着自己的头发。

"成,那就先吃饭。"

没想到高木木这次倒还挺顺她的意,她本来盘算着只要高木木得便宜卖乖,她立刻转身百米冲刺进地铁的。

两个人又一路出了地铁站,辛丸子想得简单,就是找家店随便吃点,但高木木一句话就把她问蒙了:"你见过下馆子自带餐具的,见过自带桌子的吗?"

"我……"

"这就跟拿着鱼竿去水产市场是一个意思。"

"你去过?"

辛丸子可算找到了吐槽点,高木木认真地说:"我爸去过。"

"……"

溜达了两公里,看得出来高木木是实在没力气了,辛丸子刚想眉飞色舞揶揄他,可惜眉毛刚挑起来一点,就被吓得迅速挤成了八字。高木木直接把桌子往街边的烧烤摊旁边一放,从背包里掏出两包干脆面,递给她:"来,吃。"

"吃、吃个头啊！"辛丸子一抬头，烧烤摊摊主，正吃东西的客人，都目瞪口呆地看着他俩，"这不还是自带桌子吗！"

"当然不一样，你到一个有桌子的地方自带桌子，那你是神经病。你在一个刚好没桌子的地方自带桌子，你是自食其力乐于助人。"

"那椅子呢！"

"吃个干脆面还要什么椅子啊！"

"……"

好在老板看不过去，拿来两个板凳，一脸发现外星人而且外星人还是九头身大美女还有车有房似的乐呵劲儿说："行行行，小两口别为了这个吵架。"

"谁跟他两口子！"

"谢谢老板！"

很显然高木木的声音比她大，辛丸子觉得自己的澄清完全没人听见。她气鼓鼓撕开干脆面，熟练地捏碎，洒下调料包，吃了起来。

他俩坐上老板搬来的板凳后，就只剩头露在桌子上面，远看十分诡异，辛丸子感觉街对面的人都在歪头看他俩。不过这点尴尬在烤串和麻辣小龙虾端上来之后，就烟消云散了。她高举着胳膊，毫无阻碍地往嘴里塞，让高木木想到了一个词，身残志坚。

高木木其实吃不了多少辣，他全程在帮辛丸子剥，他面前的壳堆成了小山，辛丸子的肚子鼓成了小山。

吃路边烧烤是最费时间的了，等他们什么也吃不下了，一个晚上过去了大半。辛丸子看了眼时间，惊得一哆嗦，再晚她也要回不去了。

"你到底要怎么办啊？"她打着饱嗝问高木木。

"你别管了呗，反正明天还要继续，他们还会过来，我就找个地方将就一晚。"高木木说着掏出钱包，"啊，坏了，钱都被你吃了。"

辛丸子看着桌子上的杯盘狼藉，立刻掏出了自己的钱包，不过帅气的姿势只维持了一秒，肩膀立刻颓了下去，假笑着移开了视线，她买了太多周边，钱包里连张大票子都没有。

他俩剩下的钱加起来，可能都不够打车回去的。而且这钟点这附近很难找到空车了。

"行了，我送你去地铁站。"

高木木站起来，收拾了桌子，扛起来就要走。辛丸子站着没动。他回过头，问："怎么了？"

辛丸子自己也不知道怎么了，她就是……犹豫。

"那你呢？"

"我随便找个 24 小时餐厅待一夜就行。你先回去吧。"

"那是不是明天一大早他们就还会过来？"

"对啊，计划是明天还有一天，他们应该不会放鸽子。"高木木想到今天，咧了咧嘴，"可能也不一定……"

"那我也懒得回去了，既然明天还要来的话。再说我现在回去，没准熄灯了，到时候我更可怜。"

她觉得自己说得足够有理有据了，还摆出了委屈的表情，但心里还是发虚，尤其是在高木木意味不明的审视目光之下。她只好让眼珠始终保持活跃状态，不去直视高木木。

"好吧。既然你这样说了。"

喂，今天高木木怎么这么顺着她！辛丸子原想着只要高木木推脱一下，她就立刻百米冲刺去地铁站的。又没成功。

于是她跟着高木木往漫展的方向走回去，一路上她问了无数回去哪儿，她以为找个肯德基麦当劳喝一夜可乐也就行了。但眼看着肯德基麦当劳都经过了，高木木并没有停下来的意思。眼见着就要走到漫展场馆了，一直走直线的高木木终于拐了弯，辛丸子刚想高兴，一抬头就看见了明晃晃的旅馆招牌。

"我们这是要……"

"开房。"

辛丸子果断从草丛里抄起一块砖头，高木木见情势不妙，把桌子挡在面前，大叫："停停停！我有盾！"

"我还有雷神的锤子呢！"

"听听听我解释！啊！"

随着一声让路人都止步、旅馆都开门巡视的巨响，被高木木扛了将近五个小时的公有财产，卒。

浪漫绝缘体

CHAPTER 05

✧ 1

"我们要两间房。"

"你们的钱只够一间。"

"那要双床房。"

"这两天房价紧张,只有一间大床房。"

"大床房有沙发吗?"

"有椅子。"

拿着钥匙,高木木和辛丸子两个人一句话也没说,走到走廊尽头,推开了房间门。旅馆老板非常有诚信,整个屋里差不多也就一张床一把椅子。

高木木先一步走了进去,往床上一坐,朝在门外探头探脑的辛丸子招了招手:"进来啊,床还挺舒服的。"

辛丸子有苦说不出,她既不想显得自己太怂,可此情此景真的超出她的经验啊,分分钟她都想尖叫着冲出去。可还只能强装镇定走进来,坐在了椅子上。

两个人大眼瞪小眼,半天没说话。

"咳,"高木木十分故意地咳嗽了一声,往前坐了坐,手肘撑在膝盖上,跟辛丸子掰开揉碎地讲,"你好好想一想,这是最完美的结果,咱们好吃好喝一晚上,还有床睡,明天还不用早起。"

"只有一张床……"

"床挺大的嘛。"高木木回头看了眼,"没事,我不嫌你胖。"

"我嫌你好不好!"辛丸子彻底暴躁了,她站起来转身就要出去,高木木也跟着站了起来,问她:"你去哪儿啊?"

"我去找老板借根绳子。"

"借绳子干什么?"

"你今天睡椅子。"辛丸子十分温柔地看了椅子一眼,"用绳子绑着能让你睡得舒服点。"

她前脚刚迈出门,后脚就听到高木木在背后不紧不慢说:"你拿来绳子,我明天就说桌子是你砸坏的。你要是不拿来绳子,我就勉为其难说是我摔的。"

辛丸子迈出去的脚重重落到了地上,她想象着自己这一脚落下去,整条走廊的地面都崩塌,然后高木木和其他人露出惊惧的表情。但实际是她悻悻地回过头,高木木两只眉毛轮流挑着,像在说"你去啊,你倒是去啊"。

"好!谁怕谁啊!我妈好歹是体育老师,会散打的!我身手也不差!"辛丸子就是这脾气,把她逼到没办法了,她也就释然了,她大刺刺地往床上一滚,"不管了,我要睡觉!"

她说着翻了个身,背对着高木木,心脏扑通扑通跳得可怕,她觉得床都在抖。

高木木也是骑虎难下,说实话就算真躺在那儿也睡不着啊,但事到如今,他总不能输给辛丸子吧。于是他就挺尸一样在辛丸子旁边躺下了,躺下就再也没动过,一丝一毫一根手指头都没敢再动过。

然后……他火速睡着了……

是手机铃声把他吵醒的,他迷迷糊糊就张嘴问"谁……",没等说完嘴就被死死捂住了。他睁开眼看到辛丸子坐在他旁边,死死捂着他。

高木木内心是崩溃的,他现在应该怎么办,要报警吗?

"我在宿舍啊……"

见他醒了,辛丸子松了手,指了指电话,做了个噤声的手势。高木木立刻闭嘴，但辛丸子有点此地无银，"还能在哪儿了……妈，你别问了，我要睡觉了。"

根本没开扬声器，高木木却清楚听到电话那头气沉丹田的一声："我看新闻了，你们那又有那什么展，又去了吧！"

"母上大人圣明，所以啊，我逛了一天，累了，睡了啊。"

"我是好心啊，你的生活费够……"

手速过快，手机过于灵敏，反应速度超过了语速，在最关键的点上掐断了。辛丸子心里咯噔一声，她知道自己亲手掐断了自己的生活费。她哀号一声，一头栽在了枕头上。

被这个插曲一闹，高木木的盹儿也醒了，而且奇怪的是，一开始的尴尬也消失了。他支起头，伸手敲了敲辛丸子的后脑勺："行了，别为了逝去的生活费惋惜了，过两天再打个电话就好了。"

"像你说的那么容易就好了，"辛丸子像条被甩到岸上的鱼一样十分不协调地扑腾着，"这种机会一年里也不会有两次啊，要么就是学校里又发奖金了，要么就是和我爸打架又赢了……总之千载难逢啊！都怪你！"

"怪我干……"

辛丸子突然剧烈地翻了个身，一下子就翻过了他们的潜在三八线，滚到了他眼前来。翻完这一下她似乎也有点找不着北，眨巴了好几下眼才镇定下来，她看到的是高木木一条胳膊就支在她头顶，而脸就悬在她正上方，隔着连一尺都不到的距离。

这这这……这什么剧情啊！

"我、我、我滚过了……我滚回去……"

说着辛丸子立刻就往那边蹭，刚扭动了两下，高木木忽然伸过另一条胳膊，一下跨过她，撑在了她头的另一边，直勾勾俯视着她。

"不不不，不行，绝对不行！"

辛丸子尖叫着死命把被子拽过来挡住了脸，虽然她也不清楚挡脸有什么用。屋子里除了她尖叫的回音之外，没有任何动静，她深呼吸了三次，一点点拿开了被子，露出一只眼睛。高木木趁这时一下子把脸贴了过去，她立刻一声震耳欲聋的惨叫。在自己的惨叫声里，隐约掺杂着高木木笑得快要哭了的一句："你会玩扑克吗？"

"会、会……"

她掀开被子，傻愣愣看着高木木开门出去买扑克了。她抱着被子坐起来，看了看门口，又低头看了看自己，最后双手揪着头发往床上撞了好几下，又翻了俩跟头，才把心里那股无名火压下去。

高木木！你注定孤独一生！

她朝着门口大喊了一句，余音未散，高木木举着一盒崭新的扑克出现在了门口。身后还跟着旅馆老板，旅馆老板看了眼屋里披头散发的少女，黑着脸看着高木木，说了句："小声点，隔壁要投诉了。"

"知道了，不好意思啊。"高木木点头哈腰，一点脾气没有。

呜……辛丸子咬着舌头，继续做被子下的填充物，她的名节啊，这回是真的东流水了。阿银，十四，鼬，巴卫，夏目……老公们，对不起，她真不是故意的。回去她就对每个手办写一百遍对不起检讨，她保证！

✦ 2

两个人能玩的纸牌游戏太少了，复杂的辛丸子也不会，最后只好玩起了抽王八。一副扑克拿出大小王，又随便抽出一张，两个人抓好了牌，高木木突然问："你还有多少钱？"

"赌博是不对的。"

"别开玩笑，你口袋里的钱什么时候够过赌博？"

"……"

所有钱都翻出来，连张整数都不够，高木木比她还可怜，两个人相视苦笑。为以防万一，先把明天回程的钱收了起来，只留下点零钞，高木木说："一次五毛。没零钱就凑到整数再给。"

"行吧。"

辛丸子心想,抽王八这玩意靠的是运气,兴许她还能赚点。这一夜她损耗的精神,怎么也值五毛钱吧。

她刚拿起牌,高木木突然要和她换个位置,说光线不好,看不清。他俩都盘腿坐在床上,从横向转成了纵向。辛丸子抬头看看,灯在正上方,怎么转不都一样吗?不过她也没当回事。

第一把,辛丸子的运气很好,一开始抓的相同的牌就很多,扔掉之后手上不剩几张了。她难掩自己的得意,立刻就眉飞色舞了起来。尤其当她从高木木手里抽出第一张,又扔出一对以后,一边潇洒地丢出去,一边脱口而出:"天王盖地虎。"

"小鸡炖蘑菇。"高木木罕见地情绪不高,只是歪着身子,撑着头,很懒散的样子。

"宝塔镇河妖。"

"蘑菇放辣椒。"

奇怪的是在暗号对过之后,辛丸子就抽不中了,相反的,高木木一抽即中,迅速丢光了手里的牌。高木木指着她的脸,用戏腔大笑了几声:"哇哈哈哈,脸怎么红啦!"

"精、精神……焕发……"

辛丸子依依不舍地递上了一枚五角硬币。

她还不信了,她还能把把输吗!辛丸子把头发重新扎了一次,刘海全部撩了起来,摆出一副期末复习的干劲儿来。但高木木还是那副懒散样子,几乎是一动不动,辛丸子都想问问他这样脖子僵吗。

但在那之后,辛丸子真的一把也没赢过。她不懂为何高木木每次都稳准狠地抽光她的牌,无一落空,那坚定,那手速,简直就像能看到她的牌。玩到后来她都蒙了,她的印象里这个游戏不是这么玩的,在高木木手里,抽王八变成了魔术,而她就是魔术师的托儿。

她唯一能反应过来的就是,她的钱没了。

"我不玩啦,再输就要卖肾啦!"

辛丸子丢掉手里那张光杆司令，哀号着往后一躺，险些从床上一头栽下去，她以一种接近倒立的姿势，双手撑着地，挺直了上半身，但腿还支在床上。她挣扎着想翻回去，但她突然倒着看见了自己的脸。而且看见了床上笑得前仰后合，却不知道拉她一把的高木木。

紧接着辛丸子做了她有史以来最明智的决定，她没有想办法爬起来，而是快速有力地一脚把高木木从床上踹了下去。她听见咚的一声，摔得瓷实，她才解恨地笑了。

根本不是像能看见她的牌，而是就是能看见她的牌！怪不得玩之前要换位置，那面墙上有一面穿衣镜，辛丸子根本没注意，她就举着牌，坐在镜子前面，高木木就歪着头，一览无遗！

难为她还想这人是不是要偏瘫，原来是偏贪！

"别装死，起来大战八百回合！"发现上床无望，辛丸子最终也只能翻下了床，才站起来绕到床的另一边。高木木躺着不动，她叉着腰，踢了一脚。

"在下伤势过重，恕难从命！"高木木捂着脖子，"哎哟，差点摔成猫头鹰。"

辛丸子不知真假，嘴上还是说着"别怪我，一定是你偷看牌自己扭的"，但心里还是有点虚。她一点点蹭着过去，在高木木旁边蹲下了，伸手戳了一下，高木木立刻杀猪般叫了一声。

过了好一会儿，高木木才算能活动，只是脖子必须僵在某个角度，轻轻一动就疼得头皮发麻。辛丸子彻底放心了，一个肩以上残疾的人应该是不好对她做什么了。她欢天喜地就要睡觉，高木木脑袋不动，但手上仍然十分准确地把她揪了起来，咬牙切齿地说："我睡不了，你也别想睡，走！"

"等，等，等……"辛丸子连换个鞋的工夫都没有，穿着纸制的一次性拖鞋，就被高木木一路拖了出去。旅馆里面有间电脑房，在他们的走廊尽头，推开一看，里面就两台电脑，旧得要命，键盘黑漆漆的。辛丸子站在一旁，揣着手看着高木木开机，咂吧着嘴说："这里面肯定什么都没有啊，你要玩扫雷吗?"

"说得就像扫雷你真的会玩一样。"

一箭穿心。辛丸子被噎得够呛。别说,扫雷她还真不会玩。

把两台电脑都打开了,让辛丸子没想到的是,上面还真有个网游,应该是之前住在这儿的人下的,以旅馆的网速,还这么多人一起用,也不知道这人在这儿住了多久,才能下下来这个游戏。看到游戏客户端,高木木眼睛都亮了,三下五除二就输入了账号,一看就是老手。辛丸子挠了挠眉毛:"你会啊?"

"会啊。"

在辛丸子眼里,高木木不像是网游达人,他的气质离宅男还差那么一点点,离技术型宅男就差得更远了。她能接受高木木没事看看漫画的设定,但实在接受不了网瘾少年。她是个游戏白痴,虽然很喜欢,但完全操作不来,连地图都不会看。每次有红火游戏,她都只能在网上找别人玩的视频当动画看。

想来她这还是第一次,近距离看别人玩游戏。她素来跟男生关系普通,只和大家一起去过一次网吧,结果大家都在玩游戏,她在看动画,自此再也没人邀请她去了。

"哪个是你啊?"辛丸子把椅子调转了一下,跨坐着,脑袋支在椅背上,坐在高木木旁边。她发现她连哪个人物是自己操作的都不知道。

"这个。"高木木往屏幕上一指,"你就一直盯着它就行。"

辛丸子就乖乖死盯那个扛着只巨大火箭筒的矮子,看它一会儿散漫天炮弹雨,一会儿就丢出一颗酷炫火箭炮,直接让对方 game over 了。速度非常快,高木木的等级比其他四个都高,只不过它擅长远程,贼兮兮的,一点也不光明利落,从来都是藏在小树林里偷袭。偶尔摸过去 1V1,发现情况不妙,立刻就用隐身道具开溜。

"君子坦荡荡!你这偷偷摸摸的干吗!和他们拼啊!"辛丸子在一旁看得起急。她的性子实在是不适合迂回策略。

"别闹，冲出去就是死。"

"那边，那边就一个人，过去打他！"辛丸子一手指了指左上角，另一只手不停拍着高木木的肩膀，丝毫不顾他的惨叫。那边确实有个跑去偷塔的落单的人，可高木木的目标也是偷塔，追过去打有点太不靠谱了。可辛丸子闹得欢，高木木有种今天不过去硬碰硬一次，自己的脖子就落不了好的觉悟。他只好不动声色从那个人身后靠近，想打个措手不及。等级差不多，打起来自然双方都掉血，好在对方掉得比较快，他还剩不到一半时对方就死掉了，他刚想回头对辛丸子说"满意了吧"，可惜他脖子扭起来比较难，还没等扭过去，辛丸子一巴掌把他拍了回去："跑跑跑跑跑！"

在他干掉对方的瞬间，树林里出来两个对方队友围剿他，他反应慢了半拍，虽然想跑想隐身，但还是差了一步。

"满意了吧。"高木木揉着脖子，瞥了眼辛丸子。她吐着舌头，看起来是知道自己犯错了。正在这时，耳机里队友叫了一句："火枪手在搞什么啊？"

高木木把耳机丢给辛丸子，挑了挑眉："来，你解释。"

"不好意思，我手贱。"辛丸子对着耳机承认错误。

"哟，是妹子啊。"刚声音还横得很，听到是女孩立刻就像变了个人，"没事没事，之后稳着点。"

辛丸子几乎不出声音，夸张的用嘴形和高木木说："看到了吧，这就是种族优势。"

然后就听到耳机里另一个人说了句："哟，木头，你都有妹子啦？"

"不是，你们都被声音骗了，其实只是说话声音像女的而已。"

"你口味特别啊。"

"不是你们想的那样……"

余光黑影一闪，高木木实在扭不回头去，就感觉到一阵风掠过，辛丸子一个手刀削在了他脖子最痛的位置。他一头就撞在了键盘上。

正好报了白天的仇，辛丸子甩着砸得怪疼的手，琢磨着听语气队友至少有一个是和高木木很熟的,看来高木木平时确实是经常玩网游的。这人会的东西还挺多的,辛丸子边想着边坐回椅子上,举起手刀:"快开始!"

"遵、遵命……"

大丈夫能屈能伸,高木木一手揉着脖子,一手继续操作着游戏。不过应该不是他的错觉,辛丸子看着电脑屏幕,倒是一副饶有兴致的模样。

就凭这,即使他脖子僵得像只僵尸,都还能撑着继续玩下去。

✧3

说不清这一夜到底是怎么过去的,等他们反应过来天已经亮了,都已经早上六点多了。两个人的精神状态完全不像熬了一夜的,不过外形出卖了他们。

他们就在电脑室玩了一夜,高木木教辛丸子玩了几把,回回都被她的手贱气得不行:总共只有两个技能都能按错,莫名其妙就冲到敌方被扫射;穿个树林都能被野怪打死……高木木掐着眉心摇头:"答应我,出了这里就不要再玩了。"

"不答应。"

"那要不你跟机器人匹配试试?"

"机器人无聊。"

这样说着的辛丸子,给机器人送了一血。

"答应我,出了这里就不要再玩了。"

"好吧,我考虑一下。"

回房间洗漱完,两张脸蜡黄蜡黄的,看着就肝疼。两个人一人一桶泡面,吃完以后就离开旅馆,到了昨天摆摊的地方"待机"。两个人揣着手蹲在花坛的沿上,看着面前来往的人越来越多,突然一个扮相很好、脖子上戴着巨大铃铛的银仙coser从眼前经过,辛丸子实在忍不住了,一个箭步冲过去想合影,人家coser看都没看她,只是摆了摆手,避之不及的语气说:"不要盘也不要发票。"

辛丸子想骂都还没骂出来，后面就传来了高木木鸭子一样的狂笑。

是高木木的笑声引得 coser 转过头来，正脸一对上，三个人都愣了。辛丸子指着他的脸，手直抖，也不知道是激动还是吓得："苏、苏……苏严！"

"丸子！"苏严发现是辛丸子，无比激动，一把就搂住了她的肩膀，"你怎么在这儿蹲着啊！我昨天去找你，你就一直不在，电话也打不通。今天早晨去找你，你还没在。我好担心的！"

"手机没电了，出了点意外，说来话长。"其实就是不愿意说。辛丸子一挑苏严的下巴，伸手摸他那毛茸茸的狐狸耳朵，贼笑着，"行啊，还有这爱好呢，深藏不露啊。"

"那是！"

不爽。怎么这么不爽。高木木看着面前勾肩搭背的两个人，狠狠地扭了两下脖子，关节也应和着他的愤怒发出清脆的响声。高木木觉得自己此刻十分有黑帮气息，简直走路带风。

"人家穿成这样不方便在外面聊天，"他走到辛丸子和苏严中间，生硬地卡了进去，推掉了苏严的胳膊，对辛丸子说，"你快让人家忙去吧。"

"我不忙啊，不是还没开门嘛。对了对了，丸子你来帮我拍照吧！"苏严根本当高木木是空气，又转到了另一边搂住了辛丸子的肩膀。

高木木感觉额头的筋跳了两下，苏严果然不是表面上看上去那么好捏的啊。

不过他又是图什么呢……高木木仔细想了下，突然也好想重新审视一下人生，不过眼前局面紧张，他不能输。

"啊，对了，有东西落在旅馆了。走走走，跟我回去拿。"

他一把拉起辛丸子的手就往马路对面走，辛丸子叫着"你自己去拿啦，带我干什么"，不停地挣扎。可她越挣扎，高木木就握得越紧，紧得她开始感觉奇怪了。她抬起头，看到高木木的侧脸，很严肃，嘴抿得很深。她安静下来，问："你生气了？"

"唔……"

"为什么?"明明刚才还好好的啊,男人心海底针啊。

"我……"高木木装生气装得辛苦,整张脸都想抽搐,"讨厌狐狸。"

辛丸子目瞪口呆,顿了顿,小心地问:"你药又吃完啦?"

"反正咱俩一家医院的,你带了就行。"

"我才不是和你一家医院的!"

只要斗起嘴来,辛丸子就能把什么都忘了,也没在意高木木一直牵着她的手,拽过了马路。等她回过神来,苏严已经不见了。

"你到底忘了什么啊?"

"什么都没忘。"高木木微微一笑。

"什么!"辛丸子叉腰,"你耍我上瘾啊!你真当我是小绵羊啊?我告诉你,我也可以是大灰狼的!"

"嗯,还是大尾巴那种。"

"……"

两个人对视了很久,辛丸子越动气,高木木就越高兴。辛丸子跺着脚就要回去,刚跨出人行道,一辆电动车横冲直撞就过来了。高木木从背后抓住她的两边肩膀就往后拽,辛丸子自己也往后躲,一下子用力过猛,脚后跟被马路沿绊了一下,结结实实跌在了高木木怀里。为了保持住平衡,她下意识勾住了高木木的脖子。

砰、砰、砰、砰砰砰砰砰……心跳得动山摇又毫无章法。辛丸子维持着这个尴尬的姿势一动不动跟高木木做了足有三分钟的眼神交流,终于鼓起勇气张口:"你先松手……"

"哦。"高木木听见辛丸子的话后,果断撤了搂在辛丸子腰上的手。

辛丸子的双手在空中狼狈地扑腾着,却还是阻止不了自己被高木木丢在了地上。

"喂喂,没事吧?"高木木有点慌,弯腰想拉她起来,辛丸子躺在地上茫然望着天,突然大笑了起来,笑得蜷起身子肚子疼。高木木哭笑不得,手架在她胳膊底下,像抱小孩一样把她拖了起来,"摔傻啦?"

"你一定没有过女朋友对吧,你这样绝对注定孤独一生的,绝对!"辛丸子笑得眼泪都要出来了,丝毫没意识到自己看上去像在撒娇。

"你不觉得你是在自立 flag 吗?"

辛丸子立刻双手捂住了嘴。

"脏死了,"高木木抓过她的手,拿纸巾帮她擦上面的灰,"擦干净再摸嘴,病从口入不懂吗?"

这个人要是不损她,不耍她,不下套猎捕她,还算是个过得去的人嘛。辛丸子心怀鬼胎地想着,不自觉就噘起了嘴。

这种气氛下噘嘴是件非常不负责任的事,她明白过来时已经来不及了,高木木的脸已经放大了无数倍,她只觉得整张脸都发炸,紧张得连打了三个巨大的喷嚏。

"对、对不起……"

她拿纸巾使劲儿擤鼻涕。高木木抹了把脸,转过头去,只想冷静一下。

正在这时,一辆车缓缓靠近了他俩,停在了路边的停车线内。车窗一起打开,学校里的所有人整齐划一地对着他俩大叫:"我们都看到了哦!"

从后方来难道看不见她喷了高木木一脸鼻涕口水?——辛丸子想。

从后方来难道看不见他被辛丸子喷了一脸鼻涕口水?——高木木想。

"你们看到的都不是真的。"两人异口同声。

"啊,好恩爱!"

"恩爱个头啊!"辛丸子和高木木互相指,"不许和我说一样的话!"

"又一对虐狗的。"

车上的人搬东西下来,不理睬他俩,痛心疾首地摇着头就过马路去了。辛丸子也要去追大家,又急匆匆地跑。高木木喷了一声,两步跟上,拉起了她的手,抓着她过了马路。

心里像是刮过了一阵风,美丽的落叶被卷到半空,轻盈地飘浮,又大片地簌簌落下,那轻巧又梦幻的细小声响,难道该叫作心动吗?

在那一瞬间,辛丸子有了这样的想法。但过了马路,高木木立刻就对管道具租借的学长告状:"昨天辛丸子把桌子砸了,怎么办?"

她立刻一把火把所有落叶都烧了。

✧ 4

摊子支上没一会儿,苏严的电话就来了,闹着让辛丸子进去玩。辛丸子的困劲儿上来了,哈欠五分钟里六连发,也想起来活动一下,可她左右看了看,大家都盯着她,尤其是高木木,一直在她身后装成按摩师的样子,其实是随时准备一爪子把她按回去。

这时一个男生走到她面前,这个那个支吾了半天,就是表达不明白。后面的人就有点起急,想让他先一边想着,辛丸子却有点兴趣,感觉这个人要求也许和其他人不一样,仰着头问男生:"你简单说,你想干什么?"

"我想,挽回一个人。"

话一出,连后面排队的人都愣了愣。

其他人帮忙应对后面的人,辛丸子支着耳朵渐渐听懂了男生想做的事。他有个青梅竹马的妹子,但在青春期的那几年没有好好珍惜,如今惦念起来,可有一个坎在面前,无论如何也迈不过去。

女生身边也有其他追求者,两个人若即若离,他不想让女生为难,想做最后一次努力,然后就离开。

"所以你打算怎样呢?"

"明天就是她的生日了,她是日语专业的,可我完全不会,我尝试学过,但是来不及,而且我没有语言天赋。我有自己想说的话,但有一部她非常喜欢的动画,里面有些台词,我希望能加在里面。我想让她知道,我真的努力进入她的世界了。"男生很羞涩,"我其实在旁边观察你很久了,我觉得你可能能帮上我忙,钱的话……"

男生说的片子是《秒速五厘米》,一部讲述青春里面的迷茫与错过,让人欲哭无泪的神作。辛丸子大概懂了,男生想表达的是什么。

"钱的话等会儿再说。"

辛丸子站起来，抱起电脑要到一边去，人太多不方便。她原以为高木木会不高兴，没想到只是对她点点头说："行，不过不许偷懒。"

"在这几年里，我光顾着低头前行，只想着得到那无法得到的东西，但是又不知道那究竟是什么。而这个不知从何而来的想法逐渐地变成一种压迫，让我只能靠不停工作来解脱。等我惊觉之时，逐渐僵硬的心只能感觉到痛苦。然后在一天早上，我发现曾经那刻骨铭心的感情——已然完全失却。

"我不知该如何珍藏你的这份温暖，也不知该将你的灵魂带往何处去。我清楚地明白，我们无法保证将来能永远在一起。横亘在我们面前的是那沉重的人生与漫长的时间，让人不由得产生一种无力感。可现在的我，终于无法抑制住自己的冲动，想要站在你面前。我祈求生命可以重来，无论如何我都要到你身边，我已经别无所求，已经没有什么比你更重要。"

这是件很麻烦的事，找 BGM，模仿声音，还要有自己的修正，其实就像是做个 MAD。时间花费需要太久，而且辛丸子并不熟。她除了会用声音之外，软件类一窍不通。这种时候，她觉得她需要场外支援。

"夭寿啦！谁懂剪辑，过来帮个忙！"

一道黑影冲到面前，立正敬礼。辛丸子抬头，翻了个白眼。又是高木木。

"礼毕吧。"她往拍拍自己身边，"既然来了就考考你。"

辛丸子对高木木是不抱什么希望的，她是不相信一个人成绩 OK，又会书法，又会打游戏，还会搞这些软件。因为她一旦相信了，就要承认自己是废物，还要承认自己崇拜高木木。她才不要！

但现实是高木木只晃了一眼，问她："你想弄成什么样？"

辛丸子目瞪口呆了。

有了高木木帮忙，辛丸子只要安心把音频录出来就好了，剩下的全交给高木木完成的。她在一旁目不转睛看着，把零碎画面拼接成毫无违和感的新视频，实在太神奇了。

而成品播放，有一种奇异的感动，混合着自己的认真劳作的成果，带着特别的力量。

男生千谢万谢,但很显然,他也不知道给多少钱合适,最后辛丸子让他随便往箱子里放就好了。男生走了以后,辛丸子没有动,伸了个懒腰仰头望着天,长长叹了口气。

她觉得自己挺没用的。她想要做些有意义的事,她想要从喜欢的事物中获取力量。

画面、故事、音乐……这世上有很多很多给予人们力量的东西,也支撑了她平平无奇的生活。她也希望自己能做些倾尽全力,给予别人美好感受的事。可是她不会写故事,不会画画,更不会那些高端的软件,她只是空有一副嗓子。虽然她也明白,声音也是艺术表现里不能缺少的一环,可……她甚至都无法去证明自己可以。

她不愿意说梦想这个词,去努力做了才有资格说梦想,否则只是站在原地对"梦想"这个词指手画脚而已。如果她这样走下去,做老师,或者做其他的工作,那她根本就不想和人提起她有声优的梦。

刚刚的那句话"如果生命可以重来,无论多少次我都要到你身边,我已经别无所求,已经没有什么比你更重要",其实如果用来说未完成的梦想,也挺合适的。

"想什么呢?"高木木看了她半天,终于打了个响指。

"想我是不是该改变一下。"说起来,她会重拾这个梦想,是因为高木木,"如果面前有一条路,很难走,但尽头是这一生最想得到的宝藏。有可能,一直走,一辈子都走不到。你说,还要去走吗?"

高木木拍了拍她的肩,站起来往回走,转了身才毫不在意地答:"找个人陪你一起走。"

看着他的背影,有一股浓浓的耍帅成功连走路都拽起来的感觉。辛丸子笑了起来,拍了拍脑袋,把乱七八糟的东西打了出去,屁颠屁颠跟上了。

那天他们收摊得比较早,因为最后一天的下午流量就小了起来,他们也不想再被围剿了。小面包车坐不下所有人,总要甩一个,高木木对辛丸子招了招手：“上去啊，我自己坐车回去。”

"我和他们也不熟……"

"怕生不符合你的人设啊。"

"你上去吧！我坐车去！"辛丸子气呼呼转身就走，她就找个理由罢了，高木木还戳穿她。她走了几步才想起来自己没钱，钱昨晚都被高木木赢走了！

别抛下她啊！她惊慌失措地回头想去追车，一头撞在了后面追上来的高木木身上，她捂着脑门，刚想说"你没走啊"，高木木抢先一步："你真够义气啊，陪我去坐地铁。"

辛丸子愣了一下，立刻接茬："那是姐有情有义！"

"走着！"高木木顺手搭上她的肩膀，辛丸子干脆抖了下去，高木木有点不乐意，"为什么苏严跟你动手动脚的你就没什么反应啊？"

"别说那么难听！我和苏严那是闺蜜！"

说到这儿，辛丸子突然想起来，对啊，应该给苏严打个电话。高木木在一旁气得想抽自己一个嘴巴，灵机一动抢过她的手机，说："我手机没电了，借我打个电话。"

他打给一个朋友海聊了起来，直到过了地铁闸机，高木木才把已经烫手的手机还给她。下了楼，正好一辆地铁进来，两个人就跑了进去，直到坐下来，高木木才松掉这口气，接着刚刚断掉的话题问："苏严是闺蜜，那我咧？"

"你？"辛丸子想了一下，找不到合适的定位，也不知怎么回事，她就是不愿意说朋友这个词。脑袋上冒出个灯泡，她脱口而出，"冤家！"

看到高木木克制不住的笑容，她才明白自己虽然说得不错，但是这个词的含义不明，心儿里透着粉红色。她想解释，但想到越解释越错，只好瘪着嘴不说话了。

没一会儿困意就涌了上来，她坐在靠边的位置，头倚在栏杆上闭起了眼睛。但地铁也不怎么稳当，一晃一晃怎么也睡不了。

"困了?"高木木的声音像是隔着很远,比平时听起来善良点。

她没睁眼:"明天上午没课,我回去要一口气睡到明天中午。"

"那你先准备点吃的,不然睡着半截饿极了把室友吃掉就不好了。"

居然没还嘴。高木木笑了一下,看起来是真困急了。他把胳膊小心翼翼从辛丸子身后的座椅上方伸过去,握住了栏杆。辛丸子的脸就贴在了他的手背上,似乎是舒服了一点,还下意识蹭了蹭。

暖融融的,还有点可爱。他往前探了点身,歪头看着辛丸子的睡相,嘴唇有点嘟嘟的,脸都挤变了形。

好吧。他承认,是很可爱没错。

车厢里人不多,他正憋着劲儿想干点坏事,连想法还没成型,辛丸子突然咧嘴一笑。他心里有点发毛,想着她会不会根本没睡着?辛丸子竟毫不犹豫地在他手背上咬了一口。

这一口是真的用了力气的,感觉跟啃排骨差不多,他要不是怕自己突然抽手,辛丸子会磕个脑震荡,他早就抽回来了。

让他没想到的是,咬完这口的辛丸子咂吧咂吧嘴,蹭了蹭,继续睡了。

所以,没醒?没醒!

CHAPTER 06 嘴硬

✧ 1

从漫展回来之后的很长一段时间里辛丸子懂了一个道理，那就是人们对于别人的事情真正在乎的是自己的想法，而不是真相。

只不过她能切身体会到这个听起来有点严肃的道理，是因为她和高木木的绯闻。

因为涉事人员成分复杂，都是各大社团的骨干，也不拘泥于一个系，所以她和高木木一夜未归的事在他俩还没回学校时就已经彻底在学校里散播开来，并且从大一开始往上面的大二大三扩散，念了三年还是单身狗的学姐们手中的火把彻底被点燃了。

和大部分师范院校一样，学校男女比例严重失衡，所以每年新生入校，每个系可怜的那一小簇男生都像掉进狼窝的羊。不过高木木并不是最受欢迎的那一类，虽然他长得其实还是挺根正苗红，但身上好像写着"除了学习不想其他事情"，所以他并没有频繁出现在女生们的下手名单中。

之前他和辛丸子在广播站和校庆闹的那两出已经吸引足了大家的眼球，如今这一出主动脱离大部队便彻底坐实了他俩的关系，实得跟铅球一样。大家惊异于他俩的进展迅猛，因为在不熟悉的人眼里无论是高木木还是辛丸子都不是那么外放的人，很难说清是谁追谁，极有可能是一拍即合。

在这个外界因素越来越复杂、人的想法也越来越多的世界里，在最好的年纪遇到两情相悦、一拍即合的对象，其实是非常让人羡慕的事情。

正是这份羡慕嫉妒恨，促使着流言满天飞。

一开始辛丸子只要看到身边路过的人向她投来意味深长的笑容，就拉着人家解释："不，不，不是你们想的那样，我俩当时是实在回不来了，我俩打了一宿扑克啊！"

"好好好，我相信你，打扑克！"

这样说着，眉毛却都快飞到发际线了，哪里有相信的样子。

在试了无数次之后辛丸子才算死了心，因为她发现自己无论说什么其他人也不会信，他们的心里好像已经有整本正式刊印上市的她和高木木的爱情小说了。

"你也别愁了，"社团里高木木吸着酸奶，坐在辛丸子旁边，最近一段日子他俩都不怎么敢在公共场合多碰头，不过并没有什么用，反而被当作欲盖弥彰，"这件事情咱俩受到的影响是一样的，男女平等。"

这倒也是。辛丸子接过高木木递来的酸奶，吸溜吸溜喝出声音，喃喃地说："这几天苏严也不理我……"

高木木心想，作为唯一一个直接听到"旅馆"两个字的人，他不理你才是正常的。

"在忙吧。"他漫不经心地答着，强忍着不笑出来。

正说着，一个社员低头玩着掌机一步踏了进来，往里面走了两步才发现他俩在，立刻原地向后转："我，我，我走……"

"你别走，我走！"

辛丸子心慌意乱，不由分说像只离弦之箭一样冲了出去。高木木摆出尔康手，都没来得及叫，就见后门窗户上一道影子飞速划过了。

他低头看了看辛丸子落下的手机，无奈地摇了摇头。

会慌是好事，会慌代表了情绪在拉扯，而不是单向的。

很简单的道理：如果是和一个完全没有好感的人被传这种绯闻，任谁都只会有一个感受，那就是烦。

"那个……我就想找个安静的地方过这关，不是故意的。"那个人举着掌机挤眉弄眼，手却根本没停。

高木木眼珠一转，朝他招了招手："没事，来来来，给我看看是哪关，我帮你过！"

"你会玩吗？"

"看看就知道了。"

把掌机接过来，稍微研究了一下，高木木开始尝试。第一次失败了，对方伸手想拿回来，却发现高木木完全没想放手，不仅如此，眉头紧皱，眼镜后面双眼炯炯有神，跟平时判若两人。

对方默默抽回了手，担心着旁边这个人是不是要变身。但很快他就被高木木的操作吸引了注意力，没一会儿屏幕上就出现了通关界面。

"你你你……之前没玩过？"他差点咬了舌头。

高木木摇头，甩了甩手指。

"深藏不露啊你！"

"小意思。"高木木一把搂住他的肩膀，贼笑着说，"礼尚往来，问你个事儿。"

逃出社团教室之后辛丸子直接回了宿舍，结果到了宿舍才发现手机不见了。这年头手机离身是真不行，虽然她知道落在哪儿了，应该不会丢，但万一她爸妈晚上突击检查，被高木木接了电话，那事情就更麻烦了。

于是她又从宿舍往回跑，距离并不近，她暗暗祈祷着高木木千万别走，不然她还得借别人的手机去联系，或者去男生宿舍找人，那就太丢人了。

好在进了楼道发现教室灯还开着，不知为何她现在只要靠近高木木五十米内就紧张，明明是大大方方回来拿手机的，竟然不自觉像小偷一样溜着墙根踮着脚靠近了正门，小心翼翼朝里探出半张脸。

只见高木木搭着另一个社员的肩膀，在聊着什么："你们班有那种特活跃的女生小群体吗？"

居然在聊女生？！而且还是群体！辛丸子险些一口咬住墙。

"肯定哪个班都有啊。怎么？"

"没事。"高木木像聊闲天一样说着，"你明天上课要是遇到她们，就在她们面前说说你今晚碰到的事呗。"

男生没明白，转头看他："游戏通关的事？"

"游戏通关可提可不提，是指你今晚在这里遇到的所有事。"

高木木朝他眨了眨眼，投以了一个"你懂的"神色。

男生愣了两秒钟，长长的"哦"了一声，恍然大悟，因为掺杂了笑声所以嗓门也不自觉抬高了："我来到社团，发现只有社长和辛丸子俩人在里面……"

目光触及垃圾篓里的酸奶盒，立刻接上："……还喝着情侣酸奶。"

高木木抱着胳膊，听得频频点头。

"而且我刚一进门，还什么都没看清，辛丸子就跑了。是这样吧？"男生拍了拍高木木的肩膀，对他还以一个"我懂你"的神色。

"没错、没错！"

他俩一副穿一条裤子好兄弟的样子在教室里面寒暄，辛丸子蹲在外面的墙根下面气得七窍生烟。

什么男女平等，说得他好像也是受害者一样，说得好像他也在烦恼一样！他假装和她一样站在下风口，还假装咳嗽，原来上风口放火和煽风的都是他雇的！

辛丸子的腮帮子鼓成河豚一样，幻想着如果真能七窍生烟，现在她头顶的烟一定先是跟一团蘑菇云一样遮天蔽日地炸开，然后持续不断、笔直地向上、大漠孤烟直的架势，这里的消防警报肯定已经响彻了。

可惜现实情况是，当那个男生起身要离开，辛丸子连滚带爬地钻进了隔壁的空教室。

"怂"就一个字，有一次就有第二次。

其实高木木是预料到辛丸子会杀回马枪的，但没想到会这么慢，慢到他开始怀疑辛丸子是不是不好意思回来拿。他实在是猜不到辛丸子此刻就在一面墙后藏着,抓耳挠腮不知所措。

高木木想了想,决定把辛丸子的手机送到女生宿管那里,于是他把手机塞进口袋,关了教室的灯,走了出去。没走几步高木木就感觉到了背后有动静,但还不等回头,一个黑影突然抢下他手里握着的手机撒腿就跑。

他呆望着辛丸子朝另一个出口绝尘而去的背影,再次举起了尔康手:"那、是、我、的、手、机……"

看这反应,刚刚应该是听到了什么吧。

高木木一个人站在黑暗里忍俊不禁,辛丸子这种性格,还真是越看越可爱啊。

只不过跑到了外面缩进灌木丛中的辛丸子,注视着手里拿的高木木的手机三秒,抓着自己的头发假装撞树,哀号着:"辛丸子,你还能更蠢一点吗!"

可即使再蠢,她也能猜到高木木这样做究竟是为了什么,总不会是真的只想要找她麻烦。而且她也多少了解一点自己心里的想法了,只是她不是很甘愿认真去想。

如果……

无意间按亮了高木木的手机屏幕,桌面居然是自己拍的食堂的四喜丸子。

"没有如果!谁要喜欢这个烦人精啊!"

如果不是怕赔钱,辛丸子早就把手机扔去跟月亮肩并肩了。

晚上到了宿舍,辛丸子开始用电脑跟高木木联系。第一,她的手机没有密码,绝对不能偷看;第二,无论谁打电话都不能接;第三,明天一早要想个避开所有人的方式做交接。

她完全没有提自己听到的事,也避开了自己抢错手机的事。

"前两个没问题,"高木木发了个窗口抖动,吓得辛丸子一激灵,"但最后一个,请问咱俩现在是高中生吗?会被教导主任抓吗?不至于偷偷摸摸吧。"

"谁跟你是'咱俩'?"辛丸子炸毛,"尽可能撇清关系才是正常的吧,这样既不妨碍你找真爱,也不妨碍我的终生幸福。"

高木木在电脑前一口咬碎嘴里的棒棒糖。

"成吧,那你说怎么交接?"

"我们把手机用塑料袋裹好,放在厕所水箱里?"

"……你警匪片看多了。"

"那要不我们就早点起,趁着食堂人少在那边换过来。"

游戏里一直催着高木木进组,他戴上耳机,飞快回了一句:"行吧。我要工作了,回聊。"

说完就下线了。

辛丸子望着灰掉的头像发呆,琢磨着到底是什么工作。高木木之前说过自己有外快赚,可已经快晚上十点了,什么活儿这么晚上班啊?

如果不是快熄灯,辛丸子简直想出去跟踪高木木,看他是不是出学校了。

不不不,你对他没有兴趣——刷牙的时候辛丸子不停地嘟囔着这个,企图给自己催眠。

爬上床又看见床头贴的"心悦君兮君不知",立刻用被子捂住头,把"你对他没有兴趣"念出了大悲咒的风格。

但除了让自己失眠之外,"大悲咒"似乎并没有将高木木讨人厌的身影从脑海里赶走的实际功效。

第二天辛丸子起得超级早,小心翼翼爬下床,不想吵醒室友就拿着东西去外面公用区域洗漱。从宿舍往食堂走,虽然也有零星的人,但确实清静至极。她以为高木木会早早出现在食堂,但她在外面没看到,在里面也没找到,食堂大妈们刚开始准备东西,她在外面转来转去看起来就像个饿死鬼。

就这样从热腾腾的早饭刚端出来到大部队风卷残云早饭见底,辛丸子都没等来高木木。她坐在食堂里,打了好几个盹儿。

"喏，给你。"

直到听到"啪"一声，她惊醒过来，看到自己的手机放在桌上，而黑眼圈溢出眼镜框的高木木坐在她对面一边刷着自己的手机一边吃饭。面对她怀疑人生的表情，随意地问："吃了吗？"

咦？说好的秘密接头呢？

✧2

好在不久之后他们就迎来了期末，兵荒马乱的大一即将结束，真正无所事事的暑假就在眼前，但对辛丸子来说，先要过了考试这关。兵临城下也就顾不得儿女情长，她非但不再勉强和高木木保持距离，反而开始追着高木木要课堂笔记，要她因开小差而根本没听过的课堂录音。

这下高木木可算来了精神，他将手里的笔记挥舞得像逗猫棒一样，辛丸子就是跟在后面旋转跳跃的猫。不过逗归逗，最后他还是会帮忙的。

考前最后一周里，辛丸子几乎每天都举着书本在学校里找清静的犄角旮旯背东西，她真的对自己的记忆力佩服得五体投地——为什么动画里复杂又拗口的台词她一遍就能记住，一个英文单词背十遍合上书就想不起第二个字母是什么？

"你在这儿啊！"

隐约听到了苏严的声音，辛丸子四下张望，半天才透过一个石头洞看见他。她此刻是躲在一座假山的后面，另一侧还有树挡着，应该只能看到头发丝和身体某部分，就这样苏严居然还能找到她。

苏严翻山越岭迈到了她的身边，主动说："我听见你的声音了。"

"我背书不出声的啊。"

"不是，是你刚才在哼歌，你自己可能没发现。"苏严双眼闪亮亮地盯着她，"那调子一听就是你。"

……来人啊，把这个变态拖出去。

"都要考试了，你准备得怎么样啊？"都这会儿了苏严手里什么书都没拿,还在闲逛,辛丸子不免有点担心。

"我都看过啦,不想再看了。"

这么有自信的吗!辛丸子顿时心生悲凉,她原以为苏严平时跟她一样不干正事,肯定也是临时抱佛脚那一类,但结果人家是那种深藏不露心里有数型的。她往后靠在假山的凸起上,小小地哀叹了一声:"你说,学习这种中规中矩的事情我都做得那么吃力,是不是根本没资格去做别的?"

"资格总是可以争取的吧。"苏严歪了歪头,"你想做什么啊?"

辛丸子笑着摇了摇头,表示没什么。

即便是苏严也无法把她广播站里的表现和梦想联系起来,更何况别人。不过如果是高木木在这里,应该一下子就能明白她说的是什么。

可惜高木木在没课之后这段复习期间经常找不到人,今天早上也是,在食堂里给她布置好要背的内容,然后就消失了。不仅如此持续很长一段时间了,高木木还每天都是熊猫眼,一副睡不够的样子,让辛丸子怀疑他真的会半夜出去打工。

可辛丸子满肚子疑问的话就是说不出口,几乎每天都会重复一个场景,就是高木木要走时被她用"喂"叫住,但等高木木回过头来,辛丸子立刻猛摆手说:"没事、没事……"

然后接着被自己的好奇憋到内伤。

哎,嘴硬是病,得治。

完全不懂辛丸子为什么突然发呆的苏严突然想起了一个正经的话题,他用肩膀撞了撞辛丸子,说:"你想不想打工?"

因为正想着高木木打工的事,辛丸子突然一怔,还以为苏严看穿了她在想什么,一瞬间排斥系统全开,立刻摇头道:"算了吧,现在我只想先考完试。"

"可……"

苏严还想解释什么,辛丸子说着"我先回去啦"就跳过脚下的一块石头,从树丛中钻了出去。但还是被绊了一下,单脚往前跳了好几下,抱着书落荒而逃。

望着辛丸子离去的方向,苏严把嘴噘得老高。辛丸子和高木木的恋情学校里传得满天飞,几乎可以说是板上钉钉了,只有他还不愿意相信。在他眼里辛丸子是个毛茸茸的女生,可塑性很强,也很活泼,还带着点不规则的刺,一举一动都带着卡通感,所以她应该和那个一本正经的高木木合不来才对。

这样想着的苏严使劲儿揉了揉双颊,告诉自己说放弃还太早了。

无论多怕考试,但考完的那一刻心里就只剩"爱咋咋地"了,辛丸子飞速收拾好东西,准备回家和老爸的糖醋排骨亲密会晤。她离家不算远,坐高铁也就两个多小时,火车票老妈早就帮忙买好了。她推着行李下楼,意外地发现苏严在楼下等她。

"你怎么在这儿?"

"等你呀,"苏严朝她的行李箱伸手,"知道你今天回家,怕你东西多。"

真是个贴心宝贝。辛丸子忍不住捏了捏苏严的娃娃脸,心想要是有这么个弟弟该多好。

但苏严可没往弟弟上想,耳朵边立马就红了。

两个人有说有笑走到校门口,却直接撞见在那里徘徊的高木木,苏严下意识溜边想装作没看到,但辛丸子已经"咦"了出来。高木木扭头看见他俩,没有丝毫意外,直接从苏严手中夺下行李,顺口说:"给我就行了。"

然后他指了指校门外停着的一辆车,对辛丸子说:"我的一个朋友,也去火车站,正好捎你一程。"

他和苏严没有任何目光和肢体交流,就像在两个世界一样互不相干,但夹在他俩中间的辛丸子却感觉有两根电线在她头顶不停地互相抽打,一路火花带闪电,吓得她只想抱头逃窜。

"那个……谢谢啊!苏严,拜拜!"

她立刻钻进那辆车子,开车的是个和他们年纪差不多的男孩,透过后视镜对她点了点头。同时辛丸子也看到高木木把她的行李放进了后备厢，然后打开了她刚关上的门，挤到了她的旁边。

"你也去啊？"她一边问着一边却已经往里挪出了位置。

"闲着也是闲着。"

高木木说这话时眼睛却在瞄着窗外的苏严。

"那你怎么……"辛丸子看的是副驾驶的位置。按理说这种情况下高木木不是更应该坐在那里吗？不过她坐陌生人的车子本来就尴尬，眼下这样她会安心一点，所以她又将后半句话吞了回去。

一路上高木木都在和司机聊天，好像是在说游戏，不过里面好多专业术语，还夹杂着英文，辛丸子觉得自己像外星来的，根本听不懂，更别提插嘴了。她多少有些寂寞，于是将脸转向窗外，努力强迫自己放空。

耳边突然出现了一个清脆响亮的响指声，吓得辛丸子的脑门"咣当"一下磕在了玻璃上。她转头就要骂，高木木的手掌是时候地贴在了她的额头上，温温的触感将她的怒气完全包裹住了，一点都发不出来。

"再撞就更傻了。"

嘴上说着，高木木飞快弯曲手指，在辛丸子脑门上弹了一下。

这一下比撞的还疼，辛丸子发出一声惨叫，内心本来已经快散掉的怒气演变成了窜天猴，直奔高木木而去。他俩就在后座撕扯开来，辛丸子翘着兰花指上蹿下跳一定要在高木木脸上完成会心一击，但高木木左躲右闪精准走位，颇为享受地说着："别闹了，行了行了……"

火车站已经就在旁边，司机默默停了车，开车门下去，从外面趴在半开的车窗上朝里看，似笑非笑地说："行了吧，别误了车。"

"咳！"辛丸子立刻归位，双手扒拉着自己的头发，又拽了拽衣服，文静地说，"麻烦你了。"

三个人一起进的车站，不过没走多久高木木那个朋友就消失了，完全找不到人了。只剩下高木木陪着辛丸子到了安检口，车站人挺多，推推搡搡的，两个人说话间都得来回挪动，辛丸子问他："你哪天走啊？"

"过两天吧,在这边还有点事。"高木木看了看周围的人,又看了看售票口,"用我送你进去吗?"

"不用、不用!"

辛丸子忙摆手,抓起行李箱的拉杆就往排队的队伍里跑,身后很快排上了人,长龙不受控制地朝前滚去。辛丸子只能在人缝里蹦跳着挥手,朝高木木喊着:"快回去吧!谢谢啦!"

高木木也笑着摆手,但一直没有动。他双手插着裤兜站在人群外面,一直注视到辛丸子过了安检口才转身往外走。

"到家给我发个信息。"

车站网络不好,信息延迟,一直到火车上辛丸子才看到高木木发的微信。她单手托着腮,回了个表情包,脸上已经不自觉带上了笑容。

她从来不是个朋友多的人,比起交三次元的朋友,她更喜欢抱着二次元的纸片人自我满足,所以故事里那种一群朋友的机场送别她是从未经历的。包括她大学入学时,正好也是当老师的父母要做开学前准备的时间,所以当时也是她自己去的火车站。

这跟独立没关系,只是习惯了。事实上辛丸子压根就是个跟独立扯不上任何关系的人,只是三次元一直没出现一个能像二次元一样让她觉得可以依赖的对象。

对象个鬼啊!

辛丸子在前面的小桌板磕了几个头,戴上耳机开始用平板看动画。期间她习惯性地练习台词,但只能动嘴不敢出声,身旁的乘客偷偷瞟了她好几次,她用平板隔绝着视线,觉得心里凄凄艾艾。如果现在她是在背英语,旁边投来的就不会是看神经病的目光了。

说到底,现在别提二次元的受众群体之小,就连普通的配音工作也还是不被人们熟悉。明明一直以来配音是影视剧表现中非常重要的一环,可几乎没有人去注意配音演员。随便问一问最喜欢的演员是谁,任谁都能说出一大串,可如果问配音演员,很多人可能一个都说不出来。

虽然近几年情况有所好转，开始有赋闲越来越多的人去注意配音这一环，而国内二次元群体的壮大，也让声优得到了越来越多的追捧，可相比较之下这点关注度还是太少，和付出难成正比。

其实辛丸子早就理解也接受了这些，很长一段时间内她根本不为此而纠结，她懒惰又务实，不是不食人间烟火的仙女，很清楚温饱的重要性。虽然她超级喜欢看非常丧的主人公在所有人都不理解、屋漏偏逢连夜雨的情况下孤身一人披荆斩棘、最终成为王者的故事，但即使在二次元里，那都是大主角的待遇，而她不过是没画清楚脸的路人。

可最近一段时间她居然又在意了起来，明明距离一点都没缩短，只是好像浮现出了海市蜃楼，却还是搔得她心里痒痒的，忍不住想迈步前往。

不过到家之后辛丸子就顾不上烦恼这个了，她要烦恼的只有自己怎么就长了一个胃。因为进门就吃饭了，辛丸子把给高木木报平安的事忘了个精光，直到洗完澡回了卧室才猛地想起来。

看到高木木的QQ在线，而且是忙碌状态，辛丸子就顺手发了句"我到家了，之前忘了说"过去，那边飞速弹回一条自动回复——游戏中，勿扰。

……辛丸子"啪"地把笔记本电脑拍上了。

依赖？

依赖个鬼啊！

✧3

假期过了一个多星期，辛丸子非但没有生物钟紊乱，反而生活变得极端规律。因为她的假期同样也是爸妈的假期。早上七点爸爸准时开嗓，先是秦腔吼，然后再吊着嗓子咿咿呀呀几句，一般这时候辛丸子就已经从深层睡眠变成浅层了。最晚七点半，即使她不醒，妈妈也会踹开她的门，把她从床上拎起来，然后晨跑两公里顺带买早饭。

对辛丸子来说八百米就是极限了，后半段几乎是被拖行。

就在被拖行的过程中，高木木的电话打来了。时间尚早，辛丸子完全没想到他会打电话来，条件反射想按掉——大概是爸妈都是老师的缘故，对老师的恐惧深植在她骨髓里，即便到了这个年纪，当着父母的面有男生打电话来也还是战战兢兢。

可辛丸子又怕高木木这么早来电话是有什么正事，犹豫了好一会儿，电话始终没断，她还是接了起来。

"喂……"妈妈并没有等她，兀自往前跑了，辛丸子假模假样拖沓着脚步，小声开口，"怎么这么早啊？"

"你也挺早啊。"

"既然知道早你还打什么电话啊！"

高木木在对面嘿嘿笑："我要出国几天，通知你一声，免得你突然想我了，给我打电话。国际长途啊，你敢打，我就敢接。"

"谁会想你啊！自作多情！"仗着不会被看到，辛丸子嘴巴可利落了，但脚步却停了，"你去国外干什么啊？旅游吗？"

"算是吧。"

虽然这样说，高木木却拉了个沉吟的长音，末了将话题转到了其他方向："你暑假有什么计划吗？"

辛丸子认真想了想："吃饱了……就睡？"

"真是完美的计划。"

高木木煞有介事地鼓掌，电话里都听得见。辛丸子想还嘴，又觉得没什么底气，不自觉露出了娇嗔的表情。玩笑过后高木木接着说："喂，你就没想过做做真正的职业规划吗？"

"职业？我们学这个对口职业不就那几个，大四再想呗。"

"我说的不是这个。"

那是……怔忡只一秒，辛丸子立刻就明白了高木木在说什么。之前一直残存在脑海里的困倦终于消散干净，她揉着眼睛反复叹气，不知道该说什么。

猛一抬头妈妈的脸出现在了她的面前，双眼炯炯有神地盯着她，吓得辛丸子顿时起了一身白毛汗。她几乎是条件反射地捂着听筒喊了一句"我不买保险"，就把电话挂了。

What？留下高木木握着手机哭笑不得。

"云吞不要香菜。"其实挂了电话之后辛丸子就知道自己错了，这种小把戏想瞒过妈妈根本不可能，反而是此地无银。妈妈边买早点边装作不动声色地戳穿她，"跟个卖保险的也能聊这么久啊？"

辛丸子抽了抽嘴角："是一个同学……兼职卖保险。"

"男同学还是女同学啊？"

眼珠转了好几圈，辛丸子还是决定实话实说："男同学。"

"长得怎么样？身高多少？成绩好吗？爱运动吗？哦，还有……"

"还有什么啊！"

辛丸子抢过老板递过来的早点，大步流星往家里走，劲头比早上被拖出门时足多了。但没过多久，穿着运动装、肩上搭着毛巾的妈妈就轻盈地跑着超过了她。

她幻想了一下自己到妈妈这个年纪……脑海里出现了一个仍然穿着卡通T恤、因为缺乏运动已经发福、发际线高到天际却还在追番的中年妇女。她迅速摇了摇头，把这个可怕的景象毁掉。

但高木木的形象却突然浮现在了眼前，她不禁在心里对照了一下妈妈刚刚的盘问，发现高木木其实长得还不错，至少在路人中算拔尖的，身高也在她的标准内，成绩好，运动优……想了一圈之后辛丸子突然自卑爆棚，之前有一度她几乎确信了高木木对她是有好感的，但现在突然不敢信了。

凭什么呀！人家凭什么喜欢一无是处的她啊！

原本辛丸子是一个偶尔有负能量但转瞬就能忘的人，可这一次这种突如其来的自卑竟长久地笼罩着她，连味觉都减弱了百分之二十。

看到爸妈都在客厅聚精会神看电视剧，辛丸子小心翼翼掩上门，开始搜索关于声优的进修问题。在国内只有极少数戏剧学院有配音系，且不说和她期望的方向不同，无论是笔试和面试对她来说都太难了。而且她不可能现在去和爸妈说她想去考戏剧学院,还是戏精学院更适合她。她唯一的机会是考研,但就目前的情势看,爸妈会支持她考研,但肯定还是考文史类。

更何况,"考研"这两个字对她来说等同于登月。

辛丸子咬了咬嘴唇,在搜索栏里敲上了"日本声优学校"。首先她要先考下日语1级证书,即使如此,过去之后大概还要同时念语言学校。加上高昂的学费、生活费、租房费用,每一年都得烧掉大把的金钱。她家的经济条件只是比上不足比下有余,不挥霍的话没什么压力,可真要爸妈拿养老钱去供她追求不切实际的梦想,辛丸子不忍心。

退一万步说,时间和金钱都不算什么,但远在异乡的孤寂和未来的不确定性想想就令人胆寒。这并非是一个毕了业就能立刻入行的职业,在日本有数不清的声优学校,可最后出头的只是大部队里面的极个别。许多知名声优在获得主役之前都是身兼数职地苦熬着,但他们终究是撑到了柳暗花明,更多的却还是在没有人看到的时候就黯然离场了。

在搜索页面上出现的新闻像是有意在泼辛丸子的冷水——

"中国90后在日本做声优:成名很难生活窘迫。"

"直击日本声优培训行业浮躁乱象。"

"声优学校毕业生:付出和回报难成正比。"

"消逝的声优梦,女学生惨遭杀害。"

……

辛丸子"啪"地合上电脑,整张脸压扁在了上面。果不其然,梦想只有在梦想阶段,是最令人开心的。真要付诸行动,看到的全部是障碍。

辛丸子在心里问自己:你是一个遇见困难就气馁的人吗?回答曰:我远远看见和困难长得有点像的影子我就先放弃了。

"才华是不应该被埋没的。"

"是金子总是要发光的。"

"你就没想过做做真正的职业规划吗?"

……

高木木的声音在脑海里面不断盘旋,广播站工作时的开心现在回想起来仍然带着不断爆破的电火花,辛丸子发现自己根本没有办法凭念力让它们消失。她气急败坏地想,这个人为什么要来打扰她的自欺欺人,为什么非得来打翻她的潘多拉盒子,为什么非得把她从封闭的小世界里揪出来,抖落她身上长满的蘑菇,炒成一盘菜逼她吃下去,然后对她说:"旧时光都不在了,往前走吧。"

不知道该往哪里走,一个人很害怕。可辛丸子忽然觉得就先朝前迈看得见的一小步,总归是可以的吧。她多年看动漫,不知不觉会了些日文词义和读法,但绝大多数还是死记硬背,真让她看原版,她也是听不懂的。

辛丸子直起身子,重新打开电脑,开始下载五十音图表和一些日语课件,并且麻利地在在线教育的网站里买了课程。

她劝说自己就当是为了看动漫方便,先不想其他复杂的事情。但这却是她有史以来第一次自愿去学习,并花钱。

✧ 4

假期剩下的时间里,辛丸子每天都会抽出两个小时自学日语,其实语言学并不是能让人发自内心觉得有趣的学科。她很头疼,就像学英语一样总是背完就忘,无可奈何之下她开始尝试找适合自己的学习方法。她搜集合适的动画截图,然后模仿动画角色的声音,自己做课件。

实操起来非常烦琐,但对辛丸子来说却是极有趣味的事,经常一转眼一个下午就过去了。

"哎,老辛,过来过来——"

妈妈扒着辛丸子卧室的门缝,用嘴形叫着爸爸,急切地招手让他快来。爸爸摘下老花镜,也走了过去,他们脑袋挨着脑袋往里看。

辛丸子全神贯注在背着片假名,根本没注意身旁的两束视线。

"我没看错吧?这孩子在学习?"妈妈一脸如坠梦中的神色。

"我就和你说吧,这孩子晚熟,"爸爸满脸欣慰,"会有长大那天的。"

"会不会太晚了啊？"

他们又蹑手蹑脚走回沙发，妈妈突然眉飞色舞地说："你知道吗？之前有个男生给她打电话来着，还是一大早。会不会是在学校谈恋爱了？"

爸爸的表情顿时就垮掉了，脸色发青地摇头："不会，不会，丸子还太小！"

"你刚不是还说她长大了吗！"

妈妈又好气又好笑地戳穿他，"孩子大了，早晚有这天。"

爸爸的脸涨成了猪肝色，仍旧是摇头，好像面对的是件死活不愿意面对的事："不会的，咱家闺女你还不知道啊，她不喜欢活人，她喜欢的都是那些白头发的、黄头发的，脸跟锥子似的，红眼睛蓝眼睛的。现实中找不到的，要是有那不是妖怪吗！"

"那是她还没开窍，"妈妈颇不以为然，"没遇到的时候条件不都是随口说？感情真到了，以前说的那些都不作数了。就说你，你遇见我之前喜欢什么样的，你还记得吗？"

"陈芝麻烂谷子的事，你又提。"

爸爸老脸一红，端起凉了的茶水一直喝。

"你当时喜欢文艺女青年，那种张嘴就会作诗的。结果呢？"

"你还不是一样，在我之前你不也是喜欢你那个浑身肌肉的同学吗！姓什么来着？哦，对，姓王。"说到这儿爸爸突然把杯子往茶几上一放，一边眉毛使劲儿飞，"哎，你说实话，你和那个姓王的后来还有联系吗？"

"老辛，你又翻旧账，你有没有良心！"

卧室里辛丸子默默把耳机音量调高，不用看她也知道外面即将上演"猫捉老鼠"。这个"隔壁老王"是家里的谜之话题，每次被提起来总是伴随着一些东西被破坏。年纪小一点的时候辛丸子还真的被吓到过，不过现在她已经很确定这就是老人家的生活情趣。

这种时候她只要非礼勿听非礼勿视，把自己当作人形立牌就可以了。

就在辛丸子沉浸在这样一个对自己而言都特殊的假期中时，在海的那边，美国华盛顿州西雅图市却有一场比赛刚刚结束，会场里充斥着各种语言的欢呼和尖叫。

五个黄皮肤的男孩勾肩搭背出现在舞台上，场馆里大大小小的转播屏幕上出现了同样的句式，翻译过来是"AG战队，第三名"。

周围太吵了，灯光也太耀眼了，舞台边上喷出来庆祝的纸屑贴了一脸，还吸在了眼镜片上。站在队伍中间的高木木腾出一只手把口罩拉了下来，噘着嘴往上吹，又扒拉了几下头发，重又戴上了口罩。

台下大部分都是外国人，想来也没人注意他。下了台之后高木木问工作人员："哪有卖漫威和DC手办的？"

"游戏的地区限量你不买了？过这村可没这店。"队友看他一眼，"买那么多不好带。"

"都得买……"

既然来了怎么都得给辛丸子带点东西回去，不然开了学还不得被她唠叨死。既然要买，终归还是得投其所好，买点能让对方开心的东西。

这叫作绅士的品格。也可以叫作预备役男友的殷勤。

小孩子才嘴硬，大人都知道什么是自己想要的。不过高木木觉得还不急，就让辛丸子多当一阵嘴硬的鸭子吧，反正他早晚能学会麻辣鸭头的配方的。

隐藏

◇ 1

开学后书法社第一次集会,所有人都到了。高木木在前面煞有介事地发言,同样是没人在听,苏严坐在辛丸子后面的位置,上半身往前趴着,嘴也一直没停。

其实都是在说暑假里发生的小事,顺便聊一聊夏季档新番在追哪一部,辛丸子本心里是很乐意回应的,但她每侧头说一句余光都会看到一把刀子飞向自己的方向。

那寒光太清晰了,每每都吓得辛丸子立刻回过头。

结果就见高木木还在正经地说话,根本就没看她。可只要辛丸子一回头和苏严说话,就能感觉到有视线盯着她,后来她都神经质起来,稍微侧一点头然后再猛地转回去。就这样甩了几次,终于高木木的速度比她慢了一秒,被她揪住了视线。

辛丸子五官夸张地皱成一团,跟高木木对视着,用脑电波说:小样儿,被我逮到了吧。

高木木揉着后脖子,长期打游戏本就颈椎糟糕,刚刚为了和辛丸子保持同样的节奏,结果听到咔嚓一声骨头响,疼得他一抽。

不过终归是把辛丸子的注意力从苏严那个小子那里吸引过来了,他朝苏严露出了一个略显摆的笑容。

在辛丸子眼里,隔了一个多月没见的高木木似乎变化挺大的。他的头发稍长了点，发型打理得看上去挺舒服，还换了个很酷炫的粗框眼镜，似乎从之前的斯文风变成了时尚 boy。但比起外表，气质上的变化似乎更大。打个比方，以前其他人看高木木就像看一块还算好看的石头，只有辛丸子知道他其实是鸡蛋，根本不稳当，里面藏着一汪坏水儿。但此刻她仿佛看到蛋壳破了，上面出现了好几条均匀的裂缝，往外透着光，似乎有什么了不得的东西要跳出来了。

她希望自己是多心了——一个假期而已，能改变什么呢——但这个奇怪的预感还是让辛丸子有那么点忐忑和沮丧。

"辛丸子，你留一下。"开完会，大家可以随意去留。本来苏严是想拉着辛丸子走的，但高木木很是时候地开了口，并且让所有人都听见了。

其他几个人发出了整齐划一的"噢——"，纷纷起身离开。隔了一个假期倒是没有人再故意去提起他俩的八卦，但也是因为所有人在心里都对他俩的关系盖了章，这会儿大家的眼睛里都写着"我拒绝吃狗粮"。

"什么事？"其实辛丸子明白高木木就是想单独和她说话，但苏严硬是不走，还是坐在原处托着腮等着，她也不能赶人家啊，只能硬着头皮聊呗。

没想到高木木往课桌上一坐，看着苏严说："我少说了俩字：单独。"

"教室是大家的，又不姓你的姓，"苏严不以为然地说着，掏出手机，戴上耳机，开始打手游，"你们当我不存在呗。"

高木木默默按了几下指关节，每按一下就发出清脆的一声响。苏严听不到，可辛丸子听得清楚，她维持着露三分之二牙齿的假笑，眼睛狂眨："有话好说……"

"你确定要待在这儿的哦？"

又给了苏严一次机会，但苏严毫无反应。其实他虽然戴着耳机，但游戏音量开关是关着的，他什么都听得见。他偷偷翻了个白眼，心说：确定，怎么着。

眼珠还没来得及从天花板上转下来，高木木已经从教室角落抱过来一只巨大的黑色盒子，摆在了离他们都很近的桌上。盒子上的 DC 标志和

Batman，直接把苏严的视线粘死在了上面。虽然自尊心还是将他的人压在椅子上，但他的心和眼睛已经像漫画里那样弹出去了。

高木木强忍着窃喜，打开盒子，从里面端出一只 Batman 的手办，对辛丸子努了努嘴："我从国外带回来的，不错吧。送你的。"

此时辛丸子的表情和苏严几乎是一模一样的，只是还多了口水三千尺。她头顶冒出无数的桃心纷纷砸向高木木："送我的？"

高木木不得不伸手把那些桃心气泡戳破，不然感觉自己会被淹没："对，送你的，出去一趟总得带点土特产嘛。"

"这个土特产我喜欢！"

辛丸子终于克制不住扑了上去，她蹲在地上，双手圈住手办，脸几乎贴在上面，笑得就像看着自己 80 岁才生出来的儿子考上了名牌大学娶到了天仙一样的媳妇然后还生了龙凤胎的老母亲。

毫不夸张，高木木觉得她再这么激动下去，很快就该大彻大悟无欲无求入土为安了。

"冷静点，这只是你人生道路里的一个过客……"

"不！他不是过客！他是要陪我一起躺在骨灰盒里的！"

高木木推了推眼镜梁无奈地笑笑："那你以后的骨灰盒可能得做成星际战舰那么大吧。"

待在一旁的苏严其实难受得要命，一方面他不得不承认这是个非常优秀的手办，细节处精美至极，斗篷向两侧飞舞，动态感十足，还有可拆卸的机械手臂和机械翅膀，甚至于腿部附件里还整齐码着两排特别小的蝙蝠飞镖。可另一方面，他又实在不想承认，因为这是情敌的审美，情敌送的东西，这……不属于他。

想再多看一眼的欲望和看再多也不属于自己的绝望，以及对高木木的"憎恨"，反复拉扯着苏严，他最后只能选择小心翼翼站起来，尽量不发出任何声响，一点点贴着墙根往外挪。

辛丸子根本没发现苏严离开了教室，不过高木木看到了，他只是用余光瞟了眼,装作没有看到。不过苏严彻底踏出社团教室的那一刻,他终于忍不住笑了出来。

出了教室的苏严也得到了释放,他气冲冲地高抬腿大踏步,楼道里的感应灯一下一下地闪着。

他也好喜欢,他也想要。

苏严不自觉地噘起了嘴。

另一边,抱着手办欣赏了足有半个小时,辛丸子才有了一丝理智。她知道手办的价钱,也能预估这个的价钱,如果说平时请客吃个饭都还能称作朋友间的互动,这个就是彻头彻尾的礼物了,她不能平白无故接受那么贵重的礼物。

"这个……太贵了……我不能要。"这样说着,辛丸子的眼睛却还是死死盯着手办不放,"你的好意我心领了,你还是……"

"那好吧,我也不勉强了。"

高木木飞快接受了她的拒绝,伸手就把手办往他的方向挪动。刚挪了半厘米,辛丸子就惊慌地握住了蝙蝠侠的一条腿,眼睛里满满都是无助。

高木木朝她挑了挑眉,用眼神说,不是你说不要的吗?辛丸子整张脸都绷住了,以一副壮士扼腕的表情缓缓松了一点点手。

可高木木又挪动了半厘米,她就又猛地握紧了。手心出了一层汗,鼻子发红,眼睛里不自觉开始冒水光了。她就像言情剧里的女二号似的,哭喊着"我爱他,我控制不住我自己啊",浑身上下每一个细胞都在阻止她放手。

"要不……我分期付款给你……"

她仰头望着高木木,摆出了自己有史以来最楚楚可怜的一张脸。

网上说身高差的萌点就在于两个人的视线永远是斜角,男生总是需要低头才能看到女朋友扬起来的小脸。高木木对这个说法一直不以为然,因为好看的人什么角度都好看。但现在他坐在桌子上,辛丸子蹲在下面,自然而然形成了完美的角度。辛丸子盘了个小小的丸子头,带着细小的丝带蝴蝶结的发圈，没怎么化妆，本来皮肤很白，因为太舍不得放弃而把脸都憋红了，看起来粉扑扑的，再加上一双溜圆的亮晶晶的眼睛，就像个中国娃娃。

这样看了三秒，高木木的脸"唰"就红了，他硬生生转过了头。

再多看一秒恐怕他就会忍不住弯腰亲下去了。

"出息！"

他抬手朝辛丸子脑门拍了一把，潇洒地从桌子上跳下，转身就朝门口走去，"就当是补去年的生日礼物吧。我还有事，先回宿舍了。"

"我射手座的啊！算今年的就行！"

辛丸子急忙忙喊，转念一想既然是生日礼物就得回礼啊，"对了，你生日几号啊？"

"7月28。"

留下这句高木木就离开了，只剩下辛丸子和蝙蝠侠独处。

还不等高木木走到楼梯口，就听见教室里发出一声毫不遮掩的兴奋尖叫。他摸了摸自己还没散热的耳垂，止不住嘴角的笑意。

那一整晚辛丸子都沉浸在无限的快乐里，室友见她突然捧回来那么大一个手办，而且还是拼好的，就猜到是别人送的。一个个好不羡慕地说："有男朋友就是好！"

由于辛丸子实在太开心了，周身都闪着噼里啪啦的火花，第一次完全无心反驳这些话。直到熄了灯，躺在床上，她才不得不冷静下来。在淘宝刷了几圈适合给男生的礼物，还是没有头绪。她唯一一次送异性礼物的经验，是父亲节送给自己爹的，而且那时她才七岁。最终被父母异口同声的"以后别浪费钱"画上了休止符。

男生会喜欢什么呢……辛丸子看着墙上的毛笔字，忽然觉得自己对高木木的了解太少了。基本上除了"是个该死的腹黑毒舌"之外，几乎一无所知。

不过现在至少她知道了生日和星座。

也不知道是脑袋里哪根筋搭错了，辛丸子发现自己居然在搜索框里打上了——射手女与狮子男。

一整页搜索结果瞬间跳出来，其中有一个网站连链接都不需要点开，直接把答案展开了。

射手女 VS 狮子男，配对指数：100%。

辛丸子大吃一惊，手忙脚乱关掉了浏览器，把手机丢到了枕头下面。

不准、不准、不准……星座这东西根本就是胡编！辛丸子这样和自己说着，可一双眼睛却始终在黑暗里大大地睁着，丝毫没有睡意。她抬手摸了摸心脏的位置，不快，但是跳得很沉很清晰。

她在高兴。

✧2

只是那群媒体来得太突然了。

大中午的他们把车子直接开进了学校，办了出入证之后就直奔校长室去沟通了。只有零星几人见到了这一幕，不过都不明所以，还以为是有什么人要来学校做演讲。

下午第一节是政治课，可以算作排在对辛丸子来说最管用的安眠药前三名里，但那个老师特别喜欢上课提问，所以选座位很关键。她以为自己到得已经挺早了，结果一到教室发现后排已经坐了不少人，好在高木木朝她摆手，已经替她占好座了。

她还是忍不住左右看看其他人的反应，不过最后还是硬着头皮坐了过去。高木木面前放着电脑，还在摆弄录音笔，很显然也并没有准备好好听课。

"咦，你换电脑了？"辛丸子这才发现高木木换了台崭新的笔记本，机器挺酷炫的，一时都看不出是什么牌子，"你之前那个电脑不是挺新的吗？"

辛丸子现在用的笔记本配置都还不如高木木之前那台，不过对她来说也够用了。

Chapter 07. 隐 藏

"这个好用一点。"虽然这样说着,高木木按了按键盘,还是瘪了瘪嘴。

……辛丸子用手指不停转着自己的发梢,眯着眼问:"你是富二代吗?"

高木木瞥了她一眼:"瞧你这点出息,我要当也当富一代。"

"赚钱还是要有底线的,违法乱纪的事不能做啊!"辛丸子一脸担忧地看着高木木,仿佛心里已经有了什么不好的猜测,下一句就要劝他去自首。

"……把你的想象力收一收。"

高木木在她脑门上狠推了一把,打碎了她脑袋里越来越邪乎的小画面。

老师已经站在讲桌前摆弄投影仪了,离上课铃声响起也只剩一两分钟,高木木班的辅导员突然出现在了门口,抬着头向教室内张望着,高木木和她对了下眼神,她立刻招手:

"高木木,来一下!"

"你不会真的干了什么坏事吧?"因为刚开完玩笑,辅导员就突然找上门,给了辛丸子一种警察找上门的错觉,她偷偷拉了拉高木木的衣角,小声问。

高木木也有点疑惑,不过他还是迅速站起身,面不改色地收拾东西,并且极其顺手地按着辛丸子的后脑勺,把她的脸拍在桌子上。

"帮我看着东西,录音笔就放在这儿别动,不许拿去录别的!"

小声叮嘱后高木木往下走,辅导员和老师耳语了几句,就招呼他一起出了教室,顺便带上了门,上课铃也响了。

玩笑归玩笑,辛丸子还是忍不住往外探了几次头,略微有点担忧。她原想着可能只是说几句话,一会儿就回来了,结果一直到下课高木木都没回来。好在这间教室今天再没排课了,她就坐在原位守着高木木的电脑傻等着。

而此时,除了她之外的大多数人都已经隐约知道了消息,谁也没想到平日里不温不火的高木木居然是个职业电竞选手,而且这次国际邀请赛居然亲自上阵得到了第三名的成绩。他似乎一直有意隐藏这件事,在比赛时对外用的是化名,现场比赛也戴着帽子口罩。

其实现在电竞也不算冷门了，毕竟已经被正式划入了体育竞技里，随着各种游戏直播越来越火热，连很多女孩子都对电竞比赛有了兴趣。学校里也有不少熬夜看西雅图那场直播的，但大家记住的是整个战队的名字，而且那次高木木是临时顶上，受到的关注度并不高。即使是有个别人觉得那个人像高木木，也没有当回事，直到今天记者找上门，才算真的对上号。

——真的是他啊！

——这个人怎么藏得那么深啊！

——他是怎么有时间兼顾上学和比赛的啊！

无数的议论在学校里炸开，这和平日里恋爱分手转系休学的小八卦截然不同，这是真正的大新闻，等同于学校里突然蹦出了一个明星。而且要是这个人本身就有明星范儿也就算了，偏偏还是个草根一夜成名。所以他的想法、他的做法、他的身家背景、他的一切……全部都变成了讨论对象。

然而应付着记者无聊问题的高木木心中就只有一个感受，烦。

从辅导员跟他说明了情况他就很烦了，他早就和战队说过，要尽可能保护他的隐私，他想要安静的生活，将游戏和私生活隔离。明明坚持了很多年，这次不知道怎么就漏了。

整个采访过程中高木木始终黑着脸，但他本就长得浩然正气，所以别人也不太看得出来。他揉了无数次鼻子，推了无数次眼镜，在心里思考着之后可能出现的状况和应对方式。

采访断断续续进行了两个多小时，采访地点是学校里一个拍起来比较好看的角落。好不容易他的问题都答完了，又采访了几个老师，终于把媒体送走了，辅导员又找他谈话，校长也找他谈话，无非是些未来个人发展的想法。等到高木木重获自由，一个下午就这样过去了。他脑袋都蒙了，半天才想起来自己的东西都还在辛丸子那儿。

想起辛丸子，他又是新一轮的头疼，现在整个学校都知道了，辛丸子肯定也知道了，他面临着解释不清的可能性。因为他不只要解释自己电竞选手身份这件事，还得解释自己不是故意要隐瞒的，只是觉得没什么值得说。

Chapter 07. 隐藏

后者比前者要更难。

路过的人都想和他搭话，但高木木迅速闪到角落里，拨了辛丸子的电话。

是苏严告诉了辛丸子这一切的，当时她一个人待在阶梯教室里，已经等了将近一个小时。苏严突然给她打电话，没有问她在哪儿，张嘴就兴奋地嚷嚷："你居然帮他瞒着我！"

"什么？"辛丸子没明白。

"好了，别装了，现在大家都知道了。"兴奋过后苏严的语气有点委屈，"电竞选手又不是什么红毯明星，至于连朋友都瞒吗！"

电竞选手？红毯明星？Who？

因为对方是苏严，而且隔着电话，辛丸子没有办法根据其他人的反应去推测，她实打实茫然着："我听不懂。要不你换个语言说说看？"

苏严这会儿才意识到："你真不知道？"

明知道对方看不见，辛丸子还是一个人摇了摇头。

"你现在在哪儿？"苏严急匆匆地问。

"我还在之前的教室……"辛丸子看了看高木木的电脑，不太情愿承认自己是在等他，此地无银地解释，"这儿清静，我自己待会儿。"

"我现在过去找你。"

没一会儿苏严就赶了过来，因为满肚子话要说，根本没注意她在干什么。苏严手舞足蹈对辛丸子讲解了外面围绕着高木木究竟发生了什么，看得出来即便对方是情敌也丝毫没有影响到他的情绪。但辛丸子的情绪却逐渐发生了波动，她花了很大力气才理解了苏严在说什么，但理解过后却愈发悲凉。

原来高木木果然是个厉害的人，平时和她插科打诨，其实只是逗她玩罢了。单从苏严的眼睛里辛丸子都能感受到剥开伪装的高木木一下站到了高处，而她从不知情，竟然还傻傻以为他们是平等的，直到此刻眼睁睁看着人家脚下的升降台升起来，她却连攀爬的地方都没有。

"电竞比赛……很厉害吗？"辛丸子喃喃地问，有些心不在焉。

她还记得高木木确实玩游戏很厉害,但她并没有厉害的概念。作为一个活在2.5次元的少女,她总不会真的对游戏一无所知,热门的名字总还是说得出的,大部分游戏模式也了解,可她操作真的太菜了,什么都玩不好。比起网游她更喜欢单机,比起RTS类、MOBA类,她更喜欢RPG,因为她至少能看看剧情发发呆。之前她唯一一次下载了一个热门的竞技类游戏,是因为听说日服角色配音超强大,她只是去让耳朵享受的,很快就卸载了。

说起电竞选手,辛丸子想到的都是小说漫画里的人物,那种手指速度非人类、每天除了游戏什么都不太在乎的天才大神。她没办法把高木木和那些人画上等号,如果非要说像的话,可能只有一条,腹黑。

"超厉害的,现场可紧张了!"

苏严说到兴头上,随手就打开桌子上的电脑,想给辛丸子找一段视频。但他看着电脑的轮廓,和独特的开机键,手忽然就悬在了半空。他一开口就咬了舌头:"啧……哎哟!这电脑是谁的?"

辛丸子忽闪了两下眼睛,没说话。

"他的?"苏严也不傻,合上电脑,翻来覆去观赏着,"你知道这电脑多少钱吗?"

辛丸子立刻伸出尔康手制止了他:"不,不要说出来!"

她不想经历实力方面的打击后,又经历一轮金钱打击。

"苏严,你能帮我个忙吗?"辛丸子开始收拾东西,她尽可能表现出平静,但正是因为太平静了,完全不像平时的她了,"他是临时被辅导员叫出去的,所以东西都放在这儿了。你能拿给他吗?我有事要回宿舍了。"

换作以往苏严可能直接就拒绝了,可是今天他觉得辛丸子的状态不太对,自打他说完高木木的事,辛丸子脸上总是很生动的神色就变成了薄薄的一张画儿,好似风一吹就会飞了。他并不是一个很会看脸色的人,可他多少能明白辛丸子是为了什么。只是明白了之后,他的心头也一阵酸涩。

不过他还是仰着可爱的小脸儿,摆出两个深深的酒窝,说:"好,没问题。"

辛丸子一鼓作气跑回了宿舍,中途她好像听见有人叫她名字,不过她没停下。她现在只想躲在一个安全的地方，刷几集动画冷静一下。她一向是这样，无论遭遇了什么，只要找几集经典动画刷一刷，她就能充电五分钟元气两小时。

"丸子！你回来了！"

没想到辛丸子刚一进宿舍就被两个室友一左一右架住按在了椅子上，全然是拷问的架势，"你肯定早就知道高木木是做什么的吧！真是瞒得一丝不漏！快、快给我们讲讲！"

"我……"

辛丸子为难地左右看看，心里有个小人在跪地痛哭求饶。照她以往的心性，在已经什么都知道的情况下，她可以把故事编得天花乱坠来保全自己的面子，可此时此刻她报着嘴憋了好久，还是什么都说不出来。

她不知道高木木究竟是怎么想的，可她却十分清楚高木木是有心瞒她的。她看着桌上立着的蝙蝠侠手办，这才明白过来原来当时高木木是去比赛，她还天真地以为是去旅游。人家根本没想让她知道，她再自己往上贴，非得说她早就知道，是不是太装大尾巴狼了？

"我是真的，不知道。"她努力想挤出笑容，可眼眶却发胀，"我早就和你们说过了，我和他不是那种关系，我们就是普通朋友。"

所有人都听到了她话尾的颤音，包括她自己。

趁着室友愣神，辛丸子迅速爬上了自己的床铺，没有连接电脑，却先把带着一对猫耳的桃红色头戴耳机挂在了头上，并且下意识用被子把自己裹了起来。她用行动告诉其他人不要搭理她，就拿她当成堆在角落的物件就好。

室友们面面相觑，不敢再说话，但仍是用眼神交流着"难不成是真的"。正在这时有人从外面开门，招呼她们："402的胡苏是高木木的高中同学，她说她早就知道，走，过去听听。"

一个室友回头看了辛丸子一眼，最后也没叫，两个人一起出去了。

宿舍里只剩辛丸子一个人，她紧紧抱着膝盖，把平板搁在上面，随便翻出了《食梦者》的一集看。男主生病要做手术，却不想连载暂停，坚持在病房里面画。发誓要做声优的女主去医院劝他病好之后再画，因为两个人约定好各自的梦想达成前不见面，所以女主站在病房门外说话。辛丸子看着他们回忆起初遇见的时机，以及彼此的坚定，抬手擦了擦掉下来的一滴眼泪。

无论看多少爱与梦想的王道动漫，她也得承认自己就是个凡人，正因为此才对自带光环的主角们羡慕不已。她可能永远没办法一个人坚定不移去为一个影子都看不到的目标努力，她也注定无法成为改变世界的浪潮中的一朵浪花。

可是现在她觉得高木木或许能成为——或许已经成为那样一个人了。

辛丸子从一旁抓过一打纸巾，双手并用地撸了一个震天响的鼻涕。她现在只想一切回到过去，回到曾经一心只想混日子的开开心心的自己。

半个多小时后，当室友们回到宿舍，还没开门就听见了辛丸子的笑声。她们推门进屋就看见了最熟悉的画面，辛丸子看着动画片，笑得前仰后合直拍床。不过她们尝试过几次，完全找不到辛丸子的笑点。

辛丸子扔在桌子上的手机一直嗡嗡作响，上面显示着高木木来电。一个女生抓起手机，跳起来丢到了辛丸子旁边，给她抛了个媚眼。

十三个未接电话。辛丸子吓得耳机都歪了。

"喂？"她还以为是有什么要紧事，所以也没多想就回了过去，"我刚才戴着耳机，没听见。"

"你在干什么？"

"我在看《日常》，我跟你说，真是不管看多少遍都笑到无法呼吸……"

电话那头的高木木一阵沉默："……苏严说你状态不好来着，看来是瞎掰。"

辛丸子这才想起她要苏严替她还东西的事，突然有种不祥的预感，天知道苏严跟高木木说了什么。她蒙住听筒，压低声音问："苏严说什么了？"

"他说你要死要活的，要不是他及时拦着就跳楼了。"高木木发出啧啧啧的声音。

"啊呸！这一看就是你说的！"

高木木嘿嘿笑了两声："离熄灯还有两个半小时，出来聊聊？"

"聊什么？"

"聊你想知道的事。"

暂停了视频，把东西全丢开，辛丸子举着手机连滚带爬下了床，穿着拖鞋就出去了。站在楼道的窗口，其他屋子透出来的欢快都成了背景，她才叹了口气说："我想知道的要是正好是你不想说的，那就算了吧，你也不需要在意别人的想法。"

"我以前从来不在意任何人的想法。"

停顿了一下，高木木的声音变得比平时低沉一些，"可我现在在意你的。"

他站在女生宿舍的窗下，扬起手机对着楼上窗口的辛丸子挥了挥，就像一颗星星。

✧ 3

很遗憾，生而为人并没有公平一说。且不说家庭背景和与生俱来的财富，那毕竟还有祖辈父辈的努力作为铺垫，不算毫无根据。但有一点却是毫无道理可讲，连羡慕嫉妒恨也只能自己消化，没有任何接近的途径。

那就是天赋。

学美术的人那么多，可大多数最后只停留在临摹阶段，好一点的是"能画"，但画得好的，能令人记住，称得上画家的又有几个？艺术是这样，科学是这样，体育也是这样，即便是同一个老师教，付出同样的努力，结果仍旧截然不同。努力谁都会，可在一个专门的领域内努力往往只能达到中上游，而不能达到顶点，最后决出胜负的是天赋。

从小高木木就是个会努力的人，那个时候他还不懂天赋是什么，他只是觉得自己不算笨，只要卖卖力气总能得到自己想要的结果。他看待事物基本只有两种情况，一是根本没有兴趣，就看都不看，二是他决定做，就要做到最好。

　　作为一个普通男孩，高木木当然喜欢打游戏，小学五年级家里买了电脑，他就陆陆续续开始玩当红的游戏。基本上每一款游戏他都要玩到周围人心服口服，没有任何追赶能力才算完。直到角色扮演竞技类游戏渐渐引入国内，并且越来越困难，越来越有趣，他开始专注在一两个游戏里面。十六岁那年，他在 DAGA 游戏里的排名打到了国服天梯前二十，并且稳定住了。那一年，高木木初三刚毕业，他接到了 AG 战队的邀请，问他愿不愿意去训练营试一试。

　　当时他的学习成绩稳定，接下来的高一也不会太忙，跟父母商量了之后，他决定去试试。父母不太理解电竞究竟是什么，也担心玩物丧志，约法三章必须在不影响学习生活的情况下才可进行。可以说从一开始高木木去了职业战队这件事，除了父母就没人知道。

　　高木木真不觉得自己能从这条路上走多长，他照常上学，除非有重要比赛，否则从不请假。别人一天要练习十几个小时，他可能一半时间都要不了，但也就是天赋使然吧，他还是从训练营里脱颖而出了。但进了职业战队不代表就有名有钱了，事实上职业战队里面打酱油的人还是很多的，每次上场也就五个人，大部分人不断地啊练，将青春耗尽，可能也等不到崭露头角的那天。高木木也没有被过多的器重，最重要的原因是他不配合，不愿意用放弃一些自由时间来换取更大的荣耀和成功。他进了战队三年，不过是做做替补，打打国内的小比赛，因为出场太少所以战绩进不了榜单，但单看个人表现其实是非常不错的。

　　"电竞选手是吃青春饭的。"

　　辛丸子下楼之后，他们两个慢慢走到了图书馆。不是考试期，图书馆里人不算多，他们从书柜之间穿过，在两块书架区域之间零星夹杂的桌子前坐了下来。这几张桌子偶尔也会被醉翁之意不在酒的人占上，因为前后左右都有书柜阻挡视线，管理员也看不到。不过今天居然是空着的，高木木对辛丸子讲了自己成为电竞选手的经过，然后开始阐述自己的内心想法，

"就像体育运动员一样，虽然不能说百分百上了年纪就不能玩了，但不得不承认十几岁二十岁出头的时候，人的反应神经、体力、注意力都在巅峰，随后就会一点点下滑。而且优秀的孩子们一代一代会冒头，老人必须奋力挣扎才能防止被拍死在沙滩上。我现在的年纪，在电竞圈子里已经不算年轻了。"

"真残酷呢……"辛丸子喃喃道。

她想到演员也是吃青春饭的，只有保养得好才能演跨度更大的角色。其实配音演员也是一样的，虽然没人在意你究竟多少岁，但想接更多的角色还是要保持声音的年轻和灵活度，并不是说声音老了就只给老人配音就好，机会根本不会一直等在那里。

"我本来想的是最晚大三，一旦功课忙起来，我就退出。这几年我也亲眼看到很多前辈默默离开俱乐部了，不红的人离开都称不上退役，不过就是翻了一页。"说到这儿高木木重重叹了口气，"没想到在这次比赛前战队内部出了点问题，一个老人突然提出休战转会，我是临危受命。所以才得了第三啊，丢人。"

辛丸子双手拍桌，几乎要站起来，一脸不可思议地叫着："已经很厉害了好不好！"

"好好好，冷静！"高木木捂住她的嘴，将她按回椅子上，才后知后觉地意识到辛丸子在夸他。高木木动了动一侧眉毛，斜眼问她："你刚才是在说我很厉害吗？"

话音未落，辛丸子立刻向后靠在椅背上，抖着二郎腿，开始翻着白眼全方位转动着脑袋，就是不看高木木的脸。

这个状态被称作"否认三连"：不知道、没听清、我没说。

高木木朝她招了招手，嘬着嘴发出类似逗狗的拟声词："过来、过来！"

辛丸子重又靠了过去，乖乖趴在了桌上。

"我没考虑过之后要拿这个当职业，我也知道我不可能做一辈子，所以我本来是打算安静开始安静结束。你也看到了，像这样一旦爆出来，真的很麻烦，以后这样的事情少不了了。"高木木也趴下，两个人都是双手交叠垫在下巴底下的姿势，脸和脸之间只隔了一只手的距离，"我要告诉你的是，以后不管谁问你，你只要表现出你早就知道的样子就行了。随你怎么编怎么显摆，你是戏精大学双硕士，我相信你。"

他做好了辛丸子会发起攻击的准备，但没想到辛丸子挤眉弄眼龇牙咧嘴，一言难尽得像吃了一块能嚼到明年的口香糖："……我已经跟别人说了我完全不知道。我是个诚实的人。"

高木木皱了皱眉头，拿手指当腿一点点带着脑袋往前挪，离辛丸子的脸越来越近，呼吸开始交缠。

他猜到之前他和辛丸子的关系被大家盖棺定论，这回的事情一出辛丸子肯定会受到很多盘问，所以他第一时间就是想找辛丸子解释，但电话根本打不通。他没想到辛丸子会坦白得这么快，因为他知道辛丸子是个不太爱和人争辩的人，他以为她会在其他人的追问下选择含糊带过。

既然辛丸子这么快想和他撇清关系，只能证明一点，那就是他的突然出名真的刺激到辛丸子了。

换个说法也就是他的一举一动，辛丸子还是很往心里去的。

想到这儿，高木木忍不住挑了挑嘴角。

本来辛丸子就被他盯得脸上汗毛都竖起来了，见他突然一笑，辛丸子还以为他又有坏水儿要流出来，立刻就想直起身躲得越远越好。结果她刚一梗脖子，高木木就先一步看穿了她的动向，伸手按住她的后脑勺，重又将她压了下来。

被突如其来往前拽这么一下，辛丸子屁股都从椅子上翘了起来，两个人的脸几乎在桌子中间贴在了一起，近到只能感觉到呼吸，和看到对方瞳孔里的自己。

一秒：脑袋里一万只蜜蜂在振动翅膀。

二秒：眼睛变成螺旋状。

三秒：嘴像砧板上的鱼一样不受控制地开合了两下。

Chapter 07. 隐藏

从头到脚贯穿的热度如同火箭燃料将辛丸子以迅雷不及掩耳之势从椅子上直接弹出去，她转身想跑，咣当撞在背后的书架上，然后捂着鼻子猫着腰，连滚带爬藏到了书架的另一边。

死宅就是这样的生物了。明明看爱情动画的时候心急火燎，在电脑面前为男女主指点江山出谋划策，恨不得跳过所有步骤直接到最后一步。什么套路啊，勇气啊，价值观啊，张口就来，全然一副老司机的模样。

结果呢，放到现实中，可能男神站在面前都不敢说一句话，靠近到一百米内就能幸福到原地爆炸，感觉自己无欲无求立地成佛了。

背靠着高大的书架，辛丸子拍了拍自己的胸口，好似想把往外跳的心按回去。间或有人过来找书，全都对她投以奇怪的眼神。她扒开一本书，偷偷摸摸往对面看，却发现高木木已经不在桌子前面了。

"哪里去了……"

她自言自语了一句，突然跳着脚想，高木木不会就这样走了吧！

刚想提步往门口走，辛丸子听到"嗞嗞"的叫声，她抬起头看到从对面书架中部的一层书和顶板的缝隙处有一张白纸缓缓钻了出来。

她凑过去，犹豫着把纸拽过来，睁一只眼闭一只眼贴在缝隙上，隐约看到高木木站在那边。

"聊聊吧。"

A4打印纸上左上角写了这样一句话。笔夹在纸的边缘，一起递了过来。

辛丸子转了个身，背贴着书架，和高木木分隔两边。她咬了咬笔头，在底下写上一句："聊什么？"

刚要往回递，一个人从她面前走过，她立刻把纸扣在怀里，假装在挑书，手指在书架边缘敲啊敲，直到确定人家看不到她，才迅速把纸塞回了对面。

"我其实很羡慕你。"高木木写道。

"我有什么可羡慕的，我还羡慕你呢，十几岁就能赚那么多钱了。"

随着时间越来越晚，图书馆里剩下的多是大三大四刷夜的人，大部分都坐在外面宽敞亮堂的区域，靠里的桌子光线不好，而且也再没人进来找书了。辛丸子和高木木背对背站在一面书柜的两侧，书柜上面镶着的小灯洒下一排微弱的光线在他俩中间，仿佛将他们围在漆黑舞台中央唯一的圆圈里。

"电竞不是你想象那样简单，只是玩玩游戏而已。一个看似简单操作可能要重复练上千遍，一个战术要试验到吐，再有趣的东西一旦变成了工作性质，首先感受到的绝对是艰苦。更何况，我并不是真心想以此为业，我在做这些的时候并不是坚定的，所以也感受不到太多的乐趣。没有比赛就没有钱，很多上不了场的电竞选手生活很困苦。在这个圈子我的能力也不是那么突出，只是比上不足比下有余，我很清楚这个程度还称不上天分。所以我羡慕你，你有自己真心喜欢东西，而且你有旁人无法拥有的天分，你有一个无比清晰的目标在前面，你的人生是有方向的。"

这一段话写了很久，中途辛丸子等得着急，就趴在书上往那边看。从她的角度能看到高木木用书垫着非常认真在写，她的嘴角止不住地上扬。

可是当辛丸子看完高木木所写的东西，却不知道该怎么回答，她犹豫了半天，换了个方向问："你没有想过以后要做什么工作吗？或者说你没有想做一辈子的事情吗？"

纸没有被拿过去，就放在一排书的上面，辛丸子捏着这边，眼见着高木木在那边的角落写上了两个字："没有。"

因为角度问题，高木木必须低一点头，两双眼睛在夹缝里相撞了。

不知为何辛丸子的脸居然一下就红了，她马上就想背过身去，高木木叫住她："天晚了，回去吧。"

她看了眼时间，确实得回去洗漱了。只是她握着那张纸，还有点意犹未尽。她咬着嘴唇，又迅速写了一句塞了过去："那你说我应该怎么做？"

没听到任何摩擦的声响，等辛丸子从若有所思中抬起头，发现高木木已经站在了她的面前。她后背倚靠着书柜，避无可避，只能佯装镇定了。

说来也奇怪，最开始她和高木木独自相处，唇枪舌剑，都感觉不到什么，现在却一个眼神都心慌，到底是哪里出了问题。

"我无法告诉你应该做什么。但是我可以肯定地告诉你,大多数人一生中都无法拥有一个明确的奋斗目标,要么是根本就没有梦想,要么是梦想与实际能力不相符。"高木木看似漫不经心地把双手撑在辛丸子身侧,辛丸子眼珠左右乱晃,双手在背后死死扣着一块板子,"所以像你这样自己拥有真心所爱,又还有能力去拼一把,可以说是命运恩赐了,不应该浪费。"

　　辛丸子缓缓抬起头,和高木木四目相对。她听清楚了刚刚高木木说的话,她也有很多想法想要表达的。可是此时此刻有一半的她灵魂出窍,已经飘到了他们的身侧,穿着睡衣,盘腿坐在地上,抱着人形抱枕,不停地揪着头发心急火燎对他俩喊:"快点啊!不要怕!表白、表白!亲上去!急死我了!"

　　高木木就像能感受到一旁隐形的鼓舞一样,没有撤掉手臂,反而逐渐低头靠近了辛丸子。辛丸子非但没有闭眼,反而死不瞑目似的瞪着眼睛,都不记得有眨过。

　　"你……"高木木终于开口,与此同时抬手在她眼角蹭了一下,"有眼屎。"

　　"我回宿舍了!"

　　用了十成十的力气在高木木的膝盖上踹了一脚,辛丸子灵巧地从他手臂下面钻过,大步流星出了图书馆。

　　而此时半个图书馆的人,包括管理员都听到了高木木猝不及防地号叫。他在众目睽睽下一边点头哈腰地道歉,一边单腿蹦着追了出去。

　　"眼屎而已,是人都有,至于生那么大气吗!"

　　他追上辛丸子,龇牙咧嘴活动着膝盖。

　　辛丸子走路的气势是恨不得能一脚踩个山崩地裂。

　　两个人又恢复了从前的状态,就这样到了女生宿舍楼下。辛丸子一声不吭就往楼门口走,高木木在她背后喊"我说的话你好好想想,对了,不是眼屎那句",辛丸子忍不住回头狠狠瞪了他一眼。

　　然而就在这时一个陌生的女生从辛丸子身旁经过,她本没有注意,直到听见背后传来声音:"哟,高木木,好久不见。"

她猛然转身,看到那个背影很美丽的女生停在了高木木面前。

✧ 4

自从高木木电竞职业选手的身份曝光,真的如他所料没有一天清静日子,全学校的游戏迷们都兴奋了,本系的外系的男生成群结队来找他一起打游戏,他总不能全部推掉。所以很多时候辛丸子无法再占据他旁边的座位,甚至于他出现在社团的日子都变少了很多。

"谁在乎!"

辛丸子一个人坐在社团教室里学日语,偏偏看到"在乎""放在心上"这类短语应该怎么表达的教学。结果她发现无论哪种写法都绕不开一个"気"字,虽然在日本汉语里这个字有很多的解释,但在中文里它就是"气"的古义。

这简直就是在说,只要在乎,就一定会生气。

谁会为他生气,哼!辛丸子气鼓鼓地想。

"你果然在这儿啊,"苏严在后门窗户探头,看到辛丸子在,说着话就往里走,"在干什么?"辛丸子迅速关掉了学日语的软件,心慌地合上了电脑。

苏严全然没在意,拉椅子挤到了她旁边。

"没干什么。"

好好学习天天向上什么的,她真是羞于启齿。

"刚才我过来时看到高木木又和胡苏在一起哎,"说这话时苏严趴在桌边,偷偷观察着辛丸子的微表情,"俩人好像刚从超市出来,有说有笑的。"

辛丸子敏锐地捕捉到了"又"字,狠狠咬了一下后槽牙。

上次宿舍楼下和高木木说话的女生名叫胡苏,是艺术教育专业的,辛丸子不认识,不过多少有点眼熟。因为胡苏是那种第一眼十分抓人的样貌,在宿舍楼里肯定见过。辛丸子一直觉得自己就是个柴火妞,在网上看了多少仙女编发教程,最后也只学会了一个丸子头。化妆技术不稳定,有时候不化反而还好看些。穿衣服也没什么风格可言，都是心血来潮就买，不过都是便宜货，最贵的也就是几件 lolita 小裙子，但买回来基本都是压箱底，根本不敢穿上街。而胡苏是那种懂得按照流行趋势打扮自己的女生，大波浪长发，打了阴影和高光的脸看起来很立体，穿衣服也都有小心机在上面。换作以往她绝不会将自己和胡苏这样的女孩放在一起比较，根本就是徒增烦恼。

但胡苏却是高木木的高中同学，他们久别重逢，从一开始就熟络得很。不仅如此，胡苏居然早就知道高木木在打电竞的事，这证明他们之前的关系就不简单。

自打胡苏以高木木高中同学的身份跳出来，大家的注意力就都转移到了她身上，仿佛她才是女主角。与此同时辛丸子却被对号入座到"被赚了钱出了名却火速和美女前任复合的男友抛弃的昙花一现的临时女友"这种可怜的角色。

尤其是最早听她说她和高木木没有关系的室友，这段日子每天都用一种怜悯的眼神看着她，居然连该她打水的日子都替她代劳了。

天知道大家脑袋里构思了一个怎样狗血的故事，但辛丸子至少知道无论是怎样的故事她在其中都扮演炮灰。

"哦。"辛丸子努力装出不在意的样子，生硬地耸了耸肩。

苏严才不是那么好糊弄的人，他又往前拽了拽凳子，趴在了辛丸子的电脑上面，半是撒娇地逼着辛丸子跟他对视："你不觉得胡苏的出现有点意味深长吗？"

辛丸子被"意味深长"这个词吸引，她抱着臂朝苏严挑了挑下巴："怎么？你还想搞推理啊？"

好似就在等她这句话，苏严立刻坐直了，摆出了柯南的经典姿势，手指向远处，自己嘴里哼哼着 BGM，义正词严地说："在瞬间之下，明白所有真相，只要开始就不会停止。揭开唯一的事实，外表看似小孩，头脑却如大人般聪明……"

辛丸子终于忍不住笑了出来。

"笑了就好了。"苏严停下来，如释重负地笑了，"你现在都没有以前活泼了。"

辛丸子何尝看不出苏严是为了逗她一笑，她打开电脑，找到柯南开场白的BGM，自己也摆出了相同的姿势，尝试说了同样的句子，但她的声音非常近似中配版。

"好厉害……"

虽然之前在广播站听过，但这么近见证变声，苏严居然有点起鸡皮疙瘩。他抬起手想鼓掌，却又像是怕惊动什么，只是虚掩着拍了拍，双眼死死盯在辛丸子脸上。

"所以你说她的出现有哪里奇怪？"辛丸子完全忽略掉了苏严闪闪发亮的眼睛。

"你想想，如果他们以前就是那么熟的关系，怎么会到现在才发现彼此。之前的一年一次没撞见过？不太可能吧。我估摸着只有两种可能，一是他俩本来就不熟，只是高木木红了，胡苏才想起有这么个人。二是他俩确实熟，是因为之前有些原因让他俩一直躲着彼此，视而不见，而现在借着这个契机重新走到了一起。"

苏严说得有理有据，用脑袋给自己频频点赞，"但无论是哪一种，这个胡苏都不简单。"

那是当然，长得漂亮本来就是最大的不简单。而她自己呢，她有什么能耐呢？

"苏严，你说实话，"辛丸子不再纠结在胡苏身上，她觉得自己并没有这个资格，"你在看影视剧、看动画的时候，会注意配音吗？"

"影视剧不太会，因为现在影视剧的配音都会尽量去贴合演员本来的声音，太自然了，所以注意力都在演员身上，也不会去等演职员表。但动画会，因为对动画而言，配音就等于是演员，是跳不过去的一环。"

其实苏严也不是完全不能猜到辛丸子的想法，只是他没有想太深，他变相鼓励着辛丸子,"国产漫画这两年发展迅速,以后配音演员的机会会有很多的。"

"是吗……"

辛丸子若有所思地沉吟着,她脑袋里想的是高木木那天在图书馆说的话。但一想到高木木她就又不自觉把五官皱成了一团,露出了赌气的表情。

苏严看在眼里,立刻打了个响指,强力吸引注意力:"对了,你还记得之前我问过你工作的事吗?"

他又提起,辛丸子才想起来,点了点头。

"那个工作是在电台,我在那里写稿子,知道他们一直在招主播试音,你要不要去试试?"

上次因为考试在即,加上她心思在别处,她都没让苏严说完,如果她知道是电台工作可能早就心动了。但想到真正的电台肯定和学校广播站天差地别,辛丸子又不自信起来。她用手指转着鬓角的碎头发,小声嘀咕:"我不行的吧……"

"试试又没有损失,如果成功了,虽然可能不能自己安排栏目,但至少你可以多练习一下声音技巧,又有钱赚,何乐而不为?"苏严脑海里出现了很多幻想,咬着指尖说,"如果是个音乐节目……"

"停!"

辛丸子立刻打断了他的话,苏严真是哪里都好,就是这个爱听走调的恶趣味真是让人无奈。

假如她能有一份兼职,至少可以少找爸妈要点钱,能大大方方买更多的漫画书和手办。而且即便高木木没有想过拿电竞当终身事业,但他至少还在往前走,他已经有足够的资本,凭自己的力量改变生活。她也不想示弱。

"好,我去试试。不过你得陪我去。"

就这样决定下来,两个人聊着细节往外走,一个疑问突然在辛丸子的脑海里一闪而过:"你刚刚说写东西,写什么?"

苏严突然振臂高呼:"写稿子啊!我的梦想是当一个小说家!拿诺贝

尔文学奖!"

一下子接收到的内容太多,辛丸子顿时不知该做什么样的表情,她缓缓地点头:"……祝、祝福你!"

"谢谢!"苏严一脸沉浸梦中的笑容。

辛丸子很羡慕苏严能这样大大方方地说出自己的梦想,哪怕是不切实际的,也丝毫不怕别人听到,不怕别人嘲笑。

但她还是不禁想……是不是太不切实际了一点?

他们一路有说有笑,高木木从灌木隔离带的另一边经过,辛丸子并没有注意到。高木木迅速倒退跟着他们,透过树木间隙偷瞄着他俩。

刚才在超市门口高木木故意让路过的苏严看到他和胡苏说话,就猜到苏严立刻会向辛丸子报告。可这会儿他发现辛丸子和苏严在一起心情好像十分不错,这让他怀疑自己的行动是不是反而促使苏严趁火打劫了。

越想越担忧,高木木暗自思索着以一个怎样的理由突然跳出去把辛丸子拉走,却没注意到自己已经倒着走到了尽头,后脚被花坛边缘的石围狠狠绊倒,高木木号叫着向后倒进了花坛里,后脑勺蹭在了石头上。

"啊!什么玩意!"

辛丸子本来偏着头和苏严说着话,等到注意到身旁有动静,一个庞然大物已经从灌木丛后面斜着摔了出来。她尖叫着跳开好几步,扭头一看苏严比她跳得还远,瑟瑟发抖地躲在她身后,抓着她的胳膊。她拍了拍苏严的手,安慰道:"没事,别怕,看着不太像鬼。"

她往前靠了两步,这才发现躺在那儿的人是高木木。她在石围外面蹲下,歪头问他:"你干什么呢?"

高木木已经摔蒙了,他想动,但半天也没动起来一根手指头。

"喂!"这时辛丸子也终于意识到不对劲儿,她跪在地上,伸手往花坛里面探,推了推高木木的肩膀,"喂,别闹了!"

"疼……"

又隔了两秒钟高木木终于张开了嘴,他尝试转头,模糊地看到了辛丸子,后脑勺一阵尖锐的疼，逼得他忍不住大叫，"疼疼疼疼疼！"

他伸手往脑后摸了一把，然后发现手指上有血。

辛丸子也看到了，脸一下变得煞白，她爬到高木木身边，用力拍他的脸，惊慌失措地叫着："喂，你别死啊！"

"说吧，你等这个甩我巴掌的机会多久了……"

高木木边开玩笑边疼得龇牙咧嘴，此时苏严也凑了上来，看这情形也吓一跳，和辛丸子一起先尝试扶他站起来。高木木晃晃悠悠站起来一半，对辛丸子笑了笑："你今天真好看。"

然后咣当晕倒在地。

辛丸子"哇"一声扑倒在旁边哭得跟遗体道别一样，苏严拦都拦不住。

最后高木木被送到医院后脑勺缝了三针，因为床位不富裕，又被医生赶回来休息。临走的时候辛丸子不停地追问"没有脑震荡吗""真的不用住院吗""还是观察观察吧"，直到被高木木拖出去。

"你到底是怎么摔的啊，这么大的人不会看路的吗！"

出了医院辛丸子仍是喋喋不休。高木木指了指耳朵，皱着眉说："你的话太多，会挤压我的耳道，带动我脑袋的伤口疼。"

辛丸子立刻乖乖闭嘴了。

"哎，"沉默了一会儿高木木又忍不住主动说，"我刚才要是真死了，你会是什么反应？"

"烧纸。"

"……"

因为在花坛边上辛丸子哭得太惨烈了，导致半个学校的人都知道高木木受伤了，还伤得不轻。本身高木木现在就是红人，看到他回学校，遇见的人都上前询问状况。辛丸子觉得不好意思，想要先回去，迎面就看见胡苏穿着件大红风衣提着保温罐风姿绰约地走了过来。

"我听说你住院了，"胡苏忽略了辛丸子，把保温罐提到高木木面前，"看来没什么事。在外面买的鸡汤，本来想给你送去的。"

高木木接过汤，说："麻烦了。"

嗤，鸡汤，谁知道有没有毒。辛丸子翻了个巨大的白眼。觉得自己此刻头顶锃光瓦亮，能照亮整片宇宙。

"你们聊。我回去了。"

她嘟囔了一声，最后回头瞥了高木木一眼，转身朝宿舍走。

"我不太爱喝鸡汤，所以，"高木木双手举着保温罐，给胡苏递了个问询的眼神，"你不介意吧？"

胡苏是个聪明人，耸耸肩表示无所谓。

高木木立刻追上辛丸子，把鸡汤递给了她："流了那么多眼泪，拿去补补。"

"不要！"辛丸子伸手去推，超有骨气。

"可好喝了，"高木木凑近她耳朵，压低了声音，"隔壁味美斋的老鸡汤，走地鸡，又香又嫩，一天就卖那么一锅。真不喝？"

他没说完辛丸子嘴角的口水就已经藏不住了。

她眼珠滴溜溜转，又偷偷回头看了看不远处低头玩手机的胡苏，在心里骗自己说人家没看见，然后抢过保温罐抱在怀里就跑。

高木木看着她的背影，笑出了声。

"你俩的事我也有听说。"胡苏走上前对高木木说。

"听说的大部分是假的。"

"但你喜欢她是真的吧。"

高木木没说话，因为答案是不言而喻的。

"你还记得你跟我表白的事吗？"完全是闲聊的语气，胡苏手揣在兜里，看了看月亮，"你的口味还真是不固定啊，我俩没有哪里像吧。"

就在离他俩差不多三步远的树后面，辛丸子默默放下了保温罐，并且把高木木的病历本放在了上面。她刚才没走两步就想起来高木木的病历本在她包里，明天还要用，所以又急匆匆回来，刚好听到了胡苏说起曾经的表白。

她一边慌不择路,只想以最快速度离开,一边给高木木发消息:"我想了想,还是不喝了,消受不起。就放在你右手边第三棵树后面了,别浪费了。"

等到高木木看到消息,跑过去拾起保温罐,风已经将病历本吹到了地上。

"傻丫头……"他猜到了什么,无奈地摇了摇头,捂着真的在疼的后脑勺。

他猜到辛丸子没听到后面的话。

就在胡苏那句话之后,他说:"她永远也不可能像你。谁也没必要像谁。她是独一无二的。"

较劲

✧ 1

　　下一个要去做事的决心是很容易的，难的是去做的过程。自从答应了苏严去广播电台应聘，辛丸子每天都战战兢兢的，一颗心在半空中漂浮着，总有种晕车的感觉。

　　首先她得自己准备稿子，试音并没有内容的硬性要求，但内容的选择肯定和最后的结果挂钩。据苏严说比较缺人的是音乐类、情感类和脱口秀类，说实话这三个辛丸子全都不感兴趣，音乐她没研究，脱口秀也做不了，可选的就只有情感类，但她又觉得无趣。一再纠结，无法抉择，辛丸子都打算反悔了。

　　没想到不等她开口，苏严就兴高采烈递了她一个U盘："这里面是几段你当时在广播站的节目录音。"

　　"你居然录音了？"她自己都没有存留。

　　"也没录全。如果有时间能找到安静的地方，我就会录。虽然音质不好，但到时候肯定有不少人交之前的节目录音，你也交一份，有利无弊嘛。"苏严看起来比辛丸子还期待。

　　辛丸子无奈地抓着脸，也不好意思再说反悔的话，只是哀号着："可我还不知道要做什么节目……"

　　"凭你自己喜欢，假如这件事你觉得勉强，那你就不要去，我更不希望你不开心。"

苏严说这话时脸上的表情要多真诚有多真诚，忽然间辛丸子觉得自己有必要再和苏严说清楚一点。不清不楚地接受别人的好意或感情，助长别人的希望，之后再把自己撇干净，这种事辛丸子做不来。

但她脑海里一闪而过了那晚从胡苏那里听到的话，她不明白既然高木木有喜欢的人，为什么还从刚入校就和她作对，一边和她作对还一边给她好处。

"渣男！"想到这儿她气冲冲嘟囔了一句。

"什么？"

苏严其实听到了，只是吓了一跳，一时没反应过来。

"啊啊，没事……"辛丸子晃过神来才意识到自己说出声了，抬手在脸前挥了挥，想把高木木的样子挥散，"我是想和你说——苏严啊，我对你就只有朋友的感觉，你明白吧？"

"我明白啊。"苏严浅笑着点了点头，"那就做朋友啊。能做朋友也是缘分，其他的听缘分的话就好了。"

之后苏严就和辛丸子讨论起了稿子的事情，但辛丸子多少有些心不在焉。这是一个很哲学的问题：喜欢着一个人的时候真的还能若无其事和他做朋友吗？或许有人可以吧，人心的包容性是很强的，那些超级英雄们彼此间有很多不共戴天的仇，但最后还是能团结协作拯救地球。但稍稍想一想辛丸子就觉得自己不行，她是凡人，假如她喜欢一个人，而对方不喜欢她，那么她要么较劲，要么就走人。

隐忍啊，包容啊，大方啊，这种漂亮的词汇，注定都与她无缘。

比如她现在就在跟高木木暗暗较劲，她装成没事人的样子照常上课下课，仍旧经常和高木木低头不见抬头见。但辛丸子不再和高木木坐在一起，只要她余光偷瞄到高木木在，立刻溜到一处两边都有人的座位上坐下。有时候在食堂实在避不过去，高木木坐在她的对面和她说话，她也正常回答，但眼神来回飘，装作注意力在别处，就是不看高木木。

而且辛丸子也开始找借口不去社团，虽然社团教室是个很适合做事情的地方，但她心里就是别着劲儿。

与此同时，辛丸子也知道这样不是长事，宿舍里她把头搁在蝙蝠侠手办的前面，一遍遍深情抚摸着，每次提起一口气觉得自己应该可以放弃了，但维持不了一秒就重新趴回了桌面上。

"对不起啊，我要把你还回去了……"辛丸子眼泪汪汪地和蝙蝠侠的头套对视着，"我知道你也舍不得我，但你懂的，自尊有的时候真的很重要。促使你当了这么久蝙蝠侠的理由中同样也有自尊吧，即使你有钱到根本不会伤自尊……"

辛丸子下定决心，等到电台试音结束，她就把手办还给高木木。她希望能由此恢复自己平静的心情，能和高木木恢复最开始的冤家关系。

她自己策划了一个情感类节目，贴合一点当下热点，但在其中夹带私货，别人都是引用点心灵鸡汤什么的，她推荐的全是动漫桥段。她尽可能把稿子写得正经一点，但她知道自己的策划还是太跳跃了。

反正就姑且一试吧。去之前辛丸子已经做好了失败的准备，她以为这样就不紧张了。结果坐在外面排队等着进去试音时，她还是紧张到抖腿。电台内的气氛可不是学校小广播站能比的，她偷看旁边人的简历，发现大多是传媒相关专业的，辛丸子愈发觉得自己就是来打酱油的。

她只能闭上眼睛强迫自己背词，试音必须脱稿，她得背熟，到时候再随机应变。但当她闭上眼睛，一个巨大的蝙蝠图案突然透着光浮现出来，她听见电影里面布鲁斯韦恩的声音说了一长串的英文。

她感动涕零地问了句："你说啥？"

辛丸子猛地一下惊醒，发现身旁的座位居然空了，她抹了把口水，惊慌失措地往门口看，幸好还差几个人才到她。她默默往前挪着座位，翻着白眼抚着自己的心口，好险好险她居然在这种关键时刻打了几分钟的瞌睡。

可是梦里那句话到底是什么意思啊，她努力回想，却发现一个单词也想不起来了。

他一定是舍不得离开我——辛丸子瘪着嘴，心中隐隐作痛。

终于轮到辛丸子了,她也是第一次进正规的播音室,面对着专业的设备,她有些手足无措,好在旁边有一个编导辅助。她在位置上坐下来,面前是透明玻璃,能隐约看到另一间播音室,那里有个男孩,姿态生动又自信。

一瞬间辛丸子好似又回到了学校的广播站里,她想起高木木给她发的那句"怪物小姐,技惊四座",很奇怪的,她竟突然镇静了下来。

试音的过程很顺利,大概也是因为并不是真的对外直播,所以心理压力小一些,但辛丸子正说到兴头,并没有看到窗外有人朝她身后的编导打了个手势。编导突然伸出手来在调音台上拧了两下,切断了她的声音。辛丸子心里"咯噔"一声,还以为自己出了什么差错,要被赶出去,结果电话接通的提示音在耳机里响了起来,她还没闹清楚是怎么一回事就听见一个女孩的声音说:"喂,是我吗?"

这是……加考?辛丸子恍然大悟。可她确实毫无准备,别看她平时跟熟人在一起脸皮挺厚,但一遇陌生人就成了社交恐惧症。

"你好,是你……"说完这句话辛丸子想给自己一个嘴巴,真是太蠢了。她的头脑飞快转动,想弥补这个失误。实际上辛丸子印象里她自己认真想主意,希望能解决一件事,这样的机会并不多。大概也就是初高中时偶尔考试成绩太差,才会绞尽脑汁去想怎么让老妈签字,又不会被一个背口袋摔出去。因为爸妈和周围人从很小就被拼命打击她的自信心,灌输她就是那种学什么都不行吃什么都没够的废物,所以她自然而然就习惯遇到任何解决不了的事都第一时间喊"妈"。

但现在不行了,她只能在分秒间靠自己扭转局面,她猜测这个应该是之前的电话录音,不可能是真的,但她必须当作是真的演。就在这时她听到电话那边的女生说:"主持人,我最近有个很大的苦恼,你能帮我出出主意吗?"

我敢出,你敢照做吗……辛丸子暗暗腹诽,偷瞄了一眼背后玩手机的编导,柔声说:"虽然我不知道自己能不能帮你解惑,但我很愿意听你说一说。"

她的话音还未落，对方已经说了起来。辛丸子一下踏实了，忍不住跷起了二郎腿，又趁着没被发现赶紧放了下来。

"我今年大三，有一个很爱我，我也很爱的男朋友，我们从初中开始就是同学，一路互相扶持着走过来，彼此了解，彼此依赖。可是我们现在面临着抉择，我是艺术生，我收到了瑞士一所大学的通知书，那是我一直以来的梦想。但我申请学校的时候，没有和他说。"

"你为什么不和他说呢？"辛丸子忍不住插话。但刚好是对方一个喘息的节点，倒显得正合适。其实她心里清楚，就是一时松懈当成聊天了。

"因为他家的经济条件并不好，他的人生目标是毕业后尽快找到合适的工作安稳下来，他还想着我们毕业后就结婚，两个人一起在大城市拼搏。每每看着他说这些话时憧憬的模样，我就什么都说不出来了。可是我其实根本无法去想象疲于奔命的日子，我也不愿意放下大提琴。可能是我还不够成熟，我还有很多不切实际的梦想想完成，可是……我也很爱他……我不想和他渐行渐远……"

女孩声音里的哽咽越来越重，最后终于哭了起来。

不期然的，辛丸子想到了自己，很不巧她脑补的能力非常卓越。平时无论看什么故事，她都会把自己套进去，然后在脑袋里完整演一遍，有时候实在控制不住，就会手舞足蹈出来。偏偏今天这个故事既接地气，又贴合她最近的苦恼，辛丸子瞬间就入了戏，在脑海里瞬间编造出来了一出苦情大戏。

她当然是女主角，才华卓著，天生的艺术家。而男主角是一个丢在人堆里就找不到的普通人。不等她想人选，高木木的脸就跳了出来。因为想得太入神，辛丸子居然没有第一时间察觉有什么不对。

脑补的剧情非常狗血，她要去国外四年，她心里很希望高木木能等她，但又觉得这样很自私，于是就拖啊拖，拖到要走了，才不得不坦白。两个人理所应当地大吵了一架，最后她还是说了分手，选择了梦想，但转身之后她号啕痛哭。

"你说人生为什么就没有两全其美呢？"

完全忘记了自己还在试音，并且对着麦克风，辛丸子完全沉浸在脑补中，居然跟着一起哭起来，顺便大骂现实的残酷，爱情的脆弱，发誓自己要变优秀回来让他后悔。

直到编导掐掉了所有的声音，突如其来的静谧让辛丸子瞬间清醒了过来，她僵在那里，狂眨巴眼睛，眼泪迅速就干了。她看着面前玻璃上映出的自己惊慌失措的脸，心想：完蛋，这回糗大了！

她强装镇定站起来，对身后的编导鞠了个躬，心里恨不得能一头直接扎到地心里去。然后她撒腿就往外跑，只想马上从所有人面前消失。

但出了播音室没几步，辛丸子就被一个挂着工作牌的人拦住，对她说："你跟我来一下，我们主任想见你。"

辛丸子呆立当场，想着莫不是要把她拉黑了。

战战兢兢跟着走到了一间办公室里，一推门就看见屋里坐着三个人，辛丸子双手搅在前面，站在门口，眼珠滴溜溜转。

"坐。"一个笑呵呵的大叔指了指面前的椅子跟她说。

辛丸子乖乖坐下，觉得自己像是被老师叫到办公室的小学生。

"我们必须先要诚实地告诉你，你并不符合我们想要招收的条件。"主任开门见山地说，"你既不是相关专业，也没有经验，日后也不想从事这份工作。我们还是希望能把机会留给真正想要这份工作、想要在这个行业里累积经验、谋求发展的年轻人。"

"我明白。"

"但是我们让你来面试，是因为你交上来的资料里声音特质太过优越，你普通话标准，并且有很难得的鼻腔共鸣，你的声音天赋当主播足够了。所以我们才找你来试一试，"说到这里主任笑了，问她，"你知道自己的声音有多好听吗？"

辛丸子点了点头："知道啊。"

旁边一个年轻男孩忍不住发出"扑哧"一声。

"咳,"主任被她打断,差点忘了要说什么,顿了一下才继续,"现在网络电台是新兴事物,发展越来越好了,我们也刚刚开始做网络电台这一块,之后可能会请一些网络主播,那样可以播的范围就大了。我想问问你愿不愿意来这边试一试,但一开始可能并没有多少收入,这个收入是和你的受欢迎度挂钩的。但你可以在这里学到很多东西,也可以得到历练。你考虑一下……"

"我愿意!"

辛丸子立刻挺直背,举起了手。

"好,不需要举手回答问题,"主任笑笑,"时间的话可以按你的课表来,我们不强制要求,但一周至少两次。先学习一段时间,然后再做策划。"

"谢谢您,谢谢,谢谢……"

一再道谢,辛丸子终于离开了电台。她不是不清楚这并不算份正经的工作,顶多就是没有工资的打杂的。但她还是很高兴,因为有人肯定她,正因为肯定所以才给了她一个打杂的机会。还有就是这份肯定多少能让她在高木木面前抬一点点头了,虽然与他的电竞实力根本没法比,但至少她的心里能自欺欺人地觉得距离缩短了那么一点点。

她立刻掏出手机想给苏严打电话报告这个消息,电话很快就通了,对面传来一个男生的声音:"喂?"

辛丸子呆滞了三秒,把手机从脸旁拿远,看清了上面"高木木"三个字,扯着脖子尖叫了一声:"怎么是你?!"

"是你给我打电话哎!"高木木揉着耳朵,脸上却带着笑,"怎么反过来问我?"

"我,我,我……我想打给苏严的啊……"

辛丸子完全不记得自己是怎么顺手就拨到高木木那里去了,明明电话簿里相距那么远,回拨电话里苏严最近也排在前面。到底是怎么错的呢,她想不明白。

心之所向这种肉麻的可能性,吓得辛丸子起了一身鸡皮疙瘩。

电话那边高木木冷了脸："你要打给苏严说什么啊？"

"我想和他说电台的事情，反正你也不知道，挂了。"

"哎，等下，什么电……"

高木木还在叫着，辛丸子已经麻利挂了电话。他把那个"台"字咬碎在齿间，喉咙里发出"咯吱吱"的危险讯号。

他的字典里从来没有"认输"两个字。

✦ 2

那之后辛丸子只要没课就去电台打杂，学到了很多网站建设和主播的专业知识，还认识了许多网络主播，其中有一些和她一样是门外汉，但还是有不少是专业学过的，他们说起专业术语一套一套的，笑啊哭啊都有无数种表现形式，辛丸子忽然发现自己其实什么都不懂。

但这种挫败感并没有让她放弃，反而更加激发了她的好奇心。她终于意识到自己是真的想要做有关于声音的行业，她是真心喜欢着的，有喜欢在心里打底就不怕辛苦。

去电台的日子辛丸子十次有八次是和苏严同进同出的，就算时间不同，苏严也会等着她。

其实电台的事苏严对辛丸子是心中有愧的，他把事情想得太简单了，还以为应聘就能成功。但辛丸子心里却对苏严颇为感激，感激他的引荐让她离自己这点秘密爱好更近了。

只不过他俩都没有说出口，只是不约而同对彼此更好了一点。

落在其他人眼睛里，仿佛就变了味。

傍晚辛丸子和苏严从外面回到学校，还没等分道扬镳，两个人的手机就同时响了。二人低头看了眼手机，立刻对视了一眼，异口同声地说："高木木？"

短信都是高木木发来的，通知晚上去社团集合，有重要事情宣布。

"可以不理吗？"苏严问。

"可……"

辛丸子的话音还未落，又一条短信发了过来，写着——"事关学校安排，此次社团全体成员必须到场，切记，切记！"

时间卡得如此之准，辛丸子突然紧张兮兮地左右扭头，总觉得高木木躲在哪里窥视她的一举一动。

但又确实找不到人。一般来说，远距离之下突如其来的默契，都可以叫作心有灵犀。

而心有灵犀总是会让人难以释怀的。

于是辛丸子吃完饭就去了社团，发现大家确实全到了，自打高木木的隐藏身份暴露，书法社也热闹了一些，从以前的六个人一下飞跃到了八个。新来的两个人完全是高木木的迷弟，就是为了来找他打游戏的。

其实高木木完全可以放弃这个边缘社团，学校里有的是社团对他抛橄榄枝，电竞社的社长都愿意把位置让给他，但他全部都拒绝了。辛丸子逐渐意识到高木木其实并不是一个特别好相处的人，他外热内冷，大概只会对认可的人显露本性。本来辛丸子想到高木木和她相处过程中的不同之处，多少还有点欣慰，可转念她就想到了胡苏，那点欣慰瞬间燃成怒火。

她算什么特别！人家可是表白过的！

"我们来商量一下社团活动日的事情，这次的活动日我们也参加……"

高木木很正经地说事情，结果不期然地和辛丸子对上眼神，居然被瞪得一个激灵。他是知道辛丸子最近在和他较劲的，但往常至少还保持着表面和平，这会儿怎么突然仇恨值爆表。

他只得赶紧移开视线，却先看见了坐在辛丸子身边埋头玩手机，根本没听他说话的苏严，他立刻叫道："苏严！"

苏严抬起了头，茫然地看着他。

"你的字写得好，活动日之前多写几张，用得着。"

"哦。"

苏严敷衍地答应一声，继续低头玩手机了。

高木木太阳穴青筋直冒，眼镜片后面寒光一闪，虽然已经在尽力控制表情了，但还是杀气外泄。粗神经如辛丸子都感受到了，她有强烈的不祥预感，这次社团活动日肯定要出事。

　　社团活动日是学校的一个传统，找一个天气晴朗的日子，给社团们让出空间，让他们自由开展活动，利用大教室、礼堂或者在操场上搭展位，学校热闹得像集市一样。不过往常参加活动日的都是像美术音乐之类的红火的社团，至少有东西可展示，前一年书法社就没参加，今年大家都不知道高木木究竟搞什么鬼。

　　他非但要参加，还要认真做，他决定自掏腰包准备奖品，动员大家都来参与，以此来为书法社做有史以来最郑重的宣传。

　　当他慷慨激昂说完，底下没有任何反应，大家眼神闪烁，各有各的想法。本来到现在还愿意留在这个社里的人大多是为了躲清净，他们才不在意纳不纳新。不过不用出钱，顶多出出力，大概还有乐子看，也没人提反对意见。

　　只有辛丸子内心惶惶，总觉得高木木醉翁之意不在酒。

　　不过离社团活动日还有一周的时候，一个对辛丸子来说巨大的惊喜从天而降，电台有一个宣传片，里面有一段2D动画的表现形式，想要一个略微卡通一些的配音，因为预算有限，可能需要一个人配两三个声音，主任问她愿不愿意试试。虽然说钱不多，但报出来的数字对于从没自己赚过钱的辛丸子来说已经够多了。

　　她立刻答应下来，和几个人一起试音，最后毫无悬念地拿下了配音工作。真正意义上的第一份工作，而且是和她的特长相关，辛丸子高兴到疯癫，晚上多买了一只鸡腿以示庆祝。

　　心愿已了，辛丸子把蝙蝠侠手办塞回原先的盒子里——对，她连盒子都舍不得扔——准备去还给高木木。

　　她给高木木打电话，高木木的声音听上去心情很好，让她去电竞社碰头。辛丸子本来不打算去，预料到那边肯定很多人，但想到高木木要是在打游戏，一局粗略估计一个小时，一局接一局，一整晚很快就过了，如果不速战速决，她可能又舍不得了。

想到这里辛丸子心一横，决定直接杀到电竞社，踹门进去，把东西往高木木桌前一拍，然后掉头走人，不留只言片语。她幻想了一下那个情景，觉得无比帅气，恨不得给自己穿件可以甩动的披风。

辛丸子冲到电竞社，还没进去就听到了里面男生们热闹的讨论声。门根本没关，但辛丸子还是做出了一个潇洒的踹门动作，落地时险些扯到韧带。屋子里的人很多，但都围着电脑，没人注意到她，她在后面蹦跳了半天才看到高木木，赶紧扒拉开两边的人挤过去，气势汹汹把手办往高木木身旁一搁。

至此一切顺利，戴着耳机沉迷游戏的高木木也确实被她吓了一跳，紧接着辛丸子就要完成最后一步，掉头走人。但她一转身就直愣愣撞上了后面站着的男生们缤纷多彩的眼光，脚跟立刻被钉死在了地上。

"行啊，木头，人在家中坐，礼物送上门！"男生们跟高木木打趣着，将辛丸子团团围住，"还真是大手笔啊，这真的假的？"

"我……"

辛丸子看着他们粗手粗脚把玩手办，心如刀绞，连反驳都慢了半拍，就在这时高木木对她说了一句："我就随口一说想买这个，你怎么就真买了啊！"

"……"

高木木说话时手却根本没停，游戏局面已定，大家正在集火大本营，他肆意地开着大招，又收割了两个人头。他说话时并没有摘耳机，所以声音极大，听起来招摇得欠揍。

辛丸子志气满满来归还礼物，在别人眼里却变成了她一往无前来送礼物。

一局游戏结束，积分榜出来，高木木看都没看，反正肯定是MVP，他站起来一手抱过手办，一手拉住辛丸子的手，对大家说："我们先走了哈！"

一套动作行云流水，就像辛丸子之前给自己脑补的设定一样自然。待到辛丸子反应过来，她已经被高木木拉到了外面。

Chapter 08. 较劲

她低头看着两个人牵在一起的手,一秒,两秒,三秒,脑袋里"砰"的一声绽开了一朵烟花。

"东、东西还你了!我先走了!"

辛丸子此地无银地大力甩开高木木的手,转身就想跑。高木木原本并没有太留神,被她刻意甩开才意识到怎么回事,他笑着蹭了蹭鼻子,追上去堵在了她的面前,倒退着走:"都这么长时间了,怎么想起还了?"

"你奖金多也是你自己努力得来的,这礼物还是太贵了,我总觉得于心难安。"

"说好了是生日礼物,等我过生日时你再送回来一份不就完了。"

"可我不想送你这么贵的……"

"……"

"也不是这个意思啦!"辛丸子发觉自己好像说出了另一个层面的心里话,赶紧打住,脚步更快了,"我刚接了份配音的小工作,更知道赚钱不易。我们又不是、又不是什么特殊的关系,我不能收……"

"苏严给你找的工作?"高木木打断了她。

辛丸子愣了一下:"也算吧……"

"那要是苏严送你的,你收不收?"

高木木的语气很冲,搞得辛丸子莫名有种被逼问的错觉,一股无名火就翻了起来。她心想这和苏严有什么关系啊,再说了他为什么一直针对苏严啊。心中一时义愤,辛丸子脱口而出:"这么贵的礼物你就应该去送给胡苏!"

"……这跟胡苏有什么关系,她又不喜欢这些。"

"哦,原来是这样啊!"辛丸子怒目圆睁,"她不喜欢,所以你才送给我的?"

"你……"

两个人几乎就真的要吵起来,其实大多数吵架的开端都源于关注点偏移。但命运女神仿佛不愿意看见他俩吵架,于是在高木木的脚后跟挖下了一个坑，电光火石间他颇有喜剧效果的面部表情和身体往后倒的过程在辛丸子眼前如慢动作一般清晰地放映，辛丸子惊慌失措，二话不说朝他扑去。

待到他们意识清醒，高木木坐在地上，双手撑在身后，倒是没怎样，但辛丸子却以一个诡异的姿势扑倒在他身上，双腿跪在他身体两边，艰难维持上半身直立，双手像传递奥运圣火般高举着手办。

"幸好没摔了。"辛丸子无比欣慰地叹了口气。

高木木却完全不知道眼睛该往哪儿放，用力咳了一声："那个……先站起来成不？"

辛丸子闻言低头看了一眼两个人的距离与姿势，忍不住尖叫起来。本来高木木也是佯装淡定，一听到她尖叫，心一慌也跟着叫起来，两个人从地上同时蹿起来，在有幸看到全程满眼惊叹和刚刚路过如同看神经病一样的同学们面前脸红着，跺着脚，原地转了几个圈，扭头朝相反的方向跑了。

等到辛丸子一头冲进宿舍，扑倒在自己的电脑椅里，才发现她居然又把手办抱回来了。

"你瞧瞧你都干了什么！"

她双手掩面，却开了一条指缝露出眼睛盯着蝙蝠侠埋怨。

不知道是不是幻觉，她仿佛看到蝙蝠侠头顶上出现了三个问号。

没过多一会儿高木木的电话就打来了，辛丸子见宿舍里没人，她扭捏着按了接听键，把手机开着免提甩在离自己很远的桌角，不愿意举在耳旁。

"有件事忘了和你说了，"高木木不知道她在干什么，只是很郑重其事在说，"我和胡苏……"

开了免提之后声音并未觉得大，却显得远，辛丸子双手捂住耳朵叨念："我不听我不听我不听……"

"我和胡苏没有什么特殊关系，毕业之后我确实对她表示过好感，但是她果断拒绝了我。"

"拒绝？"辛丸子一把抓过手机，激动地喊，"你是说，你被人家拒了？"

"嗯。"

"哈哈，哈哈，哈哈，哈哈，哈哈，哈哈！"

辛丸子顿时捶桌狂笑，把之前的别扭忘了个精光。高木木被她突如其来的笑声震得头皮发麻，眯着眼睛扯了扯嘴角："……你是幸灾乐祸我被人拒绝呢，还是高兴我和胡苏没什么关系呢？"

"当然，自然，必然是幸灾乐祸啊。"

"……"

高木木无可奈何地笑了一声："那解释清楚了，明天心理学课我替你占座？"

"好啊！"

辛丸子只顾擦眼角笑出来的眼泪，挂掉电话半天才意识到她居然又这么容易就和高木木前嫌尽释了。

✧ 3

真正的配音工作比辛丸子想象得要复杂得多，即使只是一个十几句台词的小片段。她提前拿到稿子之后，需要反复熟悉内容、设计角色声音，之后还要去模拟一些需要的音效。

"我觉得你真的应该和你父母谈一谈，"高木木看着她节节课都把稿子压在书下面，明明就那么一张纸，却忍不住一看再看，尝试着和她说，"既然你真的喜欢的话。他们无非是希望你有条更稳当的路走，但未必会不支持你去走崎岖的那条。"

辛丸子歪头看着高木木，光从他身旁的窗户透进来，将他的半边轮廓照得很梦幻，另外半边却又衬得比平时深邃。不得不承认，这个人认真讲话时还挺像个正经人的。

辛丸子眨了眨眼睛，问："那你是怎么想的？如果有一天游戏不打了，要做什么，老师吗？"

"大三我就会开始准备考研，之后再说吧。"

"你应该去当我爸妈的孩子，"辛丸子把下巴搁在桌面上，"他们一定会喜欢你这种对未来有规划,并且靠谱又拿得出手的孩子了。"

高木木偷笑,小声嘟囔:"也行……"

"什么?"

高木木猛摇头,却还是止不住嘴角笑意。

现在对他来说最碍眼的就是苏严那颗钉子——确实是到了该撬起来的时候了。他想起电脑桌面上一个标题为"社团活动日策划"的文档,里面只有两行字,格式为宋体,初号,加粗,居中。

——我们的目标是,干掉苏严!

社团活动日当天学校里非常热闹,每个人手里都被发了一份时间表,上面详细写着每个社团的地点和活动时间,真的如同逛展会。

一开始大家都没有奔着书法社来,虽然有不少别的年级的学生趁机来看看高木木,不过显然都对书法没什么兴趣。直到高木木抱来三个大纸箱子,把里面的东西掏出来,一圈一圈摆好,围得跟祭坛一样。

夹娃娃机里那种毛绒玩具、盒蛋、扭蛋、贴纸、整蛊玩具……这些是最普通的,只要有人愿意来写一张字,就能参加抽奖。而写出的字汇总在一起由大家自由投票决出名次,还有鼠标、数位板、网站购物卡之类大的奖品。

包括辛丸子和苏严在内,书法社的成员们都惊呆了,这些统统是高木木一个人出资的。大家交头接耳,看来这次高木木是真想好好发展社团了。

辛丸子心里觉得过意不去,自己写字又见不得人,又没有出钱,那就只有出力了。她跑去找人借了喇叭,爬到了桌子上高高站着,开始广而告之:"人员最少社团为何男帅女美精英集结,最穷社团为何突然土豪,随便提笔写一个字为何就能换来利益,高额无门槛购物卡究竟是否只靠书法就能获得,电竞职业选手痴迷书法背后又隐藏着什么,这一切的背后究竟是高木木人性的扭曲还是道德的沦丧?欢迎来到书法社一探究竟!"

高木木:"……"

不过辛丸子这个方法效果显著，没等她说"高木木带着小姨子跑路啦"，书法社的展位前已经围满了人。

一部分人只是想随便写几笔，过个抽奖的瘾，但有奖品诱惑，稍微字体好一点的都愿意好好写一写，这样一来就有了看头。围观的同学把摊位围了个里三层外三层，一直在维持秩序的高木木突然叫了苏严一句："让你写的范本呢？"

苏严"哦"了一声，就去拿丢在墙角的背包。他弯腰翻找的时候听到高木木正在人群里大肆宣扬："苏严的字可是稳坐社里头把交椅，你们等下照着他的写。"

辛丸子蹲在桌子上，双手捧着脸，总觉得高木木话里有话。一个人如果突然对一个始终不待见的人温和友爱了，要么是人之将死其言也善了，要么就是要痛下杀手了吧。

她还在胡思乱想，人群中突然爆发出一阵哗然，紧接着就是爆笑。从辛丸子的角度看不见究竟发生了什么，她直接站起来，居高临下地看到高木木手里举着一叠宣纸，是苏严刚刚交的，除了第一张是"勤学苦练"之外，下面全部都是胡乱涂鸦。

"这张是印象派啊……"大家七嘴八舌观赏着那些毛笔鬼画符，"这张有毕加索的神韵！"

苏严站在一旁脸色又青又红，慌张分辩"这不是我的"，但他说了几遍，除了辛丸子之外没有其他人在意。

看着这个情形，辛丸子想到了之前陈染晕倒那次，她也是百口莫辩。但那一次连她都怀疑是不是自己的问题，所以没有多少底气，可这一次她不能让同样的事情在苏严身上重复，因为她一眼就认出来那张奥特曼是高木木画的！

她从桌子上跳下来，想挤进去揭露高木木的诡计，但苏严离得比她更近，突然抬手砸了一下桌面。人群立刻寂静了，有人吓得倒退一步，正踩在辛丸子脚上。她"哎哟"一声，单脚跳着就听到苏严说："我郑重说一遍，这些不是我画的。不过看来今天之后书法社会壮大起来,也不缺我一个。从现在起,我退社。"

"别啊!你这样就合了高木木的意了!辛丸子心急火燎挤到最前面,正听到高木木说:"好啊。"

她一把拽住苏严,对高木木怒目圆睁,赌气地说:"他走,我也走!"

"没问题。"

谁曾想高木木眼皮都不眨,飞快答应了她的请求。

辛丸子瞪着的眼睛就凝滞在了那里,完全放松不下来。她本就是想威胁一下,给苏严一个台阶,让高木木骑虎难下。结果高木木在老虎屁股上踢了一脚,老虎就顺势窜到了她的胯下。

周围很多人都了解高木木和辛丸子的关系,一个劲儿打着哈哈说和,但话里话外似乎都在怪苏严开不起玩笑和当电灯泡。辛丸子忽然又气又心酸,她气高木木居然丝毫不想挽留她,心酸的是自己居然以为高木木会挽留她。

"我们走。"

辛丸子把手里的喇叭往桌上一摔,发出了一阵刺耳的噪音。她就在这一声呼啸中扯着苏严大步流星离开了热闹的摊位,只有苏严看到了她眼角泛红,几乎就要哭出来。

"其实你也没必要和我一起走啊,"相比辛丸子,苏严的情绪反而没受什么影响,"他明显就是想赶我出去嘛,反正我也没必要待在那里,走就走喽!"

"我就是气不过,凭什么他总是针对你,而且还耍这种上不了台面的手段!"

"因为我喜欢你呗。"

"你喜欢我,关他什么事啊!"辛丸子吸着鼻子,瓮声瓮气地说。

"因为……"苏严话到嘴边突然又咽了回去,他在辛丸子肩上拍了拍,"算了,反正已经这样了,好不容易放假一天,不如我们去吃饭?"

辛丸子摇了摇头:"算了,我明天就要去配音了,我想回去准备准备,先走了。"

说完她一个人往宿舍走去,苏严站在她背后看了半天,她也完全没打算扭头。苏严微微噘起了嘴,高木木针对他的原因不言而喻,他相信辛丸子现在只是暂时当局者迷,所以他不愿意由自己来挑明。

毕竟对苏严来说,今天其实是个不错的日子。其实高木木偷偷调换他包里的书法时他刚好看到了,不过他立刻就躲了起来。他猜到高木木的目的,无非就是让他当众出个糗,刺激他退社,于是苏严也就顺着高木木的意。他原想的是以辛丸子对他的信任,事后他是可以解释清楚的,到时候以辛丸子简单的个性,一定会不齿于高木木耍的手段。他乐见于高木木为了铲除情敌,搬起石头砸自己的脚。但没想到辛丸子居然第一时间就猜到了是高木木做的,居然愿意和他一起退社,这对苏严来说真是意外之喜。

单看辛丸子刚刚的失落,苏严觉得这次对她的打击很大,虽然之前她经常和高木木以天为单位绝交,但这次他们的关系应该可以说降到冰点了。

苏严越想越得意,全然不像刚被众人取笑过的样子。结果一不小心和一个女生几乎正面撞上,女生嫌弃地叫了一声,两个人眼神电光火石地交错。苏严意外地发现居然是胡苏,但胡苏似乎并不认得他,皱了皱眉就离开了。

切,最不喜欢这种拽上天的女生了,真当自己是仙女啊!苏严对着胡苏的背影吐了吐舌头。

而另一边的辛丸子却久久无法平静,她盘腿坐在床上,企图用打坐来让自己心平气和,但她却感觉到怒气将她包裹了起来,一直飘一直飘,都快要撞到房顶了。

不行!她不甘心!当初她是被高木木连拖带骗进书法社的,凭什么现在又让她这样灰溜溜地走人!

说到底还不就是因为得了个奖,出了点名,就膨胀了!不就是个游戏吗!辛丸子不信自己就玩不好!

她迅速将自己的电脑清理出了能装下游戏客户端的内存,开始下载

DAGA。她幻想着自己有朝一日能在游戏里和高木木正面交锋，到时候能让高木木对她刮目相看，哭着喊着请她回去。

光一个客户端就下了一夜，第二天一早辛丸子抽空玩了一把，她自认为之前玩过，信心满满，丝毫不紧张地组了随机团。

这一局她的记分是0杀，0助攻，12死。

✧ 4

辛丸子理想中的网游少女之路从一开始就崎岖非常，每玩一局就有一面墙倒下来，撞得她满脸血。

如果不是和高木木较劲的心理够强，她早就卸载以泄愤了。

辛丸子的配音工作并不如想象中顺利，中途被叫停了好几次，反复修改了很多版本，虽然最后还是定了下来，但她看得出来，专业人士对她并不满意。

"丸子，你要是真的喜欢这个行业，你还是得系统地学习一下。"结束之后一个前辈叫住了她，"配音这一行，光仰仗天赋是不行的，你不要觉得你会模仿几个声音就能吃这碗饭。真正能立住脚跟的配音演员基本功首先要到位，你现在连腹式呼吸都做不到，声带也不稳定，你应该认真考虑下是不是真的要走这条路了。"

前辈说话语气并不重，可每一句都像一只锤子砸在辛丸子的心口。回学校的路上她始终觉得无法呼吸，进了学校又刚好撞见高木木和胡苏走在一起，旁边也没有其他路可退。辛丸子低着头装作没看到，和他俩擦身而过，但她确信高木木看到她了，却没有开口叫她。

她和苏严退出社团之后，高木木没有任何特殊的反应，如果时机允许高木木还是会给她占座，不过也不强求她会接受，更没有露出一点点不耐烦。这让辛丸子感觉特别憋屈，她满心的别扭都像打在棉花上。

直到回宿舍打开电脑载入游戏，辛丸子才算转移了一点注意力。不得不说网游是调节心情打发时间的利器，无论遇见了什么不爽的事，打两盘游戏也就忘得差不多了。

等着十个人加载完全的时间里，一个人看着辛丸子的ID问："真是妹子？"

辛丸子的ID就叫：我是妹子。

"如假包换。"辛丸子一直都是打字聊天，没有戴耳机，因为不想听见男生骂骂咧咧。当然，主要是骂她手残。

"不可能。"

"……为什么不可能？"

对方无比肯定地说："DAGA里就没有妹子。"

辛丸子心想这真是赤裸裸的性别歧视，当即有心开麦说一句话，但犹豫了一下还是放弃了。她恶狠狠地想，这局一定要玩好，等到出了结果她再说话，这才叫打脸。

经过了一段时间的摸索，辛丸子觉得自己还是适合玩远程角色，最好是跑得快的。虽然远程角色血量都少，不如近战角色抗击打，但说实话就算用血最厚的角色她也经常秒死。她给自己规划的游戏方案就是能苟且就苟且，打打小兵，推推塔，别人开杀的时候补几箭，落个辅助记分，只要少死几次少引人注意，最后不落口舌混到结束就可以了。

但想象永远比现实美好，辛丸子小心翼翼迂回着引着兵队到了对方塔前，保持着安全距离冷不丁戳着塔。对方并没有能够瞬间缩短距离的技能，自己的队友看起来也很有经验，眼见着开局很好，对方的塔只剩一半血量，辛丸子放下心来，开始一门心思地推塔，结果一个不小心塔的仇恨就拉到了她身上。她顿时慌乱，撒腿就跑，奈何血量太少，塔的伤害又高，眼见着要跑出攻击范围，最后一下她还是死掉了。

系统弹出对方英雄拿下第一滴血。

虽然队友没有说什么的，但辛丸子还是羞愧欲死，心态一下就崩了。就在这时之前加载游戏时说过话的队友突然打出一句："现在我相信你是妹子了。"

"……"

以这种方式证明了自己，辛丸子完全高兴不起来。

但手贱一天还信心满满之后能长进，手贱一周还能尝试动脑子去弥补，时间再长也就认清现实破罐破摔了。辛丸子开始开麦直接和队友对手说话了，这个游戏里妹子确实极少，再加上她刻意伪装的萝莉音，再也没人苛责她的菜鸟操作了。即使是她蠢得让人受不了时，大家也是深吸一口气苦笑着说："下次小心点。"

大家一再让着她，让辛丸子愈发不好意思了，有些时候她进去秒死，或者短时间内连续送人头，她都会觉得实在丢不起人，下线遁走。但下次上线她就会发现自己被关进了小黑屋，得打五场艰难的随机战，还得获胜才能出来，并且不计分。

"到底要多少级，才能去打天梯呢？"辛丸子问小黑屋里的队友。

"20级，平均150场吧，但是得有效得分。"回答她的人哈哈大笑，"你还想打天梯呢？"

辛丸子看了眼自己的等级，她陆陆续续打了两个月，才10级。

"那要是想打到天梯的前几名，需要多久啊？"

"……妹子你醒醒！"

连续打了两局都输掉，给了辛丸子一种"别说让高木木刮目相看，就连小黑屋可能这辈子都出不去了"的悲伤错觉，就在这时，滚烫的笔记本电脑不堪重负，终于过热保护自动重启了。

她生无可恋地趴在了桌子上，脑门和桌面亲密接触，哐当一声吓了室友一跳。

"又过热了吧，我就说你那个破电脑根本不适合玩游戏。"室友看了她一眼，了然地笑了笑。

最近辛丸子突然变身网游少女，玩的还是和高木木一样的游戏，个中缘由大家都心知肚明。不过为了她好，室友们都劝她放弃，与其这么拐弯抹角，还不如当面说个清楚。照辛丸子的速度，就算她能练到高木木的等级，人家的儿子可能都会打酱油了。

一开始辛丸子不愿意认输,不过玩了一段时间之后她也不得不承认,她这辈子大概是玩不到高木木的等级了。既然玩不到就无法被高木木注意到,更不可能和他在游戏里碰上,给他个惊喜。

这样一想,辛丸子对游戏的热度顿时就降到几乎没有了。

接下来的寒假里,辛丸子每天都提心吊胆,她申请开通了一个私人网络电台玩,在网上买了一些专业的设备,只敢让快递把东西放在驿站,一直等到父母都出门才偷偷跑出去取。

在心理压力如此之大的地下工作中,偶尔玩一下游戏就变成了调剂,只不过辛丸子早就没了让高木木知道的信心了。账号里加的好友倒是挺多,有些不怀好意来和她搭讪的,她都没有回,绝大多数也只是加一下就再没联络过。

所以当一个她自己都没注意什么时候加上的好友突然拉她进组队,ID为"套路王"的家伙打字对她说:"一起吧。"

这是辛丸子在 DAGA 中第一个真正意义上的伙伴,在这一刻她终于不再觉得自己是在打单机了,感激涕零地感受到了网游的美好。

这个"套路王"一下就将辛丸子从 AFK 的边缘拉了回来。

套路

✧ 1

新的学期很多人都发现了辛丸子的变化,从前她并不是一个很依赖电脑的人,除了做课件以外,基本上都是用手机和平板去看东西。但现在她上课下课不离电脑,时刻都开着 DAGA 的游戏界面,但并不是都在玩游戏,更多的时间是在游戏里聊天。

聊天对象只有一个人——套路王。

辛丸子的这种状态非常像是——网恋了。

"没有啦,"面对苏严担忧的疑问,辛丸子立刻否认,"就是个朋友,偶尔带我打打游戏罢了。他玩得很好,我进步很多了。"

正说着下课铃响了,马上就到辛丸子固定做电台节目的时间了,她急忙忙站起来抱起电脑和书就要走,高木木从阶梯教室的后面走下来,从她身旁经过,撞了她的肩膀一下。

"不好意思。"高木木下了几节台阶后转了个身,朝她敬了个礼,就果断走人了,都没等她说话。

她站在那里,嘴噘得老高。

等着吧!早晚有一天会让你刮目相看的!辛丸子气冲冲地想着,也飞快跑出了教室。被高木木那么一打岔,她都忘了跟苏严说 bye-bye。

辛丸子网络电台的时间正好是安排在她两个没有课的下午时段,她可以找一间没人的自习室安安静静做完一期节目。整个学校没有一个人知道她在做这个，按以往她是会和高木木说的，可自从没了社团捆绑，她都找不到理由和高木木说话了。

她仍旧在做动漫内容的节目，每期光稿子就要反复修改几个版本，她还特意做了个声优介绍的环节，由此还研究了很多知名声优的身家背景，发现除了个别几个家境殷实，大家都过着朝不保夕、即使进了事务所也还要靠其他兼职维持生计的日子。

想接近梦想，不吃苦是不行的，不勇敢也是不行的。可这两项一向是辛丸子最怕的。

好在她现在有了一个遥远的朋友——套路王。虽然他们从未见过面，但单从游戏里辛丸子也能感觉到对方是个很正经的人。

带她玩游戏时，套路王从来都是耐心教她该怎么做，帮她选出装，有她应付不来的场面时还不止一次冲过来帮她解围。虽然他俩的等级看起来差不多，但显然套路王玩得很熟练了。辛丸子不知道对方是男是女，只是猜测是男的，因为从来没有开过麦，都是打字。有些时候辛丸子觉得局面已经紧张到她的眼睛都不够用，套路王还能慢条斯理地打字，让她很意外。但正因为此，辛丸子觉得很安全，套路王从不打听她的隐私，她也没有透露过太多，却能大言不惭地吹牛说自己是个配音演员兼职主播。

现在套路王是她忠实的听众，每次节目结束她都会上游戏去问感想，而几乎每一次套路王都会给她提出很具体的意见。有了这个倾诉对象，大大缓解了辛丸子想和人分享的冲动，也省去了直面三次元朋友意见的尴尬。

"我还是觉得你应该换换装备，现在这套太失真了。你应该买好一点的话筒和外置声卡。"套路王说，"你现在的话筒是多少钱的？是电容的还是动圈的？"

"……我就随便买了一个，很小，好带。三十块钱。"

"……"

"我知道你无语，但是我为了方便嘛，体积太大的我没办法带回家。"

"这又不是什么丢脸的事情，为什么要瞒着家里？"

"因为不赚钱啊。"说起来辛丸子自己都觉得心酸,虽然她的收听量在网站上排名不算低,可仍是处于自娱自乐阶段。好在电台算她实习,每月给她点辛苦钱,但她绝对不能告诉家里,不然爸妈肯定会觉得她为了那么点钱浪费学习时间。

隔了一会儿,套路王回复过来:"想赚钱就去做宣传啊,一旦名声打出去,有平台愿意和你签约,你就有钱了。"

辛丸子满肚子的话想说,可又说来话长。她已经和人家吹牛说自己是以此为业了,现在也没勇气再反悔说自己以后不会靠这个生活,最后她也只能强行转移了话题。

没想到的是那之后没过几天,辛丸子有早课,起床就赶着去上课了,等到上午两节大课上完饥肠辘辘去食堂,迎面撞上一个同系女生,张口就对她说:"我关注你的电台了哦。"

辛丸子一下没反应过来,直到第三个这样说的人出现,她忽然炸了毛。她站在食堂中央,望着周围的匆忙热闹,惊惶地想:难不成自己一脚踏入了平行世界?怎么忽然之间大家好像都知道她的秘密了。

这不可能啊,她没和学校里的任何人讲过!

辛丸子不敢在食堂多待,打完饭立刻飞奔回了宿舍。屋里有一个室友在煮方便面,香味四溢,一见她进来就问:"丸子,喝不喝汤?"

"喝!"

她条件反射地答完,就听见室友继续说:"对了,你那个电台我刚关注了。"

吓得辛丸子险些咬了舌头。

"你们……怎么知道的?"

"群里啊,今天一早各个群里都发了广告。"

一个学校的群实在太多了,同校群,同系群,各个科目群,爱好群,就连同宿舍都有几个群,当初辛丸子因为学校广播站小有名气时一大批的校内群拉她,她又不会拒绝人,就都加了。为了防止跳个不停,辛丸子把所有群都设了接收不提醒。所以如果不是有人提起来，她根本就不会往群的方面去想。

她这会儿赶紧打开QQ和微信，发现群里的消息都积了99+，她拼命往上翻，总算看见了大家议论她的那一截，但奇怪的是帮她发广告的人她并不认识。辛丸子翻了几个群，发现挑头的人都不一样，好像就是口口相传。好在大家议论的话都还算友好，顶多有几个人问"赚钱吗"，或是觉得她不务正业。

辛丸子喝着泡面汤，挠着头想源头究竟是谁呢。不过她点开自己私人电台的主页，却发现关注人数真的涨了不少。她是高兴的，却又有点慌。

心里正七上八下，一个陌生号码打了进来，辛丸子接起来，生怕又是什么爆炸消息，结果对方说："我是快递，在学校门口。"

"我没买东西啊……是什么？"

"不清楚。你是辛丸子对吧，寄件人写的是……"快递员笑了一声，"套路王。"

辛丸子"蹭"一下站了起来，扭头就往外面跑。

往校门口跑着，辛丸子开始意识到不对劲，套路王是怎么知道她在这所学校的，她努力在记忆中搜索，怎么也想不起自己提过。这也就算了，就当她不小心透露过，但手机号她可是绝对不会随便说的。

这样想着的辛丸子又有些担心了，脚步慢慢停了下来，难不成对方是个隐藏变态，会不会给她送奇怪的东西？她正为难，余光就看见高木木从横向拐过去，好似也往校门口去。她往前追了两步，想要喊，又开不了口，反复抬了好几次手，路人视角恐怕还以为是依依惜别呢。

高木木还是浑然不觉地往前走，辛丸子终于心一横，气沉丹田大吼一声："站住！"

高木木吓得脚步一滞，回过头惊恐地看着她："怎、怎么了？"

"是这样，我有个网友给我寄了份快递，我不知道是什么……所以你跟我去取一趟呗。"辛丸子挤眉弄眼地说，"万一是炸弹，我也好有个扔的对象啊。"

"好您嘞。"

两个人往校门口走,放在以前倒也是很正常,但一晃也有一段日子没这样了,辛丸子多少觉得有点别扭,但高木木还是面不改色,问她:"哪儿来的网友?"

"游……"差点说漏嘴,辛丸子立刻打住,随口编了个谎,"有个论坛里认识的。"

高木木没再追究,而是突然说:"对了,上次的事我跟苏严道过歉了。我就是开个玩笑,是有点过了。"

"噢……"辛丸子心里顿时舒服了一点,心说苏严也没和她说这件事,害得她还一直耿耿于怀,"你不就是想让苏严走吗?说也奇怪,他到底怎么招惹你了!"

"他和你走太近。"高木木嘟囔了一句。

"什么?"

"没事,反正都过去了。"高木木耸了耸肩,"你那个电台做得还不错。"

"你也……"辛丸子噎住。

高木木一脸莫名其妙:"我为什么不能知道!苏严给学生会的好多人都发了信息好不好!"

苏严?!辛丸子这才恍然大悟,把手指掰得咯吱吱响,决定等下就去找苏严算账。

她没有抬头,也就没有看到高木木眼镜后面的贼光,嘴角已经快咧到耳朵根了。

从快递手里接下了很大一只箱子,高木木自告奋勇帮忙开箱。辛丸子在一旁看着,居然有些紧张。结果箱子打开,里面是另外几个盒子,看起来很正常,她低头抽了最大的一只出来,看清盒子上的图的瞬间就愣住了。

那是一只无线电容麦克风,热门排行榜上比较靠前的型号,之前辛丸子也看到过。她又翻了其他的,有外置声卡和一些调音设备。

"你这个网友挺大方啊……"高木木看了眼,夸张地感慨着。

辛丸子抱着箱子,脸色却不太好看,原本她觉得自己和套路王的关系很单纯,正因为没有任何实质联系,相处起来才可以无所顾忌,但现在这突如其来的礼物让她无所适从。她仍旧不够自信,所以别人的好意总让她觉得负担不起。

"别想那么多,也许他家里就是卖这个的呢,进货价。"高木木随口说。

辛丸子"扑哧"一声,被他逗笑了。

✧2

突然收到高木木短信时,苏严是惊讶的。

从书法社退出之后苏严就再没和高木木正经说过话,平时撞见也全当不认识,各自低头离开。但短信里高木木语气很郑重,约他去书法社的教室说事情,他还是去了。

社团教室里就只有高木木一个人,苏严倚着门框站在门口,问:"有什么事?"

"我思前想后还是觉得应该和你道个歉,"高木木特地走到苏严面前,大方地说,"上次我偷偷调换你的字,确实不太对。"

苏严倒是完全没想过他会道歉,一时间也不知道该说什么。

高木木走到他旁边,背靠着墙,潇洒地插着胳膊说:"大丈夫明人不说暗话,我是喜欢辛丸子的。作为情敌,我就算是用了一些小手段来针对你,我想你也能理解……"

"你喜欢她,直接去和她说啊!"苏严打断了他的话,"我可是早就和她表白过的,她知道我喜欢她。"

"所以呢?她答应了吗?"

"……"

"咳,"看到苏严无言以对的表情,高木木只能用咳嗽来压制自己的得意,"你还不够了解她,她的思维模式和普通人不太一样,你这样直接表白没有用。"

"那到底要怎样……"

苏严没意识到自己还是被高木木忽悠瘸了。

"你知道她最近在搞网络电台吗？"高木木对苏严抖了抖眉毛。

苏严呆若木鸡。

"不知道吧？"趁着苏严自尊心严重受挫，高木木过去搭住了他的肩膀，全然一副前嫌尽释的模样，"我啊，之前那么对你，心里一直有点过意不去，所以才告诉你的。她现在正为了宣传发愁呢，我本来是想自己出手的，但为了表达歉意，这个机会就给你了。"

"少来！"

苏严把高木木的胳膊从肩膀上甩下去，毫不客气地翻了个白眼，"还不是因为丸子还和你闹别扭，你怕拍马屁拍马蹄上。不过算了，只要是为了丸子好，我不跟你一般计较！"

说罢苏严傲娇地别过头，大步流星地离开了。

直到确定苏严不会再看到他，高木木才紧握拳头，手臂用力在胸前抽动了一下，激动地喊了一句"Yes"。

然而等到辛丸子来找他"算账"，苏严才隐约觉察到事情有点奇怪。因为他自认为做了好事，辛丸子却并不高兴。

"你难道不想更多人关注你吗？"苏严不明白，做电台自然是希望有人听的啊。

"当然希望，可是……"辛丸子抓着头发，左右努嘴，"一想到认识的人在听就觉得很羞耻。"

"可你之前在学校广播站不是玩得很好吗！而且你在台上唱歌也很陶……"

辛丸子迅速做了个 stop 的手势："别提唱歌！"

"我是这么想的，你的本心里还是渴望获得关注的。只是你不好意思自己说,所以我就帮你做了。你不会生我气吧?"

苏严委屈巴巴地看着辛丸子,心里却做好了随时将高木木供出来的准备。但辛丸子无奈地叹了口气,摇了摇头说:"算了,这次就原谅你了。不过你是怎么知道的?"

"呃……"苏严使劲儿抿嘴,他不太擅长编理由,"就是有次不小心看到了。"

辛丸子虽然不太相信,不过也没再追问。

她并不指望苏严能彻底了解她的心理,只要熟人观众一多起来,她的安全感就不见了,压力陡然增大。并且她的热度已经到了签约门槛,可以自己申请,签约后会有网站分成。但她在犹豫,毕竟自己的梦想并不是当个主播。

原本她还可以当作是练习,自娱自乐一下,被苏严那么一公开,她被众目睽睽直接逼到了抉择的门口。

但辛丸子并不想因此责怪苏严,毕竟人家的心意是好的。不过如果是高木木的话,她早就撸胳膊挽袖子冲上去了。

同是好心帮助,套路王就显得贴心很多了,只是礼物太重,让辛丸子惴惴不安。快递签收之后她始终都没拆包,就是希望能先和套路王聊一下。但等了几天,套路王都没上线。

她天天开着游戏界面发呆的样子简直像失恋,室友小心翼翼试探着问:"怎么?网友不理你了?"

"那倒没有,也许是有事情吧……"不过被这么一提醒,辛丸子心里却是一惊,想着难不成这礼物是"分手费"?

"哎,"室友用手臂撞了撞辛丸子,"网恋不靠谱。高木木和苏严你到底喜欢谁啊?"

"苏严在我心里就是个闺蜜,很可爱的小男孩而已。"三次元简简单单的"喜欢"两个字,对于一个只敢在对纸片人表达感情的宅女来说已经够刺激了,辛丸子尽可能想表现平静,但瞳孔一直在颤,"至于另一个人……

不想说!"

"不想说就是心里有鬼。"

"我没有!我很讨厌他的,我俩简直就是冤家!"

"冤家这个词太暧昧了!你说实话,大一那次你俩在外面过夜,是不是就……说!快说!"

室友开始搔辛丸子的痒痒肉,她笑着尖叫躲闪,也就忘了解释什么。

就在这时游戏里发出了好友上线的提示音,辛丸子抹着笑出来的眼泪凑过去,惊喜地看到套路王终于上线了。

室友看她要玩游戏了,也没有再吵她,爬回了自己的床铺,打开一个人的微信界面把刚刚和辛丸子聊天的对话全都打了进去。

但辛丸子坐在电脑前对周围的一切都无知无觉,她急忙忙想找套路王问清楚,但对方半天才回了一句"打完这局再说",然后迅速组了个五人团。

最近辛丸子固定在玩一个英雄,外形是头冒蓝光的狮子,但不知道为什么大家都叫它"白牛"。白牛本身是个很厉害的英雄,用得好完全可以当团队核心,不过辛丸子完全拿它当辅助玩了。白牛可以跨地图锁定攻击目标,然后一头冲过去,被它撞到会有片刻眩晕,这种时候如果队友跟上就可以将对方拿下。但因为经常要冲到对方阵营,时间长变数多,很可能冲过去之后来不及跑掉就被对方英雄围攻了。所以玩白牛最重要的是掌握时机,和队友配合,虽然不爽但也要懂得按 S 键停住,并且在无法收割对方残血的情况下,撞完就跑。

最开始的时候辛丸子就是头疯牛,逮谁撞谁,又逃不掉,疯狂地死。如果不是套路王罩着她,她真的要被别人骂死。但多练习了几次,她终于开始有了团队意识,看起来不是那么菜鸟了,发挥好的时候甚至还能打个不错的成绩。

"对方法师落单了哎!"辛丸子拖动地图,就看到对方一个残血法师在河边溜达,她实在心痒,"我能不能去撞一下?"

"太黑了,你过去就会被围。"

Chapter 09. 套 路

"会吗……"

辛丸子看到那个法师去河边吃东西，而且自己中路有一个队友应该可以策应，她终于还是一头冲了过去。她一头撞上法师，也引发了眩晕的被动效果，她看了一眼法师血量真的还剩一点点，决定冒一下险，她非但没跑，反而开了大招跳到了法师的正面准备收割人头。

然而辛丸子没想到大招开完对方居然还剩下一口气，她又随便撞了一下，法师就死掉了。但没想到法师在角色阵亡前的那一秒居然还是把大招打开了，法师的大招是一个定点持续攻击，会像蛛网一样黏住对方脚步，然后不停造成物理伤害。辛丸子被黏住，惊慌失措奋力出逃，但被打到两下血就没了大半。屋漏偏逢连夜雨，就在她觉得自己能跑出攻击范围时，一个钩子从对方的树丛里飞出来，准确无误地勾住了她。

完蛋，玩砸了，辛丸子无比崩溃地想着，手上已经停止了抵抗。但电光火石间，她从钩子上摔了下来，虽然没剩多少血，但还是活了下来。死的反而是想干掉她的屠夫。

一开始辛丸子都没搞清楚怎么回事，直到一个人在她身旁凭空出现，又迅速消失。

"我就知道你忍不住。"

面对套路王用的外形像只猥琐山羊大叔的隐形英雄，辛丸子居然突然心跳加速了。

这种千里迢迢赶过来，默不作声救人于危难的做法……实在是太 man 了。

"中路是怎么回事，对面没人也不过来配合。"

套路王立刻又 diss 了队友一句，中路队友并没有还嘴。

太 man 了！辛丸子猛烈搓脸，两眼飞出来的星星噼里啪啦往电脑屏幕上撞。

一直到这局打完，辛丸子还没从这种虚幻的小鹿乱撞里缓过来。沉迷二次元的她，甚至觉得这种看不见摸不着的心动比现实更令她无法抗拒。

她从来都更喜欢少年漫里的那种爱情模式——家国大义，或是异族斗争，男主从来不会对女主说什么承诺，但关键时刻会用性命守护她。相比之下，现实的恋情就太温暾了也太不可靠了，毕业都可能造成大面积分手。

"对了，"辛丸子半天才想起正事，赶忙问，"我收到东西了，太破费了，怎么好意思！"

"没事，用得到就好。你可以把这套放在学校用，回家再拿你那套便宜的将就。"

"可是你是怎么知道我手机号的……"

问出这句话，辛丸子紧张得要死。她也不明白这份紧张来源于什么，可她很清楚自己并没有往坏的方面想，反而有点期待的味道。

套路王没有停顿地回复："你之前提过自己的学校，然后我正好有个朋友和你同校，我托他打听了一下。你不介意吧？"

"不介意！"

虽然对方根本看不见，辛丸子还是用力摇头。但她还是有一点点疑惑，她完全不记得自己提过学校，不过游戏里的聊天工具不能查看记录，她并不那么信任自己的记忆，所以即刻便信了。

"可……我真的不能平白收你的礼物，要不这样，你的生日是什么时候啊？"

提到生日，她不期然想起了高木木，突然发现日子也近了，顿时发起愁来。她从没送过男生礼物，更捉摸不透高木木的喜好。

"我生日刚过，真的不用麻烦了。如果你真的想感谢我的话……"中间隔了一个坏笑的系统表情，"我放假去你那边旅游，你请我吃饭吧。"

愣了足有十秒钟，辛丸子"嗷"的一嗓子想从椅子上跳起来，但她没掌握好距离，膝盖撞到桌子底下，疼得龇牙咧嘴，万幸没戴耳机。

她反复盯着屏幕上那行字，惊慌失措地想，这是不是她想的那个意思。

似乎是看她长久没回，套路王体贴地说："没事，我就随口说说，你要是不方便就别勉强。"

"不不不，也不是……"

关键是她从来没有见过网友啊！谁来给她份攻略看看啊！

"那就到时候再约时间。"

套路王就这样默认她答应了，说了句"我还有事，先下了"，头像就跌落到了离线好友里。

留下辛丸子趴在桌子上抓耳挠腮，一颗心像绑在钢丝上跳舞，360度前空翻托马斯跳侧身旋转三周半，又一下子被拽了回来，周而复始。

✧3

"你给我出个主意吧，什么东西适合给男生当生日礼物啊？"

距离高木木的生日一天天近了，辛丸子愁得直失眠，晚上躺在床上一遍遍翻淘宝，然后给自己买了一堆的零食和杂七杂八小玩意，每天都在收快递。

无可奈何，她只能求助于套路王。

"男朋友？"

对方一句话就吓得她像烫了尾巴的猫："才不是！就是普通朋友！"

"大学还流行送普通朋友生日礼物啊？"

"……"

辛丸子被噎得没话说，只得把尺度放宽一点点："呃……略微有那么点不普通的普通朋友。"

"那他有什么特点吗？"

"他是个自大狂，腹黑鬼，爱好就是坑我。"辛丸子急不可耐地说。

"……"

套路王忍不住发了一串很长的省略号，问："既然如此你为什么还要送他生日礼物啊？"

辛丸子单手绕着自己双马尾的一侧，用一只手缓慢地打着字，情不自禁在有关高木木的记忆里徜徉了起来："他吧……文化课成绩很好，体育也很好,还会写书法。对了,他还是职业电竞选手,在国际赛上得过奖的。人长得吧……也还可以吧。"

她咬着发尾,忍不住笑起来。

"既然他是职业电竞选手,你为什么不让他带你玩游戏啊?"

"人家忙……"辛丸子窘得耳朵根发烫,赶紧转移话题,"你说送机械键盘好不好?"

"不好,如果他是职业选手,电脑很可能是赞助的,键盘也有专用,你送了也未必用得着。"

辛丸子点了点头,觉得套路王说得很对:"那要怎么办……"

"送男生礼物,还是用得着的比较好。比如说,眼罩?"

"……真的?"

"你想啊,天天对着电脑肯定视疲劳,有个眼罩会睡得比较好嘛。"

"可会不会太便宜了?"说实话眼罩完全没在辛丸子的考虑范围,但她着实是个好被说服的人。当套路王给她发来一个链接,是一个带按摩磁疗功能的电动眼罩,她一下子就接受了这个提议,一拍大腿,"那就定它了!"

她迅速下了单,再从网页切回游戏,就看到套路王说:"那我们聊聊见面的事情吧?"

辛丸子表面淡定,但几乎立刻紧张到抖起了腿。

该来的总会来,甚至于越是希望它来得慢点,时间就跑得更快。当辛丸子从微博上看到已经进入狮子月,就知道自己的一项艰巨任务要来临了。她顺便看了眼自己的星座运势,上面写着:"射手女脱单有望,这月底十分容易和男性友人升级关系。"

她迅速关掉了页面。

距离高木木生日还有一个星期,辛丸子就已经开始坐立不安,那个按摩眼罩仿佛烫手山芋,明明锁在柜子里,她都要每天打开一条缝看一看。

她决定不让任何人知道这件事,她要偷偷摸摸完成,所以事先她也不能让高木木察觉,她希望高木木早就忘了这个茬,省得他先一步弄得人尽皆知。但是辛丸子越是不想让高木木提前发现自己的意图,眼神就越是跟着高木木转。

上课的时候来回来去地探头回头,非要找到高木木的位置才算,食堂吃饭也是先挨张桌子扫一圈,万一撞见高木木就坐到离他最远的空桌上。

高木木实在哭笑不得,有个人一直盯着自己是不可能没感觉的,他只要去追寻视线,必然就会和辛丸子对视。这感觉简直就像十六七岁情窦初开,他看她背影,但当她回头,他必须装作看别处。

"喂,要不要过来一起吃啊?"看着离自己大概七八张桌子远的贼眉鼠眼的辛丸子,高木木终于还是忍不住打了电话。

"你、你在哪儿呢?"辛丸子一撒谎就结巴。

"我叫了外卖炸鸡。"

辛丸子立刻端着饭盆站起来,准确无误地坐到了高木木的对面。

两个人坐在一起意外很安静,不知道还以为是拼桌的,不过辛丸子从高木木的盒子里叉炸鸡倒是一点不手软。

"你知道吗,"高木木笑眯眯地开口,"人到了一定年纪新陈代谢就会变慢,你一直照现在这样吃,很快就会膨胀成一个球。到时候可能就变成那种声音迷死人但真人见光死的主播了。"

辛丸子咬着炸鸡的嘴,僵硬地停住了。她恶狠狠地瞪了高木木一眼,最后几下嚼得气急败坏。

"你们这些男人就是肤浅,才华比外表加分多了!"

"是哦?那请举例。你喜欢的哪个角色,或者哪个人是只有才华,没有外表的?"

辛丸子张嘴就想说,却发现大脑一片空白。她不甘心就这样认输,嘴巴像鱼一样开开合合绞尽脑汁终于想到了一个名字:"死侍!"

"你以为他为什么穿着紧身衣?"

"……"

看到她无言以对,高木木发自内心地高兴,把整盒炸鸡推到她面前,好声好气地说:"行了,逗你的,吃吧。就算胖成球,也总有人会喜欢球的。"

可辛丸子拨弄着一块沾满芝麻,看着就很香的炸鸡,却半天没夹起来,她口齿不清地嘟囔:"上次辣个脑师缩……我因该多运动烂气息……"

她用几乎自言自语的音量说,但高木木琢磨了两遍还是明白了,他点点头:"是应该啊。"

"运动哎!"辛丸子气急败坏把筷子往炸鸡上一戳,瞬间丢进嘴里,"我可是为逃体育课装过十几种病的人啊!"

高木木无奈地摇了摇头:"不要说得那么自豪,好吗?"

一顿饭吃完,辛丸子挺着仿佛怀孕三个月的肚子和高木木一起走出食堂,临分别的时候她突然叫住高木木,扭捏地说:"后天有一节文明礼仪的选修,你上吗?"

高木木点了点头。

"那你帮我占个座吧。"

"你要去上文明礼仪?"高木木一脸太阳从西边出来的惊讶,"这门选修不是你点兵点将点出来的吗?"

"我室友请假回家了,没人替我喊到。"

秉承着不影响别人就算最大的文明的信念,辛丸子总觉得要把文明礼仪单独拿出来当成一门学科,一条一条地讲出来很尴尬。但这偏偏还是个热门科目,因为老师不太严格,对选修生偶尔睁一只眼闭一只眼,比较好混学分。她经常让室友帮忙糊弄,没去上过几次。

这次室友突然请假,反而给她提了醒,选修课里的熟人毕竟比必修课少得多,实在太适合完成她的送礼物大计了。

"行,那我帮你占一个。"高木木也没再多说,就答应了下来。

两个人背对背各自往宿舍的方向走了两步,辛丸子突然听到背后高木木喊了声"喂"。她回过头,看到一束阳光正从树冠上方斜射下来,打亮了高木木的半边脸,眼镜折射的光非常耀眼,竟将他整个人都衬得不真实起来。

辛丸子微微睁大了眼睛,想着到底是不是错觉,眼前的高木木似乎比初见时帅多了。

"我刚想起来,后天正好是我生日哎!"

高木木笑着说了一句,露出一排又整齐又白的牙。

但辛丸子却看穿了他笑容后面的奸诈,立刻掉头往宿舍疾走,双手捂着耳朵不停念叨"不听,不听,王八念经"。

可是她现在知道高木木一准猜到她后天想做什么了,原本她想的是到时候把东西在桌子下面一递,从此就两不相欠。但一想到要顶着高木木期待的眼光去递,对于辛丸子来说那就根本不是眼罩了,是已经拔了拉环的手榴弹,一松手就会把她炸上天!

就这样忐忑了两天,终归是到了不能不面对的时候,辛丸子把眼罩盒子放进书包里,背着到了教室。课堂里人挺多,从下面望上去,感觉占了三分之二的座位,高木木占了中间靠过道挺好的位置,朝她招了招手,她深吸一口气小跑了上去。

刚把背包摘下来放在桌上,还没来得及坐下,一个人带着风和香味跑到了她的旁边,辛丸子一回头看到是胡苏,吓得倒退了一步。

她之前居然没注意胡苏也上文明礼仪课。

辛丸子无措地看了看高木木,又看了看座位,用眼神问他"难道不是给我占的座"。高木木皱了皱眉头,茫然得很真实。

直到胡苏从身后拿出来一只很长的盒子,当着所有人的面放在了高木木面前,柔声说:"生日快乐。"

高木木眉毛挑了一下,确实是很意外,他没想过胡苏知道自己的生日是哪天。盒子上印得很清楚,是机械键盘,不算便宜,普通人用绰绰有余,但他根本用不着。不过他还是立刻表现出高兴的样子,自然地说:"老大不小,早就不过生日了。不过还是谢谢你了。"

胡苏轻快地摇了摇头,说着"多大年纪也应该过生日嘛",就想在高木木旁边坐下来。但碍于辛丸子的背包在那里,她好像刚看见辛丸子似的,回过头问:"不好意思,我能坐在这儿吗?"

辛丸子看不到自己此刻的脸色有多难看,但她能感觉到自己天灵盖上有紫黑色的怨气在盘旋,印堂里有墨汁要喷出来,两根辫子在蓄力,随时可能变成螺旋桨飞出去当武器。

她咬着牙,艰难地去摸自己的书包,然而就在她的"好"字马上就要说出口的瞬间,她听到高木木果断地说了句:"抱歉,这是我给她占的座。"

他对辛丸子笑了一下,接着坦然地看着笑容陨落的胡苏。

上课前乱糟糟的骚动居然因为他们三个人的小插曲逐渐安静了下来,甚至那些坐在高木木周围的人都站起来躲远了点,眼神里的兴奋呼之欲出。所有人仿佛都在同一时间看到了高木木头上血红的三个大字——修罗场!

鲜少被当众拒绝的胡苏一时间有点慌乱,她画蛇添足地拨弄着头发,硬挤出一个笑容,撒娇似的抱怨:"不就是一个座位嘛,又没写名字……"

可看得出来她并不是那种擅于示弱的人,表现非常不自然。

"也是!"高木木点了点头,站了起来,一把抓住辛丸子的书包,"那你坐在这儿吧,我们俩到后面去。"

高木木之前的那句话已经让辛丸子目瞪口呆,这会儿却缓了过来,忽然觉得上下通畅,所有的怨气都被净化成了仙气,将她整个人缠住轻飘飘飞起来。在这一刻她觉得什么都不叫事儿,世界充满爱。

她只顾着站在那里傻笑,背后开满了小花花,高木木把书包随手丢给她,她完全没伸手接,咣一声砸在了她的脚面上,眼罩盒子的一角露了出来。

"啊啊啊啊千万别摔坏了……"辛丸子一下清醒过来,赶紧蹲下去捡,小心翼翼往包里探头觉得应该没什么问题,就想塞回去。没想到高木木突然弯腰下来,眼疾手快抓住了她的手腕。辛丸子肩膀一缩,心脏漏跳了一拍。

"咦,这是什么啊?"高木木果断把手伸进她的包里,把盒子掏了出来,辛丸子双手下意识扑腾了两下想抢,但也自知没用了,脸涨得通红,只好低着头。只听到高木木拆盒子的声音,紧接着一声惊呼,"这是要送我吗?"

你怎么知道我想要这个？"

辛丸子猛地抬起头，脱口问出："真的？"

然而才意识到自己默认了是送给高木木的，眼神立刻又闪躲起来。

"真的啊，你看——"

高木木兴高采烈掏出手机，打开淘宝购物车，举在辛丸子眼前。辛丸子瞟了一眼，赫然看见这款眼罩堆在购物车里面，而且不是第一个，显然是之前放进去的。

她眨了眨眼睛，死死抿着嘴唇，却还是忍不住勾起了嘴角。

缘分这种东西，原来真的存在啊。

直到老师走进教室，盯在他们这边的视线才逐渐收回去，胡苏故作轻快说了句"算了，让给你们了"，就自己去了前面，但高木木和辛丸子谁都没听见。他俩坐回原位，高木木另一侧的男生用胳膊肘撞了撞他，眉飞色舞地说："这波恩爱秀得漂亮！"

虽然有意压低了声音，却还是让辛丸子能听到了。她双臂交叠趴在桌上，羞得把小半张脸藏在了里面。

"谢谢。"

一个本子从旁边推了过来，碰了碰她的胳膊。辛丸子拿起笔，在下面写道："比起人家送的，便宜多了。"

高木木笑笑，写上："礼物不能用普通的价格来衡量。"但他想了想，又迅速将这行字涂黑了，在下面重新写了一句："吃醋？"

辛丸子看到这两个字，迅速用靠高木木那边的手支起了头，冒着落枕的风险不去看他，写了个巨大的"呸"，不回头地抬手丢了过去。

本子的中脊磕在桌面上，发出不大不小一声"咚"，前排的同学扭过头来看他们，辛丸子一抬头和正朝她看过来的老师直接对视，她立刻把头压低，假装看书，心中默念"别叫我、别叫我"。

万幸老师没有为难她，她低着头，就见高木木从一旁把本子递过来放在了她的腿上，另起的一页上面竖着写了两行描粗的大字——我真的很喜欢。

后面还挂着一颗心。

虽然明知道高木木说的是眼罩,可辛丸子的心跳声居然如鼓如雷,震得她心慌意乱又不敢多想。

然后,她就维持着那个趴着的姿势睡着了。

直到高木木看到一滴口水滴在了本子上,才不得不相信了这个事实。他笑得停不下来,抬手在辛丸子的后脑勺上轻轻拍了拍。

✧ 4

和套路王约好见面的日子,其实辛丸子还没有放暑假。不过已经是考试期了,也没什么课。她爸妈的想象力是无比宏大的,她如果放假不快点回家,兴许没多久警察就会来找她。

虽然隔着电脑屏幕她还能装作有条不紊,实际上要去见一个不明长相不明性格的陌生人,辛丸子真的分分钟都想放弃。可是毕竟收过人家礼物,在游戏里也被人家救过无数次命,简单来说也算过命之交,闭门不见又不太像话。

她受父母影响严重,总有点担忧。当老师的对"网友"这个词总是非常敏感,基本等同于骗子。尤其是男网友,那就是骗钱又骗色。

于是她思前想后还是觉得应该找个人作陪,而且得是个男生。她打开通讯录在高木木和苏严的名字上点兵点将加扔鞋,神奇的是高木木居然以 11:4 的高比例坚强取胜。

辛丸子终于下定决心,给苏严打了电话。虽然她觉得如果真的有什么危险,她看起来都比苏严凶一点,可她实在想不到如何向高木木开口。她现在完全没有勇气让高木木知道她也在玩 DAGA,当初想较劲的心态完全不见了。

事实证明她的选择非常正确,电话里苏严一口答应下来,甚至像自己见网友一样激动,急着问她时间地点。辛丸子发自内心觉得奇怪,同是男生,

Chapter 09. 套 路

为什么面对苏严时她一点都不紧张,甚至还不如一个素未谋面的网友?

和套路王约在学校不远的一个耳熟能详的连锁咖啡厅,因为旅途的原因,他们一早交换了微信号,正式转成了线下联系。苏严陪着辛丸子一起在咖啡厅等,套路王说他找错了路,可能会晚一点。过了十来分钟,又发了一条:"再有五六分钟差不多就能到了。"

辛丸子紧张得两只手抠来抠去,对着微信界面发呆。

"你别那么紧张,到时候要是感觉不好,我就偷着在桌子底下拨你电话,然后你就说学校有事站起来就走。"苏严安慰着她,自己的手机却突然响了,他低头看了眼,皱了皱眉头接起来,"喂?"

听不清楚电话那头说什么,辛丸子只见苏严眉头越蹙越深,一阵沉默后,犹豫地喊了声:"魏老师?"

咖啡厅里的音乐声音比较大,苏严用手掩了听筒,对辛丸子打了个手势,出去打电话了。辛丸子看着他站在落地窗外的背影,忽然有一种不祥的预感。

果不其然,没多久苏严就急匆匆跑了进来,站在桌边焦虑得左摇右晃。

辛丸子问他:"怎么了?"

"声韵课的老师突然给我打电话,说我交的作业有问题,让我现在过去解释一下,不然就要下成绩了。"

"那你快去吧!这个重要!"辛丸子朝他甩手,"快去快去,我这里没事的!"

苏严嘟着嘴,不太高兴地说:"那我先去,等下再回来!"

"不用折腾了,等我见到他之后给你发信息。"

嘴上说得轻松,可看着苏严的身影消失,辛丸子一头磕在桌面上,忍不住哀号,为什么这么巧。就在这时有风涌进来,门口的自动铃声响了一下。即使是低着头,辛丸子还是感觉到了有人停在了自己面前,一丝丝的风缠绕着她的发梢,她生硬地屏起了气,缓缓抬起了头。

连个包都没背,明显只是出来遛个弯的高木木双手插兜站在她对面,笑盈盈地看着她。

因为做好了十足的准备抬头会看见陌生人，当辛丸子一眼看到一张无比熟悉的脸时，过强的冲突造成了她大脑死机。她呆呆看着高木木，满心都是问号，却一句话都说不出来。

"你好，"高木木朝她伸出右手，大大方方地介绍，"我是套路王。"

在那一瞬间，所有套路王出现后的细节像喷溅的礼花桶，砰的一声在辛丸子脑海里爆炸。时间、事件、对话如同碎纸屑繁乱地纷飞，却一闪一闪全部清晰起来。

所以说——她每天都在和高木木一起玩游戏，在游戏里对他言听计从，甚至还觉得高木木很 man？

所以说——她还拉着高木木陪她一起去取快递，然而那个快递就是高木木寄的？

所以说——她和高木木说了那么多自己对他的坏的好的看法，还向他本人询问生日礼物送什么好，最后真的拍了本人发来的链接？

所以说——缘分是什么？全都是套路！

"呵呵呵呵呵呵……"

辛丸子双手捂住脸，根本没办法去看高木木，却又笑得上半身一抽一抽停不下来，"你的 ID 取得真好。"

现在如果可以，她只想以光速冲出去，一直跑到天涯海角，站在悬崖边大吼一声"老子不活了"，然后一头扎下去一了百了。

她真是没脸见人了。

高木木不疾不徐地坐下来，点了两杯饮料，伸手把辛丸子的一只手从脸上摘了下来，看到她涨红的脸，心中的窃喜实在是忍不住："行了，如果不是我，谁那么好心带你这只菜鸟啊！"

"你怎么知道我的账号的……"辛丸子坚决不看他。

"你宿舍有我的间谍，不过我不能告诉你是谁。"

他此话一出，辛丸子实在忍不住了，猛一拍桌子，把正要上饮料的服务员吓了一大跳，"套路我就那么有意思吗！"

高木木把饮料推给她，点点头："当然啊。"

"你就不能换个人吗！"

"我为什么要花时间精力去套路我不喜欢的人啊？"

他说得轻松，却借着喝饮料的间隙偷瞄着辛丸子的反应，他认为自己已经说得不能再明白了，却见辛丸子仍是气鼓鼓地咬着吸管，拨弄着底下的冰块，似乎完全没领会。

他在心里轻叹一声，心说辛丸子这个性格真是难办，直接表白怕吓到她，拐弯抹角暗示吧，她又该敏感的时候特别不敏感，这可如何是好？

"我以后再也没法玩游戏了，"辛丸子恨恨戳着冰块，"任何一个账号接近我，我都会怀疑是不是你！"

"喂，我打一场比赛很贵的！你算算我都陪你打了多少场了！"

"让你隐藏实力陪我打低段，可真是辛苦你了……"辛丸子斜睨着他，拉着长音道，"不过你何苦呢？"

高木木反问："那你为什么要偷偷摸摸打游戏，放着我这么个现成的教练偏偏不找？"

辛丸子把饮料呛进了气管，用力咳嗽了几声，成功把话题岔了过去。

两个人各自心怀鬼胎，又故作镇定地对视着，默契地发出了同频的嘬吸管的声音，气氛竟突然静谧了下来。如果仔细去看，两个人的耳朵尖都是红的。

打破这一切的是苏严的电话，他郁闷地喊着："老魏把我骂了一顿，说他根本没给我打电话！也是见了鬼了，那人是谁啊？对了，丸子，你那边怎么样？"

辛丸子愣了一下，突然瞪了高木木一眼，指了指电话，用嘴形说："你干的？"

高木木捂着嘴笑起来。

"他……已经来了，我这边挺好的，你别担心。"辛丸子对高木木翻着白眼。

"那我现在回去找你。"

"不不不，不不用了！"

辛丸子对着高木木龇牙咧嘴地求救，没想到高木木探身过来从她手里抢过手机，直接对苏严说："你不用来了，我在这儿。"

辛丸子立刻转身对着身侧的墙壁做了几个大力撞墙的动作，她这下真的是说不清楚了。

也不知道苏严说了什么，高木木把电话挂掉还给了辛丸子。她叹了口气，在心里跟苏严说了道歉三连，却还是忍不住问："那电话真是你打的？"

高木木笑着摇头："别说，今天之后我都要喜欢苏严了，他真是太好骗了。"

虽然辛丸子知道高木木有另外的手机号，连她都能骗过，但她不明白高木木是怎么知道苏严在哪个老师那里交过作业的。似乎是看出了她的疑惑，高木木忍俊不禁地问她："你知道'是我是我'诈骗吗？"

这是一个在日本经常出现的诈骗方法，动漫里也偶有出现，辛丸子刚好知道，她脑袋里灵光一闪，大概明白了是怎么回事。

说着高木木开始给辛丸子还原打电话的全部经过，他把手机在两只耳朵上交换，装作是他和苏严两个人对话，还掐着嗓子模仿苏严说话。

"喂，是我。"高木木压低了声线，听起来很严肃。

然后就是苏严在辛丸子面前表现出的皱眉疑惑的表情，只是高木木演得一点都不像，看起来非常欠揍，惹得辛丸子哈哈大笑。

"你是？"

"是我啊。我的电话你都没存吗？来我办公室一趟。"

于是苏严自己就开始在脑海里搜索最近交过作业，打过交道的老师名字，脱口而出："魏老师？"

高木木马上抓住这个话头："就是我，你的作业问题很大啊，根本就不全。我现在在办公室，你快过来看一下，不然我可就不等你了。"

他放下手机，故作无奈但眼角眉梢透露出无限得意地朝辛丸子摊了摊手。

"哈哈哈哈哈哈哈……"虽然很对不起苏严，可辛丸子还是笑得肚子疼，"刚才你不该接电话的，苏严再傻也该猜到是你了，他会恨死你的。"

"我倒是不在乎他恨我，人本来也没必要让所有人都喜欢。"高木木突然端出一碗鸡汤，"而且苏严那个性格吧，跟你差不多，不记仇的。"

辛丸子立刻龇牙装凶："我可是很记仇的！"

"服务员，拿一块那个抹茶慕斯。"

一分钟后，辛丸子开心地吃起了抹茶慕斯，把之前所有的羞于面对忘了个干净。

高木木托着腮看着她蹭了一脸奶油，居然满心欣慰，他觉得自己得了一种"一天不逗辛丸子就浑身难受"的病。他假意要伸叉子过去，问："好吃吗？"

"好吃。"

辛丸子抬头，想把小碟子往前推，想让他尝一口，但高木木迅速把塑料小叉子伸向辛丸子的脸，轻轻刮了一下她脸颊上蹭的奶油，用舌头舔了一下，露出嫌弃的表情："太甜了。"

惊天动地的一声轰隆巨响！辛丸子的心中升起一朵巨大的蘑菇云！灼眼的红色遮天蔽日占据了她的全部思维，也弥漫了她的全身……

"喂喂！"桌子上辛丸子的手机已经震动了半天，但辛丸子还像只结在藤上的番茄一动不动，高木木不得不打了响指企图唤醒她，"你爸爸来的电话！"

这个时候听到"爸爸"两个字，简直不能再可怕，辛丸子立刻就清醒了，一手接起电话一手伸长了捂在高木木嘴上，紧张兮兮地开口："喂，爸，怎么了……"

其实高木木只要往后仰一仰就能躲开辛丸子的手，不过他没想躲，就任由她捂着，挑着眉看着她。

但没过一会儿辛丸子的脸色就变了，瞳孔颤动，嘴里说着"您先别急，别急",可她看起来比谁都慌。高木木察觉到不对,拉下她的手,用嘴形问她:"怎么了?"

辛丸子没理他,继续和爸爸说话:"二院消化外科的潘主任……我知道了,等下我上网查查……我考完试当天就回去,您先别急,妈妈肯定不会有事的。"

高木木按了一下她的手,想和她说话,她朝他皱眉。没办法,高木木只能直接喊了一句:"你刚说的那个潘主任,是我舅舅!"

辛丸子举着手机,目瞪口呆地看着高木木。

直到电话那头的爸爸问她:"丸子,你旁边的男生是谁啊?你现在在哪儿啊?在学校吗……"

她没心思应对爸爸的例行盘问户口,她满心想的都是,即便是套路,里面也还是有缘分存在的吧。

CHAPTER 10 嘴甜

✧ 1

在听懂爸爸在电话里说的事情后，辛丸子确实是慌了，只是在慌张的外面还裹着一层厚厚的意外，所以她的反应略微还有点木然。

爸爸说，她的妈妈近半年经常胃疼，但就是不愿意去医院看，觉得是小事，直到医院组织体检，没想到体检中心的大夫建议去大医院做一个胃部的详细检查。谁都明白，没有不好的怀疑，是不会有这样的建议的。于是她妈妈就压着体检报告没告诉家里，直到爸爸在学校小卖部撞见妈妈同组的同事才听说这件事。

说实话辛丸子还没有认真想过父母有一天身体会出问题，她不是个会胡思乱想的人，她总觉得那一天离自己还很远。所以事情突然逼近眼前，她只觉得不真实。

在她的家里，顶梁柱从来都是妈妈，妈妈做事情风风火火，说一不二，大事都是妈妈做主。她丝毫不怀疑如果有天妈妈垮了，她家就垮了。很明显爸妈都是这样想的，所以妈妈不愿意面对，想瞒住父女俩，而爸爸知道后惊慌失措。

那个潘专家的号非常难挂，爸爸决定通宵去排队拿号，但他从来都搞不定自己这个老婆，所以只能寄希望于辛丸子早些回家，和他站在统一战线——虽然他俩加在一起也是赢不过的。

辛丸子当时满心都是马上回家，可她知道妈妈把她的考试日期记得比她都熟，她现在回去只能适得其反。就在她逐渐焦躁起来时，高木木突然说那个主任是他舅舅。

如同是在封闭太久的空间里马上要喘不过气，头顶突然敞开了一扇天窗，阳光与微风突然同时涌入，辛丸子在那一刻才有了想哭的情绪。

虽然她不会让高木木知道，可她当时确实满心满脑都是命运待她不薄，如果高木木不那么套路她，他们就不会坐在这里，那极大可能她不会主动对高木木提起妈妈要看病的事，也就很难知道高木木的舅舅是有名的医生。

简单来说就是，她生平第一次认真觉得遇见高木木是命运恩赐。

考完最后一门的当天辛丸子就要赶回家，原本她以为高木木帮她联系一下他舅舅就已经足够了，没想到高木木坚持要陪她走一趟，理由是他这个舅舅做事实在是很古板，他不亲自过去督促不放心。

但辛丸子心里很过意不去，想到高木木要和她父母碰面又很紧张，可妈妈看病最重要，她也顾不上这些。

"给！感谢你的！"

火车上，辛丸子推了一杯海鲜泡面到高木木面前，扭捏地说，"我一般都不舍得吃那么豪华的！"

高木木纳闷地掀开纸盖，看到里面堆满了东西，卤蛋，火腿肠，榨菜，还有辣条……汤都快要溢出来。

"谢了！"他哭笑不得，默默把辣条甩回了辛丸子的碗里。

"你住舅舅家吗？"辛丸子叼着辣条问。

"不然呢？"高木木没有戴眼镜，眼神显得很犀利，一下能看进人心里，他瞄了辛丸子一眼，"如果你盛情邀请，我也可以考虑住你家。"

辛丸子差点把脸埋进方便面碗里，把上面的纸盖竖起来隔绝高木木的视线。

高木木把她的纸盖从碗上撕下去，看着她被蒸汽熏得红扑扑的脸，浅笑着说："逗你的。我舅舅家有地方，我都打好招呼了。等你妈去看完病，我就回家了,这个暑假我的计划还多着呢!"

"什么计划?"

"研究考研方向、买书、去战队训练、看比赛或者打比赛。还有……"他耸耸肩,"保密。"

辛丸子噘嘴:"难不成你还有什么秘密身份是我不知道的?!"

"如果你愿意一层一层地剥开我的心……"高木木哼哼着歌,"我这个人,你要慢慢了解。不了解我的时候呢,你可能会觉得我这个人有点欠揍,但那是误解。等你真的了解了我,你才会发觉……"

"还是直接动手比较好。"辛丸子飞快地接话。

高木木打了个响指:"恭喜你,都会抢答了!"

两个人相视笑了一下。虽然辛丸子想到妈妈的身体情况难免还是有点忐忑,但有高木木陪她同路,她的心真的安定了很多。

下了火车,两个人并不是一个方向,先拦到的出租车高木木让辛丸子先上了,他站在窗边在耳朵上举了个六的手势,意思让她等电话。辛丸子一直盯着后视镜里高木木的身影,直到车子拐了弯看不到了,她才恋恋不舍收回了视线。

辛丸子拉着行李箱飞快地到了家门口,还没等敲门就听见了里面熟悉的吵闹声。她偷偷摸摸用钥匙打开门,正看到妈妈举着拖鞋在追爸爸,两个人绕着沙发跑了两圈,然后妈妈一个矫健地弹跳直接从沙发背后翻了过去,堵在了还按路线跑的爸爸面前,手里的拖鞋抖得异常有气势:"谁许你跟丸子胡说八道了!你影响她考试怎么办!她挂科了怎么办!谁说我不去看病了,我不是想等放假吗!"

中年发福的爸爸像小学生一样在身前交叉手站着,头如捣蒜地说:"我的错,都是我的错。"

每次他这样都像一只委屈的维尼熊,让人再发不起脾气来。辛丸子忍俊不禁,慢慢走进屋里,把拖鞋从妈妈手里抢下来,安慰道:"放心,挂不了科的。"

完全没注意到她什么时候进来的，爸妈都吓了一跳。气氛一下被打破了，妈妈在沙发上坐下来，鼻子里哼哼两声："你爸就爱大惊小怪。"

"这次的事我可是站在爸爸这边的，看病哪有拖的。"辛丸子回头想跟爸爸对个眼神，却发现爸爸不搭理她，反而坐在一边有点赌气的样子，她很是纳闷。

"平时哪有时间啊，而且现在医院照个 B 超都得排队，太麻烦了。"说到这儿妈妈想到了什么，又生起气来，胳膊越过辛丸子指着爸爸，"你爸就是倔，随便找个大夫看看不就完了，还非要看什么专家。他说那专家一周就两天门诊，根本挂不上号。他还说他通宵去排队，也不看看自己什么岁数了，累病了不是还得我照顾！"

辛丸子默默在心中翻了个白眼，多么熟悉啊，她从小就生活在父母的明撕暗秀里。

"那个专家恰巧是我一个同学的亲舅舅，应该能给我们留一个号。为了这件事他特意跟我过来了，"辛丸子假装板起脸，"已经麻烦人家了，你必须得配合。"

"同学？跟你回来的？男的女的？"

妈妈的关注点让辛丸子无言以对，还不等她开口，就听另一边爸爸万分不满地哼了一声："男……"

"欸？老辛，你又知道！那你不和我说的啊？"妈妈瞬间跳起来。

"有什么可说的，不就是个普通同学吗……"爸爸仍旧嘟囔。

"你女儿什么样，你不知道啊？她从小脖子多硬啊，让她向别人借点东西都像要她命，这种事情她怎么可能主动跟人开口啊，再说她想开口也得知道对方有个医生舅舅啊！这肯定不是普通朋友！"妈妈低头对辛丸子抛了个媚眼，"你说是吧，丸子?"

在辛丸子眼里妈妈那看似玩味的眼神更像是两把飞刀，稳准狠插在了她头的两边，逼得她无处可逃。她揉了揉鼻子，叹着气说："反正……是个朋友吧。"

"你这个孩子一点人情世故都不懂,你找人家帮那么大的忙,一点表示都没有啊?"

妈妈搓着手,急忙忙就去翻腾书包,一副要出门的架势,指着辛丸子说,"快去给人家打电话,晚上来家里吃饭!"

辛丸子和爸爸一起蹿了起来,异口同声:"不用了吧?"

"打!我现在出去买菜,回来要是还没搞定,我告诉你们……"

不等妈妈说完后面的话,爸爸就闷闷地坐下了,辛丸子果断敬了个礼,抓着手机钻回了自己房间。

看见妈妈的状态后辛丸子其实是欣慰的,虽然她知道妈妈素来要强,却还是可以在心里对自己说情况也许并没有多糟糕。她回了房才看到手机上高木木已经发了信息,说让她周一的中午带着妈妈过去,他舅舅把上午的号看完,用休息时间加个班。

辛丸子飞快打了"谢谢"两个字,逗号后面却反反复复删了几轮,从一开始找了无数借口的长篇大论,最后终于删到了只有一句——"晚上来我家吃饭吧。"

信息发出的那一秒起辛丸子就变身成失控的发条玩偶,在房间里来来回回地走,在床上翻来覆去地滚,将自己整个人扭成麻花状无限解锁手机……直到高木木回:"好,地址发我。"

她一个驴打滚儿翻身起来,尖叫着站在床上狂跳。

余光里好像有一束视线,辛丸子一扭头发现爸爸贴了半张脸在门缝外暗中观察,她吓得头皮发麻,立刻盘腿坐了下来。

不知道怎么回事,这次回来她总觉得爸爸对她不太满意。

妈妈出去很久才回来,又是虾又是鱼买了一大堆,门外传来爸爸的埋怨,说她胃口不好就不要吃大鱼大肉,她不耐烦地说又不是做给自己吃的。

辛丸子听着好笑,又不敢出去面对,偷偷摸摸关紧门,把电脑打开。今天是她该上电台的日子,可是眼下的情况实在没办法搞直播,幸好之前在学校攒了几期节目,不至于空窗。她看着关注人数和互动指数,其实已经达到申请签约的标准了，站内信也发来过几封，可她始终在犹豫。

能和志同道合的人交流自己的喜欢的东西，能被人听到自己精心修饰的声音，辛丸子自然是高兴的，可她很清楚，单纯做一个网络电台的主播，她并不满足。

最开始的时候，她并没有感觉到心中的那个洞。或许那个时候它还很小，像一枚气泡，被烦琐的日常和不自信包裹得严严实实，根本感觉不到。可自从辛丸子发觉自己确实有才能，并且完全可以更好，那个孔洞就越来越大，她企图丢进别的东西填满，却适得其反。现在好像连父母期待她能有个普通人的安稳人生这一点都无法说服她了，当她有了一个期冀的方向，再像以前那样漫无目的地游走，心里就会忍不住着急起来。

这样的感受，大概只有高木木会懂吧。辛丸子趴在桌上出神地想。

✧2

高木木是下午四点多钟到的，没有贸然上来，在楼下给她发了信息。

"我下楼去接他。"辛丸子尽量表现淡定，却边换鞋边偷瞄爸妈的反应。

话说回来，这还是她第一次有同学上门，以前别说男同学，连女同学都没来过。初中的时候她在父母工作的学校上学，谁愿意到老师家里串门啊。于是最中二的时期她独自一人养成了最中二的个性，到了高中就显得和大家格格不入了。

爸妈居然都没说什么，不过妈妈看起来很兴奋，眼神里有光不停闪，爸爸却窝在沙发角落看报纸，头都不回。

下了楼，辛丸子看见高木木都找到楼道口了，他换了身衣服，简单合身的白色T恤和牛仔裤，好像还洗了个头，发型和早上都不一样了，整个人利落得像一道风。

辛丸子看着他两手提的袋子和盒子，觉得过意不去："我妈觉得怪麻烦你的，本来这顿饭就是要谢谢你，你还带什么东西啊！"

"第一次上门总该带点东西嘛。"

高木木轻巧地说着，虽然这句话没有任何问题，可辛丸子听起来总觉得有点别的意思，让她心里毛毛的。

最毛的那一刻是她带着高木木站在了家门口，太过挣扎以至于不知道是该自己开门，还是敲门，还是按门铃。火上浇油的是高木木还突然开了句玩笑说"看你紧张成这样，就跟第一次带男朋友上门验货一样"，她差点背过气了。

刚把钥匙掏出来，还在对锁孔，门从里面被打开了，妈妈穿着围裙一脸急不可耐地站在门口，眼神掠过她，直奔高木木。

辛丸子也不知道自己为什么那么紧张地盯着妈妈的微表情，好像真的在等验货一样。

"阿姨好。"高木木立刻开口叫人，声线比平时温柔十倍，激得辛丸子瞬间起了一层鸡皮疙瘩，忍不住瞪了他一眼。

但她却发现妈妈高兴得眉毛都快飞到发际线，一把攥住高木木的胳膊拉了进去，激动得仿佛见到失散多年的亲生儿子。

"快进来快进来！你看这孩子怎么还买这么多东西呢！年轻就是不懂得省钱！"虽然这样说着，辛丸子却看到妈妈在笑，根本不是真的埋怨，她把高木木手里的东西接下来放到一边之后就盯着人家上上下下地打量，看得辛丸子都不好意思了，高木木居然面不改色心不跳，脸上戴着面具般优等生的微笑。

"瞧这孩子长得真高，真精神。你和丸子是同系吗？这学期考试怎么样？"

"我俩是同系，考试应该没什么问题。"高木木开始拿着那些礼物介绍，一盒一盒地说，"这些是给您的，我咨询了舅舅，他说胃部情况不明的时候也不好说吃什么，最好吃清淡一点，所以我就没敢买补品。这都是些维生素之类的常备药，吃了没坏处的。还有这个，听说叔叔是搞音乐的，而且还是票友，我给叔叔买了两套碟，也不知道叔叔喜不喜欢。对了，刚路过蛋糕店的时候还买了个小蛋糕，你现在吃吗？不吃就先放冰箱里吧。"

最后一句话，他是面向辛丸子说的。

而此刻辛丸子呆若木鸡，感觉一个UFO从眼前飘过，悬在高木木的头上，在他周身洒下了诡异的光。

能面面俱到无懈可击的绝对不是人类吧，在辛丸子眼里这一刻的高木木不是外星人就是X战警。

"老辛！看这孩子多懂事啊！"

不知道是不是错觉，辛丸子觉得妈妈眼泪都快笑出来了。

而爸爸却还是那副蔫巴巴的样子，好歹站起来对高木木点了点头做了个表示，但并不兴奋。

这是辛丸子吃过的气氛最微妙的一顿饭，长方形的餐桌边上，她和高木木坐在同一侧，面对着表情差别极大的父母，桌子上的饭菜丰盛得像过年。辛丸子埋头小口扒饭，眼皮都不敢抬，就听见妈妈不停盘问高木木生活学习的情况，恨不得从出生一年一年讲起。而高木木也听话，真的是有问必答。

辛丸子终于忍不住嘟囔："你一直问问题，还要不要人家吃饭啦……"

"对对对，你看我，就是话多，你快吃！"

妈妈也意识到不对，抬手想给高木木夹菜，筷子悬在半空又觉得不太好，对辛丸子使了个眼色："你也不照顾人家，把你那边的菜给人家夹点！"

"噢……"辛丸子心不甘情不愿夹了一筷子青菜，还不等转身，高木木把一只剥好的虾丢进了她的碗里，她愣了一下，扭头和高木木对视。

"你不用照顾她，她就是懒，你别惯着她！"

听到妈妈的话，辛丸子果断把筷子上的青菜夹到碗里把虾裹住，满满当当塞进了嘴里。

当她还在心满意足地嚼着，没来得及咽下去，就听到高木木随口说："没事，她确实不擅长剥壳，有次很晚了我们在外面吃小龙虾，我要是不帮她剥……"

晚上？小龙虾？漫展那次？过夜？！

无数的关键词像弹幕一样在辛丸子脑海中飞快滚过，她吓得一仰脖把

Chapter 10. 嘴 甜

嘴里的东西囫囵咽了下去,在桌子底下猛一抬腿用力踩在了高木木的脚上。

高木木疼得脸色一变,身体不自觉向前扑,但他居然双手抠着桌边迅速控制住了表情。他缓缓移开脚,用余光看了眼辛丸子,她朝他龇了龇牙,用眼神警告他不要乱说话。

"怎么了?"妈妈看出高木木不太对劲,赶紧问。

高木木摇了摇头,说了"没事",假装专心吃饭。

但辛丸子一口气还没等放下,他又拐了个弯提起了他俩过夜那天的事,辛丸子不得不奉上一记肘击。这顿饭的后半段高木木总是想方设法往那天的事情上拐,两个人手脚并用在桌子下对战了无数回,但胸部以上始终保持平静。

好不容易吃完了饭,辛丸子感觉自己用力过猛,好像又饿了。

终于盼到高木木开口要走,妈妈要她送下楼,她跟着高木木走到门口,发现忘了拿手机,又跑回房间拿。等她出来时看到妈妈和高木木站在门口小声说着什么,但一发现她靠近就不说了。辛丸子纳闷地盯着高木木,希望从他脸上看出点什么,比如他是不是真是自己失散多年的哥哥之类的,但徒劳无功。

两个人下了楼,辛丸子忍不住问:"我妈刚才和你说什么了啊?"

"保密,"高木木讳莫如深地笑了笑,"等检查结果出来了,我再考虑要不要告诉你。"

"嗤!"

"好了,你别送了,周一上午我过来和你们汇合。"

高木木在小区门口潇洒地转了个身,抬手在她头顶上拍了拍,就离开了。不知道是不是错觉,辛丸子觉得他的心情很好。

把一整晚的紧张放下之后,辛丸子突然发现自己的心情其实也不赖,她缓缓呼了一口气,伸着懒腰慢悠悠往回走。

在她和高木木下楼的间隙里,家里可是乱了套,妈妈再次提着拖鞋开始追爸爸，大叫着："你这个人怎么回事，整个晚上都对人家爱答不理的，有你这么做长辈的吗！"

"那你还想要我怎样啊，我还得供着他啊？"爸爸难得梗了脖子。

"你还有理了啊！"

果断一拖鞋飞出去，打在了电视柜上，清脆的一声啪之后落了地。

"哎哟，你气得我胃疼……"妈妈捂着胃在沙发上坐了下去。

爸爸立刻慌了，倒了温水递给她，赶紧认错："我的错，我的错，行了吧！你坐着别动，我刷碗去！"

他说着就钻进了厨房，水龙头一打开，外面的声音就不太清楚了。他隐约听到外面说了句什么，怕是有什么事，赶紧关了水，又问了一句："你说什么？"

"我说小高那个孩子真不错，看孩子的表现就知道家里人都是知书达礼的，丸子眼光好。"

"人家又没说是那个关系……"爸爸仍旧嘴硬着。

"吃饭时他俩在桌子下面打打闹闹的劲儿，你真看不见啊？"

爸爸不太高兴，又无话反驳。手刚贴到水龙头把手上，就听到外面传来一声悠长地叹息："今天一看见小高，我就安心了。万一我真有点什么事，光剩你们父女俩我是真不放心，现在有个人照应真好，真好……"

猛一下拉开了水龙头开关，最大的水流喷射出来，打在下面摞着的碗碟上反弹起来，溅得到处都是。爸爸抬手擦了擦脸上溅的水，还不及擦就听见了身后嫌弃的埋怨："咱家水不要钱啊？开这么大干什么！"

妈妈放下水杯，挤进了厨房，把他往旁边一推，利索地收拾起来。

爸爸慢慢退了出去，从高木木买的碟里翻出一盘放进机器，鼓点声顿时响彻房间。他坐下来反复揉着眼睛，半天硬是没听出来是哪一段。

待到辛丸子回来，没发觉任何异常，厨房已经收拾得差不多，家里还是放着她听不懂的戏。因为怕妈妈多盘问，她一声不吭迅速扎进了自己房间，并没有注意爸爸看着她欲言又止。

"女儿长大了啊……"

爸爸小声嘀咕着,端起茶杯喝了一口,却被烫了舌尖。

✧3

周一上午十点多高木木就来了,他手里提了些快餐和一个保温罐。快餐是给辛丸子和她爸爸中午准备的,因为要做胃部检查之前是不能吃任何东西的,有胃病也不能像普通人一样饿久了就暴饮暴食,所以他特意从一家砂锅粥的店买好了粥准备着。

他的体贴周到仍旧让辛丸子咋舌,但区别于第一次单纯的吃惊,这一次她的心里也涌起了丝丝缕缕的暖意。

"您慢点,东西给我拿就行了。"叫的车子到了之后高木木扶着辛丸子的妈妈上车,全程细致入微地照顾着,最后硬是让辛丸子的爸爸自己坐到了副驾驶。

司机也是哪壶不开提哪壶,笑盈盈问:"你二位看着挺年轻,儿子女儿都这么大了!"

"哎哟,我哪有这么好的命啊。"辛丸子的妈妈简直笑开了花,"这要是我儿子,我得高兴死,这是……"

辛丸子是时候的"咳"了一声。

"行行行,不说不说!"

妈妈意有所指地斜了她一眼,她装作不耐烦把脸扭向窗外,但耳朵尖却红了。

到了医院还是要再等一会儿,他们都坐在走廊的椅子上。因为中间夹着其他等待的病人,只能找空位坐,他们两两被隔开很远。高木木陪着辛丸子的妈妈坐在离诊室更近的位置,而辛丸子却和爸爸被隔离出去了。

他俩整齐划一地往那边探头,只见高木木和妈妈聊得无比愉快,却又听不清在说什么。他俩又一起直起身,无奈地摇了摇头。

"他真是你男朋友啊?"爸爸终于问出了口。

"不是……"

"真的假的？"

辛丸子揉了揉鼻子，闷声闷气地说："真不是。"

"我就说嘛！"爸爸激动得一拍大腿，"你还小，谈恋爱着什么急！你妈真是的！"

辛丸子不敢置信地盯着爸爸，心想：难不成这两天态度都很奇怪的原因只是不希望她这么早谈恋爱？

她清了几次嗓子，心怀鬼胎地开口："老辛啊，抛开谈恋爱来看，你觉得高木木这人怎么样？"

"太懂事了，看着假，他肯定是在献殷勤。你妈妈吃这套，我可不吃。"爸爸气鼓鼓地说着，丝毫不觉得自己说话的神态就像不讲理的小孩子，"丸子，我和你说，女孩子找男朋友不能急，一定要深思熟虑……"

辛丸子忍不住笑起来，她大概能懂得爸爸的想法，却还是觉得好笑。从小到大她总在想爸妈到底是怎么在一起的，明明是两个性格截然相反的人。

爱情这东西，其实根本没办法靠深思熟虑去改变吧。

走廊里的病人们渐渐走光了，这时候潘主任走到诊室门口，朝高木木招手。辛丸子往前跑了几步，但高木木已经自然地挽着她妈妈走了进去。那之后的一整天，无论是胃镜还是B超，都是高木木冲在照顾的第一线，她多少次想上前，居然都被隔开了。她僵着双手站在后面，看着高木木忙前忙后，忽然一阵沮丧，她知道自己无法做得比高木木更好。

她从来不是一个能对父母表达真实想法的人，虽然表面上看她和父母的关系很和谐，经常没大没小。但那是因为她永远在做一个孩子。在父母眼里她是个需要照顾、需要有人替她做决定的孩子，而辛丸子也顺其自然把自己放在孩子的位置，不需要去承担什么。她对父母更多的是依赖和惧怕，依赖父母对她人生的规划安排，惧怕顶撞父母，所以她几乎从没真正表现过爱。别说什么我爱你了，她都不记得自己给父母倒过几次水。

可高木木却能把这一切做得顺理成章，即使面前的人和他没有半点关系。辛丸子忽然想对爸爸说，高木木恐怕不是装的，他就是这样一个人，清楚自己想做什么的同时就真的能做好，而大多数人想和做总是难以统一的。

一通检查下来已经下午两点多了，他们到楼下住院部的花园里透气，等着 B 超结果。高木木打开保温罐，递给辛丸子的妈妈："您先吃两口，我去自动贩售机看看有没有热牛奶。"

"小高，你别去。"辛丸子的妈妈按住他，回头对辛丸子说，"你和你爸去，多买几瓶水。"

辛丸子点点头，和爸爸一起往医院外的便利店走。

看着他俩出去了，辛丸子的妈妈拍了拍高木木的手臂，问："你跟阿姨说实话，你是不是喜欢我家丸子？"

高木木不好意思地低头笑了一下，却还是点头说："是。"

"有你这话就行了。阿姨跟你说，我那个女儿慢性子，对这方面不是很开窍，以前学校里也有小男孩缠着她，她都不懂人家的意思。但我看得出来她对你是不一样的，你别急，有戏。"

"我不急，时间还长着呢，慢慢来。"高木木轻声说，"阿姨您别担心，我舅舅不是已经说了，以他的经验看不会是什么恶性病变的。"

辛丸子的妈妈促促地叹了口气："经这么一吓突然明白人有旦夕祸福，都说不准的，我总觉得我是搞体育的，身体好，肯定会走在老辛后面，这样还能帮丸子多操持几年。可万一……"

不等高木木安慰，她突然话头一转："欸，对了，你上次说你俩晚上去吃小龙虾是怎么回事？"

敢情还记得呢！高木木有一瞬间的慌乱，下意识往辛丸子回来的方向看，还看不到人影，眼珠一转忽然计上心头，顺嘴就说："那次我们学校在漫展有活动，因为是在开发区，回学校比较远，我和丸子就在开发区那边过了一夜。"

"什么？！"

女生家长的最强警戒雷达一下被触发了，辛丸子的妈妈大叫着站了起来，对高木木怒目圆睁。

高木木尴尬地左右看了看，双手在胸前狂摆，第一次有些语无伦次："您您您，别激动……我们那天就是吃吃喝喝玩游戏，什么事也没发生，真的，真的……"

辛丸子的妈妈审视着他，半天才缓缓坐下去，没再说什么，可脸色还是有些紧张。

她虽然是体育老师，可机缘巧合也当过一学期的班主任，她见惯了学校里那些欲盖弥彰的早恋小孩，有几个在恋爱方面是会老老实实对家长老师坦白的？从来不都是惯用语"我们什么事也没发生"？

虽然现在辛丸子的岁数也到了，她知道自己不该那么迂腐，可冷不丁听见恋爱关系还没确定就已经过夜了，心里还是像打翻了五味瓶，不是很舒服。

"您放心，我不是趁火打劫那种人，"这会儿高木木也从惊吓中缓了过来，找回了自己原本的状态，他迅速把狼尾巴藏进羊皮里，温驯地说，"现在丸子的心没在恋爱上，我也不会催她。"

"她的心能在哪儿，还不是那些动画片……"辛丸子的妈妈心不在焉地嘟囔。

"不是啊，"谁也没看到高木木眼中精光一闪，"她不是一直都在考虑转配音系吗？"

辛丸子的妈妈皱了皱眉，根本没听懂，只是机械地重复了一遍："配音？"

停顿了几秒，高木木露出恍然大悟的表情，清晰地抽了一口气，慌张地想要掩饰自己说漏嘴："您不知道？那就算了，当我没说过。"

"别别别，你可得跟我说实话，这可是关乎未来的大事！"已经听出了苗头，辛丸子的妈妈怎么可能轻易放过他，一把拽住他的袖子，用长辈的眼神镇压他。

无可奈何高木木只得掏出手机，翻出了保存好的辛丸子配音的那个电台宣传片的视频，直接拖到了中间那段动画，放给她看。

"你说这是丸子的声音？"她拧着眉头，颇为纳闷，"不像啊……"

"这些都是她一个人的声音。"

辛丸子的妈妈震惊的表情凝固了。

正在这时辛丸子和爸爸提着东西回来了，高木木立刻关掉了视频，跟辛丸子的妈妈低声补充了一句"您千万别供出我啊"，然后站起身跑过去接东西了。

"怎么了？"辛丸子注意到妈妈脸色不太对，吃东西也很慢，赶忙问了一句。

妈妈扭头盯着她的脸，过了好一会儿，直到她开始汗毛倒竖，才慢慢摇头收回了视线。

辛丸子觉得不对劲儿，下意识就扭头去看高木木，谁知高木木居然对她做了个鬼脸，她一个没忍住就笑出了声来。

她并没有注意到妈妈在看手机，手机上是高木木发过去的她的电台网址和标题。她还不知道有人已经推开了她眼前唯一的一堵墙，她只要能鼓起勇气踩着残砖，顶着飞扬的尘埃，朝看似黑暗的未来走下去就行。

B超结果出来，他们全都挤进诊室里，潘主任看了看B超结果，又结合胃镜，肯定地和他们说："不是肿瘤，是溃疡，十二指肠也有炎症。"

所有人都长舒一口气，但辛丸子的爸爸反应最大，他捂着心口坐了下来，气喘得像要晕过去一样，还得辛丸子赶紧帮他顺气。

"不过这溃疡面很大了啊，得好好治，以后也得注意。反复的炎症绝对不是小事，胃病靠养，以后吃饭必须规律有节制。"

"好好好，听大夫的，我就说得吃清淡吧，你炒菜就是油放太多。"爸爸欣慰地埋怨着。

妈妈第一次没有还嘴，只是瞪了他一眼。

开了药，听了医嘱，出医院时的气氛和来时完全不同了，大家的脸上都有了笑容。辛丸子的妈妈再次邀高木木回家一起吃饭,但高木木回绝了,说是舅妈在家准备了。他帮忙叫好了车,看着所有人坐进去,弯腰在车窗外摆手:"叔叔阿姨,再见,回家好好休息。有什么想问的就让丸子给我发信息,我帮忙问舅舅。"

"好,你也累一天了,快回去歇着吧,回头再来家里吃饭。"

出租车开动了,爸爸恨恨地一捶座椅:"丸子也是他叫的?"

妈妈无奈地摇了摇头,在辛丸子耳边说:"还不知道你结婚时,你爸得哭成什么样呢。"

辛丸子笑了笑,低头给高木木发了条微信:"今天谢谢你了。"

"没事,把事情交给你这种经常性脱线患者,我实在是不放心啊。"

看着高木木回过来的微信,辛丸子咬牙切齿地想,这家伙果然是装的,否则凭什么在别人面前嘴像抹了蜜,对她却只有花式怼。

回家的晚饭是爸爸做的,爸爸做饭手艺一般,但姑且能吃,反正现在也只能吃好消化的。妈妈一边吃一边抱怨:"还是应该给丸子单独做一份,不能让她跟着我吃粥啊。"

"没事,偶尔吃一次还挺好的。"辛丸子一勺一勺舀着咸菜。

妈妈欲言又止了一会儿,还是决定吃完饭再说。直到桌子收拾完,她叫住了要回屋的辛丸子,强行将之按在了沙发上,问:"丸子啊,你跟我说说那天晚上你俩过夜的事呗?"

此话一出,辛丸子小脸瞬间煞白。

"你别紧张,你妈我没有那么迂腐,我就是想知道你的态度……"

"那天、那天就是个意外……"

也不知道是不是她说得有歧义,始终在旁边隐忍的爸爸终于爆发了,他风风火火就往门口走,虽然手里没刀,却莫名有种磨刀霍霍的架势,嘴里反复念叨着:"我去找那小子拼命!"

"老辛,你这人怎么那么拎不清!"

妈妈追着爸爸数落,爸爸不管不顾非要去找高木木问清楚,辛丸子害怕他真的会去，死命拽着爸爸不让走，三个人在家里乱成一团。

辛丸子一个头两个大，所有的肢体动作都出于条件反射。可她心中有个Q版的小人正怒发冲冠，眼睛喷火，嘴扯成四方形，呲着锯齿尖牙，大叫着——高木木，我们走着瞧！

✧4

三天后高木木要打道回府，辛丸子下定决心不让父母知道，希望他们再也不会碰面。但没想到走之前的早上高木木居然自己登门来告别了。对辛丸子来说放假理所当然要赖床，这像"天冷要穿衣，春天要播种"一样是不容置疑的常识。

所以高木木上门时她还睡得很香，被妈妈从屠龙的梦境里拽出来时，她特别不情愿，像摊煎饼一样在床上翻来翻去，眼睛也不睁，嘴里嘟嘟囔囔的，希望能继续回到梦里。

"起来了！你看看谁来了！"

妈妈揪住她的耳朵，想把她从枕头上拽起来。辛丸子嘴里喊着"疼疼疼疼疼……"终于睁开了一只眼睛，只一眼她就看到了门缝外面笑盈盈看着她的高木木。

她的脑袋瞬间死机，重启之后立刻"嗷"一声把手脚和头全缩进了被子里。

"快起来了啊！"妈妈拍了拍她的被子，走出去带上了门，辛丸子隐约听见高木木说"别叫她起来了吧"……

马后炮！辛丸子在心里骂了一句。双手在被子下面撑起被头，低头打量自己的衣服，好在她穿着背心短裤，还不算太暴露。可她想想自己刚刚的睡相，还是臊得没脸见人。

生平第一次辛丸子在屋里擦干净了眼屎和口水，还划拉了几下头发才走出卧室，高木木正在沙发上跟妈妈说话，爸爸在厨房磨刀，发出呲啦呲啦诡异的声音，她也顾不上那么多，低头小跑着进了洗手间。

等辛丸子从洗手间收拾利索出来，发现自己又慢了别人一拍，爸妈已经换好了出门的衣服，大家用一副出去聚会结果在等唯一一个迟到的人的表情注视着她。

她用力咽了咽口水，再度滚回卧室去换衣服，慌里慌张加起床空腹的低血糖让她一不小心绊在门槛上，以壁虎的姿势把自己拍在了门上，一瞬间她觉得自己鼻子都被拍扁了。

"你没事吧？"虽然爸妈也吓了一跳，但先扑过来扶她的还是高木木。辛丸子摇晃着脑袋，趁机一把掐住高木木胳膊上的肉，但角度正好，爸妈的视线全被高木木的背挡住了，她抖了抖眉毛，不动嘴地说："你跟我妈胡说八道什么了？"

因为不会被长辈看到，高木木也不再控制表情，随着辛丸子的手指转幅龇牙咧嘴："我都是实话实说啊。"

"呸！你怎么不说你打游戏的事呢！"

高木木突然回头，对辛丸子的妈妈特别明朗地笑着问："对了阿姨，回头我给您和叔叔票，带你们去现场看一次比赛直播吧。"

"你们小孩那种游戏，我们哪看得懂啊，你带丸子去吧！"

辛丸子目瞪口呆地听着妈妈的回答，手上完全忘了用力，反而变成搭在高木木胳膊上。高木木扭过头来面对她，得意得眼珠都要翻到后面去了，和刚刚完全两副面孔。他抬了抬辛丸子搭着手的那只胳膊，小声说："老佛爷，奴才伺候您更衣？"

辛丸子憋笑到内伤，如果不是爸妈在场，她可能真的会给高木木一记黯然销魂脚，让他更符合人设。

他们在离火车站不太远的一家饭店吃饭，算是送行宴，期间高木木重复了至少三遍"不用那么麻烦"，但点菜时倒是毫不含糊。辛丸子本着为父母省钱的抠门作风在一旁不停干预高木木看菜谱，看到一页上都是螃蟹和海参她嘴里就发出"啵啵"的声音，警告高木木翻页。

殊不知在家长眼里，这就叫眉来眼去，打情骂俏。

"老辛，事已至此，俩孩子也挺般配，你就别别扭了。"辛丸子的妈妈用手肘碰了碰一旁脸上写满了"好好的大白菜被猪拱了"的老头子。

"哪般配了，我家丸子多可爱，天真无邪。这小子，一脸狼顾之相！"

"司马懿还一脸狼顾之相呢，算不算枭雄？"

被噎得没话说，辛丸子的爸爸猛喝茶水，吞了一嘴茶叶。

"小高啊，以后在学校多照顾一点丸子。她和你不一样，她不是个爱学习的孩子，高三那一年要不是我和她爸轮番盯着她，威胁她如果考不好就把她卧室里的东西全烧了，她哪考得上。"

高木木笑着看了辛丸子一眼，点头说："嗯，您放心吧。"

"我和她爸没什么太大的要求，她只要能好好毕业就行。"辛丸子的妈妈和高木木对视，两个人的眼神交流中明显意有所指。辛丸子看出来了，可她虽然狐疑，却怎么也想不明白。

一顿饭吃完，高木木要直接去火车站，妈妈把辛丸子推向前："你去送送小高。"

辛丸子摸着后脖子，脸上不情愿，却没有拒绝。

"叔叔阿姨，我先回去了，以后有时间您们可以来我家这边玩，我安排。哦，对了！"高木木把巨大的登山包放到地上，拉开拉链，从最上面取出了一只塑料袋，上面有医院标记。他递给辛丸子的妈妈，重又背上书包，"里面有个本子，是我找舅舅详细咨询的胃溃疡患者的禁忌，食疗方子，还有定期复查的时间，还有一些常备药。"

"这孩子怎么这么懂事哟！"辛丸子的妈妈感动得眼泪都快出来了，就连一旁的爸爸也不得不缓和了脸色。

"叔叔阿姨，再见！天热，快回去吧！"

辛丸子和高木木往直达火车站的车站走，两个人回了几次头，发现她爸妈还在后面目送他们，高木木就一直不厌其烦地挥手叫着，直到再也看不见。

"我是不是耽误你的事儿了?"一晃高木木在这边也住了一周多,辛丸子不知道他家里是不是有别的事情。

仔细想想她只是这次才听说高木木的妈妈原本是个企业中层领导,只不过生完孩子之后身体一直不好只能赋闲在家,那个年纪却又考上了研究生重新回到了学校,现在在做咨询类的工作。而高木木的爸爸也是高端技术人员,常年出差在外。简单来说就是一家变态学霸精英。

"没事,"高木木的书包很沉,他不停耸肩调整着肩带,"你爸妈都很热情,跟我家的氛围完全不同,我挺开心的。"

"热情?你从哪儿看出我爸热情来的?"

"他热情得想要杀了我。"

敢情他看出来了,辛丸子不好意思地揉揉鼻子笑了笑。

两个人刚到火车站高木木的手机就响了,他接起来乖巧地"嗯"了几声,辛丸子好似隐约听到了妈妈的声音,高木木说了声"阿姨再见"就撂了电话。

"你妈。"高木木丝毫没感觉有什么不对,对辛丸子说,"她让你回家时捎瓶酱油。"

辛丸子的眼睛和嘴瞪着一样圆,半天才缓过来,纳闷到了极点:"她让我打酱油,为什么会给你打电话?"

"她说就算她跟你说,你也会忘。"

说着高木木拐进火车站里的小超市,买了一瓶酱油,塞到辛丸子手里,"这样就放心了。"

辛丸子抱着酱油走在火车站的人来人往里,越琢磨越觉得高木木一定是给她妈妈灌迷魂汤了。

怪不得从小到大爸妈总是嫌她嘴不甜,最开始的时候她还逞强觉得自己这叫不爱谄媚,是大将之风,但很快她就发现嘴不甜的小孩连压岁钱都比别人少。辛丸子真心觉得以高木木这种嘴甜的功力,上到长辈老师,下到同学朋友,没有他打不通的关卡。

正因为此,她才愈发奇怪当初高木木和胡苏间发生了什么,胡苏究竟为什么拒绝他。

"对了，我妈那天到底和你说什么了？"她突然又想起了这件事。

高木木犹豫了一下，还是决定照实说："也没什么，她说去医院时要我陪着她，如果情况不好，要我别瞒着她，但先别告诉你和你爸。"

辛丸子完全没想到妈妈当时是怀着这样的心情的，她的眼眶忽然一阵发酸。

"都过去了，别多想了。"在自动取票机前取好了票，高木木一回头发现辛丸子还是那副蔫蔫的模样，他伸手在她脸前打了个响指，"回魂！"

辛丸子打了个哆嗦醒过来，冷不丁对上高木木的眼神，心中更多的是过意不去，压得她垂下了眼帘，小声说："我要是有你一半会哄家长就好了，那我可能就不用从零用里一毛一毛地抠出周边钱了。"

"你也不用把我想得这么好，虽然尊老爱幼是美德，但我也不是对谁都那么殷勤的。"高木木回头看了眼火车站墙上的大钟，检票时间快到了，他迅速回过头，看着辛丸子说，"马路上遇见摔倒的老人，我也不一定敢扶。"

"那……"

"之所以对你爸妈好呢，不是我闲着没事干，是因为——"他抬起一只手，按在了辛丸子的头顶上，稍稍用了点力气，以至于辛丸子不能很好地抬起头来和他对视，"我喜欢你啊。"

仿佛有一声笃定的钟响，震耳欲聋的清脆敲击声后是回荡不去的庄严的轰鸣，反而让辛丸子躁动的心沉静了下来。当她感觉到头顶的力量消失，抬起头发现高木木已经混进了安检的队伍里，她在警戒栏杆外左右跳着，终于正对上高木木转身跳起来朝她挥手。

她抱着一瓶酱油站在那里，竟然有一种怀揣宝藏的心满意足。

辛丸子带着恍若梦中的表情，拖沓着脚步慢慢往站外走，门外的盛暑灼热毫不客气地迎头扣下，在一瞬间就驱散了她身上所有的空调冷气与迷茫。

她情不自禁地蹲了下来，双膝夹着酱油瓶，把下巴搁在瓶口，缩成一团，想象自己是一只长在沙漠里无人问津的仙人球。可仅仅是几滴雨水掉落之后，突然间她的头顶"扑哧"钻出了一朵小花，紧接着，又是一朵，再一朵，她的身上此起彼伏地开满了花朵。

"我喜欢你"——就是那几滴她原本以为自己不会在意的雨水，却没想到会令自己心花怒放到了花团锦簇的程度。

哼着完全找不到调的拔剑神曲回到家，辛丸子把酱油瓶子放到茶几上，还没来得及说话，就见妈妈从她屋里走出来，手里拿着高木木送给她的那套设备。放假前她思来想去还是决定带回来，但始终没用。

一路的雀跃顷刻散尽，辛丸子从未有过的心慌意乱，浑身像通电一样感觉刺刺的。万幸她已经把酱油瓶子放下了，不然肯定摔碎。

"来吧，我们聊聊，这是怎么回事？"

妈妈把东西放在桌上，同时还用手机放上了她配音的宣传片，当着满脸不解的爸爸的面，郑重其事地问她。

如果说设备很可能是妈妈收拾屋子里时偶然翻到的，但这种没多少人知道的宣传片就不可能是偶然出现了。根本无须多想，辛丸子立刻就能锁定出卖她的人选。

所有开出的花此刻全部干涸枯萎耷拉了下去，相反的是所有的尖刺都无限伸长，气势汹汹炸成了一只真正刺球。

——高木木嘴里的"喜欢"大概就等同于别人的"你好"！

——高木木之前不是还说过喜欢苏严吗！

——高木木，我们走着瞧！

辛丸子乖乖在妈妈面前蜷成一团，内心却已经化身成进击的仙人球狂追火车而去。

火车上高木木正看着电子书，毫无征兆地打了个巨大的喷嚏，震得他眼镜都掉了下来。他扶正眼镜，在窗户模糊的反光中看着自己，突然想起了火车站的那一幕。他看似镇定，其实根本不敢等待辛丸子的回应，所以撩完就跑，特别刺激。

　　这和当初跟胡苏所谓的"表白"，感觉完全不同，他也因此更了解了自己的心意。

　　这下她总该清楚了吧。这样想着高木木却突然又打了个喷嚏。

　　不好！打游戏久了养成的预判能力告诉高木木，对方还可能会翻盘，现在就想确定胜局，实在为时尚早。

CHAPTER 二 戏精

✦ 1

千盼万盼终于开学了,这可能是辛丸子长这么大唯一一次盼着开学,她从车站就起了范儿,提着这口气就为了杀到高木木面前和他算账。

但没想到她在学校门口先遇见了胡苏,换作往常辛丸子绝对是当没看见走过去,可这次情况太特殊,她自然就停了下来。

因为这两天是开学日,校门口什么时间都是热闹的,有个女生好像被车子蹭到了腿,不严重,但一时也走不了路。只见胡苏背着那个明显比她要重得多的女生,肩上扛着一只大包,手里还拖着一只拉杆箱,即便这样却走得异常沉稳,路人纷纷侧目,投以不敢置信的目光。

当然有不少男生主动提出帮忙,但胡苏和那个女生大概本身是朋友,根本不让他们插手,她不时甩动挡眼的长发,还能和背上的女生说说笑笑,一点都不吃力。

辛丸子追在她背后看了半天,目瞪口呆地发现原来胡苏是个女神外表的真汉子。

她不禁在心中感慨,高木木的口味就是特殊啊。

"你在等我吗?"背后突然传来声音,因为"说曹操,曹操就到",辛丸子未免有点心虚,回头看到高木木,却发现自己起了一路的范儿居然已经泄了。

明明她快到的时候还在给高木木发短信,让他洗干净脖子主动出来受死,但现在她摸着自己的后脖子,别扭地说:"你不去献献殷勤?"

辛丸子用下巴指了指已经走得快要看不见的胡苏。

"不用,"谁知高木木根本不在意,反倒顺手接下了她手里的行李,"高中时她就是出了名的女汉子,有过一口气提五只暖瓶、帮别人带七八盒饭的历史。"

"那她的人品其实还挺不错的……"辛丸子嘟囔着。

高木木扭头看她一眼,浅笑着:"你倒是挺容易倒戈。"

火车站里的那一幕突然在脑海里闪现,辛丸子脸红得猝不及防,说着"我和人家本来就没有过节,我先回宿舍了",撒腿就跑。跑出大概二百米之后她发现自己两手空空,回过头看到高木木不紧不慢跟在后面,正操纵着她的行李箱在柏油路上花滑。

"着什么急啊,今天又没课。"高木木发现自己最享受的就是看着辛丸子那副"看不惯他,又弄不死他"的表情,"你不是说有事情问我吗?"

经他提醒,辛丸子这才重新点起怒火,她双手叉腰而立,气势汹汹直面高木木,她幻想自己气势两米,却没意识到这个站姿又矮了两厘米。

"你为什么要和我妈提配音的事!"

气沉丹田喊完这一句,辛丸子居然有点想哭。要知道她这个假期过得真是胆战心惊,好不容易妈妈的健康危机解除,她的大危机又来了。面对爸妈问询的眼神,她什么都解释不了,只能含糊地说只是爱好,并且一再发誓不会影响学业。万幸的是妈妈没再说什么,也把东西都还给了她,就是警告她不要耽误功课。可那之后辛丸子每每打开电台,都觉得爸妈在某处偷看她,以至于她连在家看动画都开始觉得不安了。

但她如此义愤填膺,高木木却根本没办法认真起来,虽然强忍着没笑出声,却憋得很辛苦,腹肌一颤一颤的。

因为辛丸子刻意气沉丹田说话听起来特别不真实,像变成另外一个人。再搭配她今天的造型,一部分头发在发顶揪成了两只小小的丸子,活脱脱是在 cos 哪吒。高木木实在没忍住,伸手在她头顶的鬆鬆上戳了一下,问:

"是无线 WiFi 吗？"

"严肃点！"

辛丸子恨恨地跺了一下脚，气自己在这种关键时刻居然真的被这种蹩脚的笑话逗乐了。

"好好好，我严肃点，"高木木握拳在嘴边咳了一声，"你为什么不借这个机会跟你爸妈彻底坦白呢？"

"坦白什么？"

"你的愿望，你打算怎么做，你对未来的规划，等等。"

听到他这样说，辛丸子瞪圆了眼睛，双手一摊。意思是，没有。

"怎么可能没有，是你自己不想面对。"高木木想了想，打了个辛丸子能听懂的比方，"灌篮高手的结局你是不是特别不甘心？樱木拼尽全力却没有拿到冠军，最后还不得不离开队伍独自去治伤。"

辛丸子点头用力到脖子"咔嚓"一声。

"可是你换个角度想，他从一个球都带不稳的菜鸟一步步打败了传说中的山王，即使是代价惨重，但这代价也可以当作是一个小的存盘点，休整一下一样可以追上大部队。"

辛丸子不赞同这个说法："我知道你这是成年人所谓的成熟观点，可少年漫画就不该让人去面对什么现实。"

"你错了，拼尽全力没得到最好的结果不是现实，真正的现实是还没做就已经退缩了。如果是现实，樱木花道那样基础的菜鸟就不可能去做打全国赛的梦。可他这样做了，还拼尽全力了，这才是少年漫的精髓。"

内心深处被一只小锤敲了一下，辛丸子忽然浑身一震。

"所以呢，你会因为预见了自己得不了冠军，就干脆连倒数第二场也不拼尽全力去打了吗？觉得这样至少可以保住职业生涯，不至于受伤？"

面对高木木好似看穿她的心一样的诘问，辛丸子无言以对，连头也不敢抬。她就是害怕失败，应该说她觉得自己必然会失败，然后她会对不起父母，她会被埋怨。所以她就只敢在边缘徘徊，告诉自己当个爱好就可以了。

她这样怎么当热血王道漫画的主角啊！

"你啊，就是缺一个陪你奋斗的人，或者是一个目标。要是你也有一个告白失败 50 次后遇到的晴子，大概你就能做到了。"

高木木拍了拍她的哪吒头，"周末我带你去个地方，找找感觉。"

说完高木木主动往前走了，辛丸子看着他的背影，没有追问去什么地方，而是反复循环着"告白"这个词。她有点想问火车站的那句话是什么意思，但当高木木回头问她："怎么了？"

她立刻摇头认怂。

真到了周六时辛丸子早就忘了高木木说过的话，十点多了她还在睡，直到室友把响了几轮的手机拍在她的脸上。未接电话里有高木木和苏严，她犹豫了一下，先回了高木木。

"什么事啊……"她揉着眼睛，希望周公走得慢一点，她觉得自己努努力还能再睡一个小时。

高木木早就猜到她是忘了，苦笑着说："不是说好了要带你去个地方吗！"

"哦,对！"辛丸子一个激灵坐起来，狠揉着头发，心想真是忘得死死的，"吃完午饭去来得及吗？"

"可以，食堂等你。"临撂电话又补了一句，"别再睡过去了。"

辛丸子的后背已经朝后倒了三十度，硬生生挺了回来。

她起床第一件事是洗头发，正好室友也要去，两个人就一起到了宽敞的公共洗漱间。室友问她："怎么？下午有约会啊。"

"算不上吧。"辛丸子仍旧打着哈欠。

"能让你愿意为见他特意洗一次头的人，肯定是很重要的人。"

辛丸子突然想到高木木说过她的寝室有内奸，突然凑近室友，眯着眼睛问："说！你是不是高木木安插在我身边的卧底！"

室友本来皮肤就黑，此时满头问号，看起来非常喜感。

正在这时另一个室友从她们对面走来，轻巧地打着招呼擦身而过，辛丸子下意识挥手，并没有往心里去。她没有意识到，真正的卧底刚在她眼皮子底下溜了。

和高木木在食堂吃饭的过程里，辛丸子至少问了五次要去哪里，但高木木似乎打定主意保留惊喜。不仅如此还破天荒地提醒她："别吃太撑了。"

"午饭很重要哎。"辛丸子其实已经八分饱，但她还想再喝一碗汤。

"早餐也很重要，你吃了吗？"

辛丸子噘着嘴，做了个"说不过你，但我非要吃"的表情。刚要站起来去买，就听见高木木说："晚上请你吃胡椒猪肚鸡。"

她瞬间坐回了椅子上。

刚要离开却见苏严从打饭窗口前走过，辛丸子这才想起自己忘了回他的电话，她抬头看了眼高木木，示意要打声招呼，高木木耸了耸肩，没有在意。不过辛丸子之后才反应过来，为什么她要征求高木木的意见啊。

她跑过去拍了拍苏严的肩膀，苏严回头看见她时眼睛立刻亮起来，把餐盘丢在台子上，丝毫没追究电话的事，从口袋掏出两张票，问她："晚上去看话剧吗？别人送的票。"

辛丸子接过票看了看，好像是很高大上的一出剧。话说回来，比起她在电台大部分时间在做传话调配端茶倒水的杂活，苏严的供稿倒是很稳定，前不久还听到栏目负责人夸苏严，说他底子扎实。说着要得诺贝尔文学奖的苏严和说着自己是天才的樱木花道，倒是有着如出一辙的少年气。

畏首畏尾的大概只有她了。

"你怎么了？"看到她对着票出神，苏严纳闷地问。

"哦，没事，我……"她对话剧本身兴趣不大，而且她已经和高木木约好了吃晚饭，也不知道时间够不够。但辛丸子平时最不会的就是拒绝别人，下意识回头看看站在远处玩手机的高木木。

苏严立刻就明白了，收回票主动说："我知道了，那以后有机会再说。"

"嗯！今天的麻婆豆腐超好吃！"苏严的善解人意总是让辛丸子备感

轻松,她搭着苏严的肩膀,指着窗口里菜,"但那道豆芽就算了,刚才有人在里面吃到了钢丝球。"

听了她的话苏严立刻冲到窗口去抢最后的两勺麻婆豆腐,然后笑着朝辛丸子竖起了大拇指。高木木出其不意出现在她身后,伸出一根手指勾了勾她背包上面的挂绳,好似想就这样把她勾走,催促道:"走吧。"

出学校一直在走路,每次辛丸子问要不要坐车,高木木都说马上就到。但这个马上一再一再拖延,就好像一个人在电话里说快到了快到了,其实还没出家门。走了起码有两站地的路程,就在辛丸子实在忍不了想骂高木木大骗子时,她看到一旁出现了一家三层楼的健身房,与此同时高木木也停住了脚步。

不祥的预感直击辛丸子的天灵盖,她双手抱拳,说声"在下告辞"掉头就走。不过刚迈出一步就被高木木勾着书包挂钩拖进了健身房的院门,她倒退着走路,双手不情不愿地在前面摆着,希望能抓到什么增加阻力。恍惚间她想起小时候不愿意去幼儿园,每天都是被妈妈这样拎进去的。

"为了你,我可是特意把卡升级成了能带一个家属的。"前台小姐姐对高木木和辛丸子的造型投以谜之微笑。

"谁是你家属啊!"

虽然嘴硬着,但被拖上二楼,看到一排排从没见过的器械,辛丸子的好奇心还是被勾了起来。她从来没有进过健身房,也从没想过自己会进来,她真的是运动细胞低下,立定跳远都只能勉强及格,跳绳都比别人慢好多,初中的时候可是给妈妈丢了不少脸。

"你一直都有来健身房吗?"高木木带着她转了一圈,给她粗略地讲器械的用法,不过她心不在焉,只顾着看那些正在锻炼的"妖怪"们。有一个目测七十岁了一头银发的爷爷居然像举重运动员一样在深蹲举杠铃,她立刻把头扭到一边,嘴里嘟嚷着"见到妖怪只要不和他对话就不会被吃掉"。

高木木点点头:"嗯,也不耽误时间,每次一两个小时就够,一周至少来两次吧。"

"真有钱。"

"……你还是那么会找重点。"

辛丸子果断地拍了下手,转身就往楼梯走:"好了,参观完毕,走人!"

"休想!"高木木又一把拎住她,语重心长地诱导,"你说过做声优在体能上是有要求的对不对?你要有均匀的呼吸,够长的肺活量,还有足够的体力。"

辛丸子无言以对,只能低下头去。

"你无法相信自己能做到,究其根本是你现在止步不前,找不到靠近的方法。不积跬步,无以至千里,所以你就从能做到的事情开始做。反正你也在学日语,不如一边运动一边学。"

"嗯,你说得很有道理。"沉吟半晌,辛丸子郑重其事地点头,然后十动然拒,"但是我不办卡,Tony。"

高木木瞬间揪住她的辫子,挑了挑眉:"我不推销卡,我免费给你剪,你愿意吗?"

辛丸子终于忍不住笑了出来。

"跟你说个秘密吧,"高木木突然贴近她的耳朵,"胡苏也经常来。"

热气扑在脸颊上痒痒的,她蹭一下扭过头,凝视高木木几秒,突然燃起了斗志,跺了跺脚说:"练!她怎么练,我就怎么练!"

从辛丸子说出这句话起,她吃完就瘫倒的好日子彻底消失了,每周高木木都会拖她来两到三次,时长一个半小时。从深蹲、最小号的哑铃、器械最低的重量级别开始,一点点增加着难度。一开始她在跑步机上跑五分钟就要哭出来,在被高木木逼着完成了一次半个小时之后,她擦着脸上不知道是汗还是眼泪的液体,骂了高木木十分钟,可后来辛丸子却发现她可以轻松跑过十五分钟不觉得辛苦了。

几乎是每一次健身后辛丸子都能清楚看到自己的变化,真的如同高木木所说当她处在上升的过程里,自信心自然就开始增长。一边平板支撑一边背日语，辛丸子内心戏丰富，简直要被自己的勤奋感动哭。

结果耳边却听到了胡苏的声音："她居然也来了。"

辛丸子扭过头，看到穿着露腰小背心和紧绷瑜伽裤的胡苏正和高木木说话，她看了看胡苏隐约的马甲线，又看了看自己肚子上随手就能掐起的肉，愤愤地把偷懒噘起来的屁股收了回来，再次绷成了一条线。

她和高木木来了一个多月了，都没有见到胡苏，她还以为高木木是骗她的。如今真的见到了她才不得不认真想原来之前高木木和胡苏经常在这里碰头啊，越想心里就越觉得愤懑。

似乎是注意到了她的视线，胡苏看了她一眼，就走向了史密斯机，两边各上了四十公斤，把杆子架在肩上开始深蹲，每一个深蹲都无比标准，站起来虽然咬牙，但并没有特别勉强。

辛丸子忍不住坐起来，不可思议地看着胡苏。要知道一开始她只能撑起一根光杆，后来在高木木的逼迫下一侧勉强上了十公斤，但她的两腿已经不能保持平衡了。一时间她的挫败感强烈到快要爆炸。

"我要去做那个！"辛丸子蹿起来直奔蹬腿机，她不擅长负重深蹲，但躺下蹬腿却好很多，她指挥着高木木，"给我加重！"

高木木知道她在跟胡苏比，无可奈何地说："别勉强啦……"

结果被辛丸子眼神逼退。

两边各加了二十公斤，高木木不放心，一直用手扶着，避免她砸死自己。辛丸子每次下放膝盖都打战，但她还是坚持做了两组，然后故意在最后一次下放时让机械发出了惊天响的碰撞声。

只见胡苏不慌不忙，在两边又各加了五公斤，但这次对她来说明显也是挑战了，她每举一下就得用嘴吐一次气，下蹲不再那么深，却坚持着不愿意认输。

高木木看着两个女生的战况，偷偷在心里抹了把汗。

那天之后，辛丸子和胡苏在健身房的斗争持续不断，本来胡苏来的频率并不高，现在倒几乎变成了和他们同频，好的方面是在这种刺激下，辛丸子的体质明显提高，但坏处是每次去完健身房的第二天两个人走路都一瘸一拐的，在公交车上都有人把她们当成残疾人让座。

"你这才3级，不行啊！"

辛丸子和胡苏两个人站在椭圆机上互相嘲讽，本来两个人都是2级，但胡苏踩的速度很快，辛丸子立刻将重量提到了3。

"那我们就都提到5，看看谁快。"

说着胡苏立刻将重量提到了5，一脚踩上去沉重得好像在爬山。

两个自作孽的少女奋力地踩着脚蹬，手握在摇杆上也跟着用力，从背后看特别像两个不会滑雪的人笨重地踩在厚厚的积雪里。

女人的战争啊。

在离她们最远的一台跑步机上疾走的高木木知道，这种时候自己只有躲远才是最安全的。

✧2

难得的空闲里，辛丸子和苏严在图书馆做功课。高木木据说去网吧通宵打了游戏，现在在补觉。她有时候想想觉得高木木也是很辛苦，同时应付学业和作为工作的游戏，还要陪她去健身。她从前总觉得时间不够用，但其实是她总是空出大把时间发呆，如果把时间详细规划，原来可以同时干那么多事。

"丸子，你还记得上次话剧票的事吗？"苏严突然提起了之前那件事。

辛丸子不明所以，只是点头："记得啊。"

"我忘了告诉你了，"苏严凑近了她，一脸兴味盎然，辛丸子立刻支起耳朵，"上次我自己去了，结果居然在那儿碰到胡苏了。"

"啊？"辛丸子失声惊叫，然后立刻捂住嘴对周围人致歉。

"她好像是想看，但只剩位置不太好的票了。我就走过去跟她说我手里富余一张。"辛丸子刚想夸他挺绅士，就见苏严眼中狡黠的光一闪，忍不住对她重复了一下那晚他的动作，手指捏着票甩了甩，无比气人地吐了吐舌头，"我跟她说——但我就是不给你！"

……最怕空气突然安静。辛丸子目瞪口呆盯了他几秒，终于相信当时他真的就是这样跟胡苏说的。她轻拍了两下苏严的肩膀，缓缓摇头："你这孩子……也是拿到了骨灰级单身狗的晋级票啊。"

苏严原以为辛丸子会高兴，见她这个反应还有点失望："我不喜欢她总是耀武扬威的。"

"她又没对你怎样……"辛丸子知道苏严其实是替她出气，只不过胡苏跟她较劲完全是因为高木木，苏严帮她出气岂不是等同于支持她和高木木？如果说在感情方面还有比她更不开窍的，大概也只有苏严了吧。她越想越觉得好笑，想着就让苏严保持这个拎不清的状态吧，反倒打趣起来，"再说了，胡苏多漂亮，哪有男生不喜欢漂亮姑娘的？"

"光漂亮有什么用，这世上漂亮的人多了去了，哪能个个都喜欢！"苏严鼓着腮，嘟囔着，"反正我就是不喜欢她。"

辛丸子也没再多问，毕竟苏严和胡苏明显就是正太和御姐，气场不合也是正常。

正说着，她收到了一条高木木的信息："你妈给我打电话，让我提醒你回去的时候别忘了给你外婆买点心。"

"知道了。"辛丸子难为情得要死，最近老妈跟她说话总要找高木木传一道，"我妈打电话把你吵醒了？"

没有回，不知道是不是又睡了。她叹了口气，决定这次回去要跟妈妈认真说说这件事，不能再麻烦人家了。

周末是外婆的七十大寿，辛丸子得回趟家。之前她给外婆寄过这边的一种玫瑰酥，没想到外婆还挺喜欢，所以妈妈才嘱咐她别忘了买。她买了两大盒子赶回家，发现七大姑八大姨和他们的孩子们基本都到了，辛丸子最怕这种场面，因为她总是最格格不入的那个。七大姑八大姨们从来就对她的二次元爱好嗤之以鼻，每次见面都要笑她多大年纪了还看动画片，家庭聚会总是令她感到沮丧。

更可怕的是这次除了学业、爱好，还加了一条："丸子有男朋友了吗？"

辛丸子咬着鸡翅膀摇头，却听到妈妈肯定地说："有了！她同学，挺精神一小伙子，我和她爸都见过了！"

她吓得鸡翅都掉到了盘子里，用油手在桌子下面拽了拽妈妈的衣服，被无情挥开。

这顿饭辛丸子食不知味，虽然还是吃撑了。等到人都散了，她才郑重其事跟妈妈抗议："妈，你别再逢人就说高木木是我男朋友了，也别总给人家打电话了，人家很忙的！"

"分手了？"

"没有！"辛丸子气得跺脚，"没在一起哪来的分手！"

妈妈语重心长地拍了拍她："那你得努力啊。"

"这种事情努力有什么用，人家要是没有这个意思不丢脸死了。"

咦？被绕进去了？辛丸子抓着脸，无奈地看着面前这块比自己辣的姜。

妈妈抬起手指狠戳了一下她的脑门，戳得她向后倒退三步："你到底什么时候能开窍！人家要是对你没那么意思，他干吗那么帮你？"

辛丸子左左右右地咬着下唇，心里居然有点高兴。

"退一万步说，他就算对你没那个意思，但一个品性好的人面对别人的爱慕只会心怀感谢，并干脆而礼貌地拒绝，绝对不会嘲笑。所以这个事情是在于你，你自己到底是怎么想的？"

辛丸子仍旧没说话，妈妈瞪了她一眼，生闷气地说："磨磨唧唧，一点都不像我，缺点都随你爸。对了——"

她回自己卧室拿了一个信封出来丢给了辛丸子，打开来里面是个塑封的卡片，好像是张听课证，"我有个朋友在这个大学教书，那天偶然说起他们学校周末居然有个配音班，属于再教育，不算学历的，但师资很好。她说能试听一节，你爱去不去吧。"

没等辛丸子说话妈妈就回屋了，留她一个人站在外面握着那张听课证紧张得不知所措。她明白这种事不会是对方自己送上门的，肯定是妈妈特意去打听的。她不懂妈妈这是什么意思。是支持她，还是在试探她，抑或是想让她认清现实？

不管了！辛丸子很快就把复杂的思绪都抛开，机会摆在眼前，当然要去啊！

本来打算立刻回学校的，辛丸子临时决定多待一天去试听配音课。到了教室才知道试听课是专门的一节课，大家都是菜鸟，讲课也是介绍为主，但为了招生，介绍得相当详细而有趣。首先体力气息这些真的是基础，类似"八百标兵奔北坡"这种绕口令要随时在嘴里念叨着，还要找到一个最快的适合自己的开嗓方法。

其次是要发现与揣摩，要用心去听这个世界上所有的声音：石头摩擦的声音，风吹水面的声音，手指敲击任何一种介质的声音……要提高审美，提高台词的理解力，提高共情，要一遍遍去拿捏不同的细微的情感，在声音上给出变化。比如一句十几个字的台词，其中哪一个字是重哪一个轻都是有讲究的。

他们看了很多国家一级配音演员的经典片段，那种老电影的译制片腔在舞台上说来就来，丝毫不让人觉得可笑，反而无比震撼。之后为了对比又看了一些引进动画电影的中配版幕后画面，不乏有许多耳熟能详的演员，虽然只需要声音，但他们在录音棚还是投入剧情张牙舞爪地演着。

辛丸子看着自己周围坐着的人，有几个看上去比她年纪大不少，应该是已经工作的人，大家热情高涨，热烈地讨论，事无巨细地提问，只有她像是来打酱油的。她觉得自己似乎明白了妈妈的意图，让她出来看看外面的世界是怎样的，就会清楚意识到自己有几斤几两。什么基础都没有就认为自己有才能，是不是也太自命不凡了？

不得不说，就这么两个小时，高木木费时费力让她建立起的一丁点自信，已经开始崩落了。

最后的活动部分是选取了几个桥段，有影视，也有动画，抹去里面的声音，老师让他们自由组合，用自己的台词和声音去填充，做一个小的演练。这感觉特别像做动态表情包。辛丸子抽的是狮子王中非常经典的一个片段，山魈拉飞奇指引迷茫的辛巴看水面，说能看到父亲，但辛巴看不到，直到拉飞奇和他说，它活在你的心里，于是辛巴终于和星星上的父亲对话了。

只是三四分钟的小片段，辛丸子和一个男生一个女生自动成为一组。男生很有喜剧细胞，非要把这一段改成黑心商人怂恿辛巴找老爸要零花钱。讲真辛丸子很难入戏，而且她并没有看过国配版的狮子王，她只能自己揣摩着去配那个有点疯疯癫癫的拉飞奇。

可是沉浸在声音表达中的乐趣是无法形容的，只要一进入状态根本无法停下，肾上腺素急速分泌，明明是自己在说话却还在起鸡皮疙瘩，向来不自信的她突然变得无所畏惧。辛丸子的戏份收尾，她是最后一个放下本子的，回过神来才发现其他两个人眼睛亮晶晶地注视着她，异口同声在感叹："好厉害啊……"

辛丸子立刻不好意思起来，恢复了平常的样子，说话声音也变得软软糯糯，一个劲儿摇头说："你们才好，我……"

老师在她身后站了半天，此时也出声道："这位同学的语感很好，而且声音跨度也大。你以前业余做过？"

辛丸子又点头又摇头，脸涨得通红。走在回家的路上她忍不住想，如果妈妈是想让她认清现实，可能要事与愿违了，虽然她知道自己还差得远，可她却发现这就是自己的毕生所爱，是平平无奇的她注定平平无奇的人生路上唯一的变数，无论前方是死胡同还是灿烂新篇章，她都想抓住这一瞬的闪光。

就在辛丸子正被自己慷慨激昂的心理活动感动得热泪盈眶时，高木木突然打来了电话，接起来是熟悉的开场白："我有件事要和你商量……"

但辛丸子今日心情大好，小手一挥说："行了，别商量，你又替我做什么决定了，直接说。"

"咦?中彩票了?"高木木听出她的心情不错,语气也轻松起来,"学校有群人要拍一部微电影去参加大学生微电影比赛,我替你报了配音和旁白的活儿。大家都知道你嘛,所以也一致同意。"

"好啊。"辛丸子一口答应下来,正好是练习的机会。

"对了,还有一件事,"高木木停顿了好一会儿,直到辛丸子追问,他才迅速地说出,"女主角是胡苏。"

然后他装作信号不好"喂"了两声,自言自语着挂断了电话。

辛丸子用力把后槽牙咬出了"恨得牙痒痒"的配音。

✧ 3

不得不提的是墨菲定律是辛丸子记得最熟的一种心理学效应,也是她唯一一个亲身体验过并屡试不爽的定律。比如临交卷前犹豫着改的选项,一定是从对改成了错、比如跟爸妈约好考到多少分就能买一样东西,最后不是发挥失常就是可以买的时候已经卖光了、比如跑步和跳远两个考试抽选,她越不想抽到跑步,结果就一定是跑步……长此以往,辛丸子感觉自己已经和那个叫爱德华·墨菲的工程师惺惺相惜,她一度认为那个人一定是总出错才总结出这样的定律,后来她才知道人家并不是一个爱出错的人,创造这个定论反而是为了提醒自己更严密。

可惜辛丸子永远都不可能将事情做到天衣无缝,她根本无须大量试错,二选一必然会是错的,墨菲定律教会她的只有凡事做最坏的准备。

上完那节试听课回到家,辛丸子本有心和妈妈谈一下,那个时候她心中激动未平,幻想着自己能不能继续上课。可她旁敲侧击了几轮,妈妈没有任何反应,似乎真的只是一时兴起,根本不可能支持她,她又逐渐恢复了悲观。她愈发觉得妈妈的这次施舍就像是问斩之人的最后一顿大餐,是在和她说该回归正途了。

更令辛丸子觉得胆战心惊的是她回到学校不久就在电台看到了疑似妈

妈的留言,那种明显是上了年纪人的鼓励腔调,混在一群"老铁666"和"我洗完手了,能摸摸你的奖杯吗"里面显得特别突兀。辛丸子几乎是立刻就确定了那是她妈。网站注册的新会员,没有自己起名字的都是默认加了星号的 IP 地址,辛丸子稍微查了一下发现是自己家的省市,她最后一点侥幸心理也熄灭了。

事已至此她双手捂着脸,拼命回想刚刚的节目里究竟有没有说什么禁忌的东西。她从来都是个惧怕家长老师的人,发现家长在听她的电台,就像被站在教室后门的班主任抓住上课玩手机一样,不只是仅此一次的惊吓,而是之后延绵不绝地心有余悸。

从那时起,辛丸子每天都忧心忡忡,做节目也不再开心了,因为她一想到妈妈可能会听,就压根不敢放飞自我了,生怕有一天妈妈忍无可忍会对她说你再这样不务正业下去就断绝母女关系。甚至于家里有几天没给她打电话,她也开始怀疑是不是出了什么问题,心不在焉到差点从跑步机上滚下来。

"你怎么回事?"高木木拎着她坐在休息区,终于忍无可忍开始审问她。

辛丸子开始讲述自己的担忧,总觉得妈妈在憋大招,随时可能一炮把她轰回原形。

"你为什么不往好处想,"高木木给她买了一瓶运动饮料,坐到她面前,"也许你妈妈就是想多了解你呢?"

"了解完呢?"辛丸子猛喝了几口,突然觉得肚子疼,"小时候有一次我爸妈一起陪我看动画,他们想了解动画片有什么好看的。我记得当时看的是中华小当家,我妈确实看得津津有味,然后晚上她照着动画做了一道菜,失败了……她同样质疑动画的意义。"

"……阿姨意外地认真呢。"

"但是我爸妈对我还算纵容,"她不停抠着饮料标签,略微有点出神,"虽然初三高三那会儿总是威胁我要把我的周边拿去卖废品,其实我知道都是吓唬我的,也没怎么害怕。我偶尔买贵东西,偶尔藏在书后面追番,他们都知道,只要我不太出格,他们也都睁一只眼闭一只眼。我不会画画不会唱歌,没有一点加分项,从来没得过三好生,没当过班干部,没给他们长过脸。他们对我的期望不过就是我能有份稳定工作,能有个踏踏实实的人生,他们是为我好,我总不能让他们连这点希望都没有了吧……"

辛丸子垂下眼帘,"我还是早点准备教师招聘考试吧。"

高木木看得出她是真的心情沮丧,很多话到了嘴边最后也没有说出来。他甚至也开始怀疑自己贸然把辛丸子喜欢配音的事告诉她的父母是不是错了,毕竟每个家庭情况不同。

"我去上个厕所。"说话间辛丸子已经站了起来,想往洗手间去,可她不经意低头看到了椅子上奇怪的一抹红色,顷刻间呆立当场,头顶电闪雷鸣,每一道闪电都是"不会吧"的形状。

她在心里默算了一下时间,发现生理周期并没有提前错后,完全是她心思不在这儿,忘了个一干二净。关键是,她穿着一条白色的运动裤,此刻她自己都不敢回头。

发现她表情不对,高木木探了下头也立刻明白是怎么回事了。因为这件事不仅限于他俩之间的互相丢人,是会涉及陌生人的,万幸此刻休息区没多少人。但辛丸子的羞耻指数直接爆表,转化成了震惊,她朝着高木木脱口而出:"怎么办……"

"……你这样问我,我也……"高木木很想说没有经验,不过当务之急是解决问题,他低头看了看自己系在腰间的运动外套,立刻解下来围在了辛丸子的腰上。

辛丸子下意识推脱了一下,害怕把他衣服弄脏了,但高木木的手很坚定,让她觉得安心。

她就这样跑进了厕所,随后高木木硬着头皮去外面超市给她买了卫生棉和一条奶奶穿的睡裤送了回来,她蹲得腿都麻了。等彻底解决了混乱,辛丸子才真正感觉到无法面对,她抱着换下来的两件衣服,扭捏着说:"我给你洗……"

高木木在她脑门狠拍了一下,假装生气地说:"你天天胡思乱想什么,自己身体不注意,刚才还喝凉饮料。"

辛丸子自知理亏,也不敢还嘴,脸颊比跑完步还红。

"肚子疼吗?"高木木问。

"你懂得还挺多……"

她咕哝一句,狠摇了摇头,实在受不了这种微妙气氛,转身就往外跑。

结果晚上大家集合在学生会办公室开第一次微电影准备会议,高木木居然当众递了她一只保温杯。辛丸子犹豫地喝了一口,发现是红糖水,差点一口喷出去。

因为学校并没有多少艺术类的科系,更没有表演系,所以大家都是业余爱好者。有人负责摄影,有人负责打光,有人负责导演,有人负责剪片子,收音的事情最后也丢给了辛丸子。虽然她有点紧张,但看着大家热火朝天地讨论,心里还是充满期待的。他们这一届很快就会变成历史,大家与其说是为了去参加比赛,还不如说是想留下些什么。

就如高木木所说,胡苏扮演女主角,她为此还特意剪了个头发。让辛丸子没想到的是胡苏的人缘还挺好,各个系都有朋友,她跟别人说话时都很和气,唯独眼神一瞟过她就开始往上翻。

不得不说胡苏确实漂亮,脸也上镜,自幼学舞蹈形体也好,即便是辛丸子也无法硬说她不合适。不过男主角就差很多了,辛丸子完全不认识,只知道是学生会的一个小领导,似乎是个学霸。长得……也算看得过去,可他顶着个杀马特的发型,而且发自内心地觉得自己的发型很帅。辛丸子好笑地发现胡苏看见男主角的时候,眼睛翻得比看见她更厉害。

"哎,"直到散会时辛丸子才问高木木,"你没有任务吗?"

高木木耸耸肩:"有啊。"

"我没听到啊。"

"陪着你,等你出纰漏,随时帮你收拾烂摊子。"他粲然一笑,"像今天下午那样。"

辛丸子又羞又恼，用力把保温杯塞到他怀里，撒腿就往宿舍跑。可是月光在道路尽头悬挂着，皎洁而明亮，将校园小径笼上了一层如纱般淡淡的光，像嫦娥薄如蝉翼的披帛。她想起自己只有还不懂事那年纪会披着床单装仙女，后来的她都是喊"去吧皮卡丘"。

　　但就在这一瞬间，辛丸子心跳得像是揣了只兔子，突然又有了那种轻飘飘做仙女的错觉。

　　她意识到那是一种能够超越世间一切烦恼的愉悦。

　　然而当他们把前期准备工作都做完，景也取了，乱七八糟的声音收了不少，开拍后第三天，男主罢工了。

　　这三天几乎只拍了一个镜头，还不是有亲密动作的那种，仅仅是眼神戏。可男同学和胡苏真的是不来电，两个人一对眼神就尴尬，气氛冷得连周围人都快冻上了。所以最后他主动说不干了，大家居然都有松了一口气的感觉。

　　但好笑的是辛丸子和其他人都以为他是发现了自己不适合演戏，后来才听到八卦说他真的喜欢胡苏，本想借这个机会抱得美人归的，他还觉得自己表达得挺清楚，能评个影帝什么的呢。对此胡苏瞠目结舌，特别委屈地说：「他总是瞪我，我还以为他对我有什么不满呢！」

　　辛丸子第一次被胡苏逗笑了，她甚至觉得也许这次微电影拍完，她和胡苏的关系能恢复正常，但这个愿望下一秒就粉碎了。因为胡苏说："既然要换男主，我提名高木木。"

　　不等坐在一旁拿手机吃鸡的高木木反应过来，辛丸子已经在众目睽睽之下跳起来高高举起了手，道："我反对！"

　　一瞬间周围没人敢说话，彼此却交流着五光十色的眼神，一个个激动得直抖腿。他们知道，好戏开场了。

✧ 4

　　"你凭什么反对？"

"学校里那么多男生,你为什么非要他当男主啊,你这就是假公济私!"

"咱学校总共有几个男生你不清楚吗?"

"……那、那也不非得是他啊!"

回想了一下学校里稀少的男生资源的大体颜值,辛丸子多少有点心虚了,因为她不得不承认高木木似乎是个合理的人选。但她提前看过剧本,想到高木木要和胡苏在她面前演那些辣眼睛的情节,她觉得自己拼死也得反对。

"说我假公济私?"胡苏像是突然想到什么,看着她挑了挑眉,冷笑了一声,"你还不是他硬塞进来的,一开始谁想到找你了?自己走后门还好意思说别人。"

"你!"

眼见着两人就要吵起来,看热闹的同学们都打着哈哈把她俩拉开,两个人背对而站,不搭理对方。可男主角确实得再选一个,这种时候注意力反倒聚集在了高木木身上,却见他正蹑手蹑脚往远处走,明显想要溜之大吉。

辛丸子叉着腰喊:"别跑!"

他僵在原地,无奈地回过头假笑,偷着叹了口气又走了回来。

"你是怎么想的?想当男主角吗?"辛丸子意有所指地问,丝毫没注意到其他人酸得牙都快倒了的表情。

高木木抓着头发说:"这件事我就不发表意见了吧,看大家需要吧。"

有一个学生会骨干突然提出来:"要不然除了高木木之外,其他人举手表决?"

也没有其他法子,大家纷纷点头。胡苏扭头看了辛丸子一眼,也没有表示异议。

"那好。同意高木木出演男主角的举左手,不同意的举右手!"

大部分人都是随意的态度,有好几个举了两只手,辛丸子知道自己的态度,所以根本没急着举,她偷偷在心里数着赞成和反对票的手,结果发现居然完全一样。她喜形于色,慢悠悠举起了右手。

最后表决结果就因为她这一票反对而定格,再看胡苏的脸已经彻底阴转雷电预警了。

"可……男主角怎么办?"一个投反对票的男同学默默看着自己的右手,他本来是想投赞成的,毕竟他没什么理由投反对,但他没分清左右。如今他不太敢看胡苏,只能尽快转移话题。

辛丸子摸着耳垂,扭头跟高木木对视了两秒钟,一个名字突然从脑海里跃了出来,她脱口而出:"苏严!你们认识苏严吗?觉得他合适吗?"

高木木忍不住"咳"了一声,凑到她旁边小声说:"你真是卖朋友一流。"

"怎么?你后悔了?"辛丸子不动嘴地说。

"不敢不敢,苏严比我合适,人家长得多好啊,人见人爱花见花开。"

这可给了辛丸子台阶,她一跃而下,眉飞色舞地说出了声:"那是!我不同意你演就是因为觉得你不够格,人家苏严长得比你好看多了!"

高木木连连点头,对她竖起了大拇指。

不过苏严并不是个爱出位的人,本系里认识他的不少,因为他文笔好,而且长得神似林志颖,但外系知道他的不多。辛丸子拿出手机打开苏严的朋友圈,找到了一张自拍,举给每个人看,不停游说:"不错吧?比这块死木头帅多了吧?人也超可爱的,肯定很配合。"

"是不错哎,不过这照片肯定美颜了吧!"

"绝对不是照骗,我保证!"辛丸子拍着胸脯,"我替你们把他找来!"

这一次仍旧是其他人都没什么意见,想着见到人再说,结果又是胡苏激烈反对:"谁都行,不能是他!"

看她的反应,辛丸子彻底相信了那天苏严说的话,看来确实把胡苏得罪得不清。

她破天荒地走过去,大义凛然地说:"我知道苏严上次话剧票的事做得有点过分,我替他给你赔不是还不行吗!这样,我给你俩买两张电影票,培养一下感情?"

胡苏瞪了辛丸子一眼,其他人却明白过来:"你俩之前认识啊,那不是挺好的,叫他来,叫他来!"

"不……"

发现胡苏还想反对,辛丸子赶紧抓住她,把她拽到了一边,挤眉弄眼小声说,"你得替大家想想啊,本来凑在一起的时间就不多,再拖下去赶不上比赛,不是前功尽弃吗?"

"那你怎么就是不肯让高木木演啊?"胡苏还记着这个茬。

辛丸子咬着嘴唇,没说话。

"小气劲儿的,谁稀罕!"

虽然还是满身别扭,但提到集体利益胡苏就没再说什么,算是默认了对于苏严的提议。辛丸子再一次觉得胡苏其实人不坏,就是刀子嘴罢了。与此同时,她也觉得自己实在愧对苏严,为了不让高木木献身,就把他卖了。

但是辛丸子就是不肯面对自己不愿意让高木木和胡苏演对手戏的真实原因,即使其他人早就看出来了。

只不过说服苏严出演男主角可是费了辛丸子几车的力气,险些说到嗓子发炎。苏严对演戏毫无兴趣,最关键的是演对手戏的还是他最不想见到的胡苏,他对辛丸子的这个要求无法理解。可是他又不忍心辛丸子课上课下追着他劝,最后只好说:"我可以试试,不过不合适别怪我。"

把苏严拉到剧组面前,有两个女生眼睛都亮了,暗自讨论居然没发现学校还有这种隐藏的黑马,几乎立刻就定了下来。大家开开心心商量重新开拍的时间,丝毫没注意苏严和胡苏相看两厌,站在最远的两个角落还在互相飞眼刀。

对此高木木也很纳闷:"他俩是什么时候结梁子的?"

"我也不知道。"辛丸子嘟着嘴,"苏严说他最不喜欢胡苏这个型的。毕竟他喜欢我这个型的。"

"你是什么型的?"

辛丸子低头看了看自己,又看了看胡苏,半天说出一句:"……基因突变型的?"

高木木笑着拍了拍她的头。

正式开拍以后所有人都发现他们遇到了更大的麻烦,这个麻烦并不是哪个人带来的,苏严和胡苏都很上镜,而且苏严入戏意外地快,只要不是太过亲密的戏,单单是两个人在一起走走路聊聊天,拍得都很顺利。但第一场重头戏却状况百出,只是个很普通的狗血剧情,女生腿受伤,男生要将她打横抱起来去医务处,却不料苏严无论如何也做不到。

事先怕他们不好意思,大家还特意找了条没多少人的路,只要苏严把胡苏抱起来,往前走几步,大家就可以收工去吃火锅了。可从一开始苏严就很抗拒,站在一旁紧张得直转圈。直到导演喊"action",场记拿着一副快板在中间打了一下,只见苏严深吸一口气,脸上的表情悲壮得如同要英勇就义,弯腰就要去搬胡苏的腿。

结果……一下居然没抱起来,差点把胡苏扔在地上。

众人一片死寂,这种时候都不知道应该同情谁。很显然胡苏已经很纤瘦了,只是她比较高挑,目测身高比苏严矮不了多少,确实不是那种能当书包挂件的娇小妹子。无论是"抱不动"还是"抱不动",都挺伤两个人自尊的。

"意外、意外……重来!"

导演一声令下,第二次机会。这次苏严摩拳擦掌,活动着胳膊和手腕,誓要一雪前耻,这次他终于干脆地把胡苏抱起来了,也走得很稳当。但他身体板得像树干,每一步都走得异常悲壮,让胡苏觉得自己此刻演的是一具尸体。她尝试着抬头看了一眼,苏严的侧脸很好看,但他咬牙憋气的样子实在让胡苏觉得屈辱,她忍不住大喊:"不行!我受不了了!"

她拍打着苏严的肩膀,让他把她放下,苏严也觉得如释重负,一秒都没犹豫。

等胡苏气急败坏地回头想跟其他人抱怨,发现大家早已笑得前仰后合,尤其是辛丸子,都已经从小板凳上滑了下去,意识到不再拍了之后,终于控制不住一阵"鹅鹅鹅"的怪笑。

"编剧、导演……我有个提议,"胡苏将长发拢起来,麻利地用皮筋扎成马尾,全然一副下定决心的表情,"我们得改改本子。"

"你说怎么改……"

编剧话音未落,胡苏已经走向了一旁休息的苏严,毫无缓冲直接把苏严打横抱了起来。苏严没有任何准备,根本没想起反抗,只是傻傻地看着胡苏,反倒很像是既定情节。胡苏朝一众人等昂了昂下巴,问:"这样拍行不行?"

辛丸子惊得下巴都要掉下来,她眨巴着眼睛看了看身边的高木木,高木木也一脸错愕,但更多的是觉得好笑。

"你干什么啊!"苏严后知后觉,扑腾着从胡苏手上下来,立刻转身跑远了,嘴里嘟哝着,"怪力女……"

他抓耳挠腮地把脸扭到背对所有人的那一边,不知为何居然连脖子都泛红了。

"他说他最不喜欢胡苏这一型的,是吗?"高木木突然问,眯着眼睛若有所思。

辛丸子点头。

"一般人对与己无关的人大都是没有感觉的。莫名其妙的讨厌,有时候和莫名其妙的喜欢是一样的。"

"你的意思是说……"辛丸子再度看向别扭地躲在一边的苏严,和放飞自我的胡苏,忽然觉得这两个人没准是互补。

没准,是缘分啊!

从那天以后这部戏的路线算是彻底歪了,本来的设定就是男子力很强的学长和甜美女朋友,为了配合胡苏的御姐气质和苏严的害羞,一点点将剧本改成了野蛮女友和小奶狗男友,但大家看得很愉快。

无论是胡苏壁咚苏严,还是胡苏替苏严拧开瓶盖,都显得十分新颖别致,而且所有的反应都很真实,看着特别顺眼。

辛丸子举着收音设备喜滋滋地看着,笑得特别欣慰,因为她注意到苏严和胡苏的关系有所缓和,至少两个人不再互相翻白眼了。毕竟都是漂亮的男孩女孩,这一套少女漫画经典场景演下来,谁的心也不是石头做的,产生化学效应也很正常。

"不行,苏严,这次必须你主动。"

演到一个发生小矛盾,女生假装生气,希望男生能主动和好的情节时导演要求苏严这次必须主动去做。只要一个非常简单的动作,麻利地抓住手往回扯。然后胡苏顺势转身,两个人对视,缓缓相视而笑就可以了。

"好!"苏严深吸一口气,下定了决心。

但胡苏已经转身了三秒,还是没人去抓她的手。说起三秒感觉很快,真的拍在视频里是很慢的,她知道已经失败了,所以忍不住回头去看,却见苏严满脸通红,咬着嘴唇像第一次牵女生手的小男孩一样,他的手已经伸到一半了,离她的手指还剩半厘米。可一看到她扭头,苏严立刻像烫到一样收回了手,眼睛忽闪忽闪狂眨个不停。

本来胡苏是很嫌弃他的,回头是想说"你又怎么了",可撞见他紧张的样子,居然一瞬间脑袋空白一片,什么都忘了。过了好一会儿,她无奈地叹了口气打算去喝水,经过苏严身旁的时候抬手在他额头上弹了一下,什么都没说。苏严吃痛地叫了一声,双手捂住额头,却也没还嘴。

辛丸子在一旁激动地用手肘撞高木木,差点把他从椅子上推下去,咋咋呼呼地叫:"你看他俩是不是真有戏啊!"

高木木反手在她脑门上也弹了一下,反问:"那是不是证明咱俩也有戏啊?"

"少趁机占我便宜!"

她可不是苏严,跳起来就想还手,高木木赶紧往后仰身躲开,嘴角却快扯到耳朵。两个人正闹着,导演和其他两个人耳语了两句突然转过头看向他们,招手道:"丸子,你和高木木给胡苏他俩做个示范呗!"

示范?什么?辛丸子一时没明白。

"就是你俩演一下,让他俩看看。"

辛丸子还是没明白,茫然地问:"为什么?"

"因为这儿就你俩是一对儿啊!来来来,别害羞!"

两个女生说着就过来一左一右把辛丸子从椅子上架了起来,她拼命挣扎着,深切地觉得这是一个坑。可一扭头却发现高木木已经自己起身走到了站位点,站在坑里等她了。

"我无理取闹?你说我无理取闹?"虽然被台词雷得外焦里嫩,心里把本子摔了无数次,但辛丸子还是很快就入了戏,她一开口台词标准且犀利,立刻把档次提升了一个 level,大家的注意力被吸引得死死的。辛丸子气哄哄一跺脚,"你才冷酷,无情,无理取闹!"

"我冷酷无情无理取闹?我能有你冷酷无情无理取闹吗?"高木木冷淡地说。

"既然你说我冷酷,无情,无理取闹,我就冷酷无情无理取闹给你看!"

辛丸子恨恨地瞪了他一眼,风风火火地转身就要走,辫子和手臂都甩出了很大的弧度。就在这千钧一发之际,高木木快而准地伸出右手抓住了辛丸子的左手,想将她的身体扯正。但高木木用力过猛,拽得辛丸子脚步不稳一下转得太过。为了不折到两个人的手,高木木只能拉着辛丸子的手抬过头顶,配合且控制着她转了几圈,两个人如同跳交际舞一样,最后高木木在辛丸子腰间收紧手臂,辛丸子上半身向后仰倒,定格成了经典 POSE。

"你你你你你你……故意的!"辛丸子仰视着高木木的脸,语无伦次地说。

"那我松手了哦?"

高木木假意要撤掉辛丸子腰后面的手,辛丸子为了防止自己当众摔下去只好拽着他肩膀的衣服惊慌地站直了,然后才跑开。

一抬头发现旁边一排人眼睛都直了,辛丸子这才忽然反应过来他俩是在给别人做示范,结果抢了戏。安静了片刻,导演带头鼓起了掌,不止一个人关怀备至地对辛丸子说："没想到，你还真是个戏精啊。"

然后又看向高木木，立刻改口："两个都是。"

从此辛丸子和高木木有了一个新的绰号叫作"戏精夫妇"，没有丝毫贬义的那种，如果非要说有一点，那就是对他俩当众秀恩爱的怨念。虽然辛丸子上蹿下跳希望能抹去"夫妇"两个字，但很显然没有人听取她的意见。

并且在那之后但凡有苏严和胡苏演不过去的地方，众人就一致决定让他俩继续示范，于是虽然他俩不是主角，却也将关键情节都走了一遍。

有那么几个瞬间，当辛丸子看着高木木的脸，自己在心中配着旁白，那些狗血夸张到天理难容的情节全都变得柔和起来。或许是她根本就没搭理那些台词，她本色出演了自己。

所以眼神是真的，心跳也是真的。她感觉到心里的蠢蠢欲动，像有什么东西正破土而出，即使是她这样悲观又迟钝的人，也无法再忽视了。

就这样断断续续终于拍到了最后一个关键情节，堪称全剧的精华——假如这部剧真的有精华的话。

这部微电影的剧情很简单，就是一对情侣在大学校园里相知相恋，但临近毕业女生要追求梦想出国深造，而男生因为一些原因不能一起去，两个人面临最后的抉择，是坚持还是分手。

本来一开始他们还幻想可以看到胡苏真情实感地哭，后来发现实在行不通，还是准备了眼药水。可怕的是这段日子的拍摄胡苏和苏严已经彻底熟了起来，不仅冰释前嫌，话还变得多了。胡苏滴完眼药水，马上就要说台词，结果一抬头就撞见苏严在偷偷做鬼脸，她扑哧一声就笑了出来。

因为镜头是对着她的脸的，没人注意苏严在做什么表情，她又好气又好笑，却没有揭穿。

她擦着脸上的眼药水，指了指辛丸子："还是让他俩先过一遍吧。"

胡苏只是起了点坏心眼，想看辛丸子这个戏精能不能哭出来，顺便在别人看不见的时候收拾一下苏严。其实她还是挺佩服辛丸子的台词功力的，之前广播站还开着的时候她也不是没夸过，但她就是看不惯辛丸子这种个性,太不爽利了,高木木都表现得那么明显了,居然还在欲盖弥彰。喜欢就在一起,不喜欢就拒绝,多简单的事儿。因此胡苏很长一段时间都怀疑辛丸子是拿高木木当备胎,觉得愤愤不平,可接触下来之后她又觉得辛丸子应该没有养备胎的那根神经。

所以胡苏不得不开始往另一边想,或许……辛丸子真的只是缺根筋。

"我如果不去,我之后可能会后悔。不是可能,是肯定。当我上一点年纪的时候,我肯定会回想,如果当初我这样选择了,我会有另一种人生……我不想有那一天。"

当辛丸子说出这句台词,她的心情忽然低落到了无以复加的程度。她清楚这只是台词,可她无法控制,一边在心里埋怨为什么前面全是恶搞到了最后突然走心了,一边却还是联想到了自己的身上。

他们的拍摄地是学校最幽静的一个角落,一人高的灌木垛搭成迷宫一样的围墙,里面掩着短短一圈石头回廊。回廊的顶上是镂空的网状木栏,爬满了紫藤,几乎一年四季都盛放着,一簇簇紫色的小花从上面垂下来,有些低到会披在人的肩上,把灰色的回廊蒙上了一层无比梦幻的紫色光晕。

这个地方一开始是约会圣地,可大家都当作约会圣地,反而变得不私密了,久而久之倒变成了学霸们背书的地方,还有就是……分手圣地。每一年的毕业季都有人从这里哭着跑走,渐渐成了习俗。

紫藤的花语本就是依依思念,而那么多的离别与眼泪似乎将这一片紫色渲染得更加清冷。辛丸子置身其中,忽然觉得眼前的一切都不真实,有一层若隐若现的雾气打湿了她的心,让她喘不过气来。

她低着头,不敢去看高木木的眼睛。

但高木木似乎没有察觉到她的变化,只是继续说着台词:"我没有想过阻止你,我可以等你。"

"但这不公平。我们都不知道未来如何,我可能一去三四年,我可能留在那里工作,那么多那么多的不确定,你没有义务背负……"

"所以呢?你不相信我们之间的感情能跨越时间地理的障碍?"高木

木提高了声调,"你是想分手吗?"

辛丸子把头垂得更低了,眼眶里漫上一层水光。

高木木叹了长长一口气,用失落至极的语气说了声"好",转身大步流星往前走。辛丸子促促抬起头,一滴眼泪顷刻坠落,她甚至没有知觉,往前追了两步,却又停了下来,几不可闻地叫了声:"我……"

喉咙冷不丁被哽住,一声破碎的哽咽顺势而出,辛丸子再也忍不住,双手捂住脸缓缓蹲下去埋着头大哭了起来。

她哭得委屈又凄凉,听得人揪心不已。周围一片死寂,举着摄像机拍了全程的同学目瞪口呆,不敢相信辛丸子能演得这么真。就连抱着看笑话心态的胡苏也愣住了,和苏严面面相觑,都不明白眼前是什么状况,说她是戏精她还真超常发挥了?

"好了、好了……"离得稍远一点的高木木也被吓了一跳,但却是反应最快的人,他对着摄像机打了个手势,意思是后半段就别拍了,然后在辛丸子面前蹲下,拍了拍她的头,"这是怎么了,还入戏太深出不来了?"

辛丸子想还嘴,尝试了一下却放弃了,因为她的眼泪根本停不住。她感到内心所有的屏障都被这场眼泪冲散了,浩浩荡荡汇成了一条河,带着她漂着漂着,而目的地就在她的眼前。

是高木木。

即使明天全校人都会知道她是个戏精也无所谓了,要怪只能怪这场该死的戏为何偏偏如此戳中她的软肋。那一刻猝不及防的心痛太真实了,辛丸子只能缴械投降,承认她原来早就喜欢上高木木了。

原来,她是那么害怕与他分离。

CHAPTER 12 爱与梦

✧ 1

　　微电影自然是没得奖的,投过去连朵水花都没有就沉寂了。不过说实话这个结果是早就预料到的,大家谁也没想着能遇见视力不好口味特殊的评委,对他们而言更享受的是做这件事的过程,和期间大家的每一次聚餐。

　　当然还有最后成片剪出来的那天,大家组团去看《超能陆战队》,由一个人统一订票,然后把兑换码分发给个人,辛丸子指着挨着的两个座位,兴奋地提醒:"把这俩分着发给胡苏和苏严吧。"

　　女生们嘻嘻笑笑地照办了,然后指着另外挨着的两个对她说:"给你俩?"

　　辛丸子知道对方说的是高木木,她挠了挠鼻梁,没有说话。

　　自从明白了自己的心意,辛丸子反而不别扭了,仿佛双肩上摞着的沉重的东西通通碎落了,身心变得轻快,视野也更广了。虽然回忆起一路走来的种种,她不是很明白自己怎么就喜欢上了这个坑她蒙她骗她的惯犯,可喜欢一个人总不是错的。

　　那场电影之中胡苏和苏严究竟发生了什么没人知道,总之散场后那两个人分隔好远走路,看上去有点怪。但辛丸子知道自己这边发生了什么,高木木每次都非要赶在她的手在爆米花桶里的时候也伸手去拿,两个人的手无数次碰到一起。一开始辛丸子不住地脸红心跳,但过了一会儿想好好吃爆米花的念头就压倒了一切,她和高木木的手就在爆米花桶里面打了起来。最后爆米花桶倒在辛丸子身上，洒了一身一地，电影的后半段他俩就趴在地上一粒一粒捡，周围人哈哈大笑时两个人都不明白是怎么回事。

可是同样很快乐，轻飘飘软绵绵甜滋滋，像爆炸得最完美的爆米花。

"你现在能告诉我，演那场戏时，你为什么哭了吗？"回学校的路上高木木问。

他其实一清二楚，只是希望辛丸子能自己面对。

"当然是因为我专业的演技啊。"

"……"

看来是没希望了。高木木只好换个方向引导："转眼就毕业，想好以后了吗？"

辛丸子再也装傻不下去，她其实认真想过了，她读了四年的师范，耗费了父母那么大的精力和财力，如今她轻描淡写说重头来过，设身处地去想如果她是父母也会爆炸的。尤其当她了解到自己确实喜欢上高木木，而高木木是必然要考本校的研究生的，如果她坚持，那他们极有可能会分道扬镳。

她甚至想不通高木木一直以来怂恿她追求梦想究竟是为了什么，难不成高木木并非喜欢她，只是个助梦大使？

"我想问你，"辛丸子停住脚步转过身抬起头凝望着高木木的眼睛，忐忑地开口，"关于那场戏，如果你真的是男主角，你会怎么选择？"

这个问题几乎用掉了辛丸子为数不多的勇气中的大半，她坚毅的眼神只维持了两秒就逐渐被胆怯覆盖，像只为了块骨头和大型犬僵持不下却最终只能呜呜咽咽倒退开的小狗。

可爱到让人心软，可爱到——当她企图低下头时，高木木果断俯下身吻上了她死死咬着的嘴唇。

辛丸子在那一瞬间瞪大了眼睛，眼前却只有一片白茫茫的光，仿佛全世界的光都笼在了她的身上。

"这就是我的回答。"高木木说。

那天晚上辛丸子都不记得自己是怎么回到宿舍的，据第二天明显睡眠不足的室友说她半夜不止一次发出了无比诡异的"咯咯咯"的笑声。

原本辛丸子是计划下次回家和父母坐下来好好谈一谈，冒着被打断腿的危险，她想着实在不行就让高木木顶在前面，势头不对就大喊"是他怂恿我的"，争取保命。对此高木木倒是没有多大意见。

但没想到的是，很快辛丸子就发现自己又一次出名了，她入学时所期望的低调甚至孤僻的大学生活非但从未到来，反倒从一而终地让她成了焦点。他们的微电影在校园论坛上一炮而红，帖子反复被顶起来，最后居然被管理员设置了标题加亮加粗并且置顶。

然而大家的关注点并没有在男女主角上，因为下面的楼里无良剧组人员还不停地往上传当时的一系列拍摄花絮，几乎把机器里剩下的所有素材全发出来了，其中自然包含辛丸子和高木木的"示范"。这一对的热度完全盖过了正片，花絮的点击量超越正片好几倍，楼下的人们一水儿地喊着："他俩好甜，好般配！"

一时间"辛丸子""高木木""微电影""可爱系女生"……这一类关键词在论坛热门榜里跳来跳去，很多人议论着"虽然辛丸子不是胡苏那种一眼美女，但越看越舒服"。最开始的时候辛丸子只是觉得没脸见人，还带着点小小的窃喜，虽然不停警告自己不要去理睬，却又一天刷论坛八百回，恨不得把所有楼层都刷过来。

正因为此，她发现了一件奇怪的事，最开始把花絮顶上来的刷她和高木木般配言论的都是一堆未实名的新号。她点进去一个个地看，发现那些新号就只顶了这一个帖子。正是这些帖子引导了话题风向，让她这个帮女主角踩点的替身演员意外爆红了。

"高木木！你居然雇水军！"

深谙高木木套路的辛丸子，临近毕业终于不再是个傻白甜了。

"别开玩笑了，我才不会花钱雇水军，"高木木毫不紧张，"我自己注册一批号就够了。"

辛丸子欲哭无泪,可看着那一排的"超般配",她也实在生不起气来。

然而好景不长,就在辛丸子订好了回家的票,几乎每天都跟高木木嘀咕一遍自己用来和父母摊牌的腹稿,心中充斥着小小的恐惧和稍大一点点的勇气时,另一个帖子一夜之间被顶了上来,讽刺般一直黏在置顶的下面——胡苏实名讲述高三毕业的那年高木木是如何和她表白的。

如果辛丸子现在不是当事人之一,她肯定也和其他人一样拿这个当爆炸帖,带着唯恐天下不乱的心情去看。可如今当她睡眼惺忪完全靠条件反射打开校论坛,直接就被这道惊天闪电劈醒了。

胡苏的帖子写得毫不煽情,她似乎并不是要去针对谁,更不是想要证明什么,单纯是有感而发,想起了过去的趣事。

当初在高中的时候她对高木木并无半点好感,因为高木木是那种他自己不愿意,就永远不会显山露水的人。那个时候虽然同窗三载胡苏对高木木的印象就只是学习成绩不错,人也算温和,仅此而已。

毕竟在高中那种小圈子里,胡苏的外形是绝对出挑的,情窦初开的少年们笨拙而莽撞的好感她直接间接见了太多,她和辛丸子不同,她是从小活在赞美里的,便也不会为了赞美而想要努力什么。然而整整三年,胡苏并未察觉到高木木对她一丝一毫的喜爱,他们就像两尾在浩瀚海洋里从未交错而过的鱼。

所以当高三毕业的最后一场大聚会,高木木在众目睽睽下主动和她表白,她惊呆了。当时她当机立断,认为高木木一定是在和人打赌,所以她颇为反感,甚至刻薄地拒绝了。

是在拒绝之后,胡苏一个人安静下来想了想,才逐渐察觉到不对劲。高木木的表白话语非常真诚,真诚到太过实际,根本不浪漫,可却正中她下怀。那之后胡苏拐弯抹角去打听高木木的个人情况,才知道高木木当时已经进入了职业电竞圈,她突然意识到自己可能因为傲慢而错失了一支潜力股。

高木木表白的话语是:"据我观察你是个偏理性的人,你知道自己要什么,也知道自己该怎么努力。我也是这样的人。我不想在无谓的人和事上面花时间。我想我们各方面都很合适,在一起的话有益无害,你要不要考虑一下?"

而胡苏的回答是:"对不起,你谁啊?"

之后高木木就独自离开了,聚会包厢里一片吵闹,都说胡苏太狠了,人家男生挂不住面子。后来胡苏反省了一下,如果高木木当时不是跟男生打赌,那她确实说得太过了。

正因为此,当胡苏在大学远远看到高木木,她一时没敢打招呼。虽然她心里觉得这可能真的是缘分,从那起一直偷偷摸摸关注着高木木,但她总觉得开不了口,两个人的面子都有些过不去。更何况那个时候她以为高木木已经和辛丸子在一起了,认识的人都是这样说的。

直到高木木职业电竞选手的新闻爆出来,辛丸子的室友偶然跑到她屋里聊八卦,说辛丸子在屋里偷偷哭呢,大概是分手了。始终装高冷的胡苏终于忍不住出了招。

接触得多了之后,胡苏愈发觉得当年高木木的话是对的,无须太多的感情,他俩确实是合适的人。而相比之下辛丸子就是个笑话,每天打扮得像个没长大的孩子,迷迷糊糊疯疯癫癫,除了声音好听点哪里还有优点。胡苏可以接受高木木现在不喜欢她了,或者还在怪她,但她无法接受自己输给辛丸子。

她觉得高木木如今的选择简直和当初的说法背道而驰,根本就是在打自己耳光。

大半天里辛丸子都在刷新胡苏的这个帖子,她没有看到疑似高木木的回复。帖子里的每一个字似乎都在让她看清现实,高木木是个不相信爱情的人,他找的另一半最重要的因素是般配,那么很显然胡苏是更般配的。她开始胡思乱想会不会是因为高木木被胡苏拒绝太过伤心,病急乱投医才找到她。

或者说……只是利用她刺激胡苏？

辛丸子想起那天晚上的吻，路过的司机将灯光照到他们身上，那个时候她觉得自己化成了一缕烟，可以升到云里。可如今一场雨砸下来，她又摔回了地面。

她摸着嘴唇，用力摇了摇头，起身往外跑。她得找高木木问清楚。

跑到宿舍外面辛丸子才发现自己太急了，连手机都忘了拿。她也没有回去，而是继续往男生宿舍的方向跑，跑到中途辛丸子突然刹住脚，猛地回头一瞥，一个熟悉的身影站在一条不起眼的羊肠小径。她慢慢退了回去，隔着几步的距离看着高木木和胡苏明显是背着人在偷偷交谈，胡苏脸上带着无可奈何的笑容，很柔和。

难不成在发现胡苏对他并非全然无意之后，高木木来讲和了？他俩终成眷属了？

胸腔里传来一声清脆的"啪"，辛丸子听得清清楚楚，她一开始还下意识低头去看是什么掉了，后来才意识到那就是心碎的声音。

不止是心，辛丸子忽然觉得自己五脏六腑都碎了，裂开一条条缝，里面奔涌而出的东西直接冲散了她的理智。她跺着脚大喊了一声："高木木！"

等到高木木回过头，却发现她什么都没再说，已经气急败坏地跑掉了。

"还不快追，"胡苏拍了高木木一把，"闻见没有，醋味迎风飘十里。"

本来高木木也想追的，就一错神间却又停住了脚步，突然放松了下来。他摸出手机拨着号，顺便还和胡苏打趣："你刚才听见什么声音没有？"

"什么？"

"啪的一声，"高木木把手机贴到耳边，"大概是醋缸碎了的声音。"

胡苏抬手假装在鼻子前扇了扇，不过转念还是担忧地问："真不追啊？"

"不急，先打个电话。"

正说着手机那边就接通了，高木木笑容满面地喊了声，"阿姨，我和您说个事——"

三天后辛丸子回到了家里，她心中的气恼非但没有减少半分，反而膨胀得快炸了。因为高木木明明看见了她，却没来找她解释任何事。因为周围人都看到了那个帖子，在她面前咒骂胡苏，并且真心地安慰着她，仿佛她已经输了。

她才没输！她要让高木木知道她绝对是匹黑马，放弃了她才是有眼无珠。

高浓度的醋不停催化着她心中的冲动，以至于一踏进家门辛丸子就急不可耐地朝爸妈喊出了自己的决定："爸妈，我毕业后想去日本念声优学校！"

走过来接她行李的爸爸和坐在沙发上看电视剧的妈妈同时将视线停在了她的脸上，直截了当，完全无法回避的那种。辛丸子预料之中的爆发，起码是反问，并没有出现，有的只是令人屏息的沉默。

是她从前最害怕的气氛。

冲动渐渐散去，理智回归了身体，辛丸子终于清楚地意识到她真的说出口了。终于，她让这个原以为会永远深埋在心底的愿望见了太阳。

她知道自己已经没有回头路可走了，一旦见了光它就不再是自说自话的微小愿望，而会迅速地长大成为梦想。

✧2

"你再说一遍。"

三个人坐在吃饭的桌子上，辛丸子单独坐在一边，感觉自己正在经历面试。她听到妈妈开口，紧张地抠着椅子背面，牙齿打战地说："我、我……我说我想去日本留学，去念声优学校。"

"你决定了？"

让辛丸子意外的是爸妈居然没有问什么是声优，她都准备好了解释，只能硬生生咽回去。她偷瞄了一眼妈妈，被犀利的视线瞬间撞回来，差点就咧嘴假笑说自己是开玩笑的了。但她又想起了高木木，明明说好无论如何都会支持她的，可转眼就和胡苏说说笑笑，像是把她忘了个精光。她一鼓作气点了点头："决定了。"

片刻沉默后爸爸先叹了口气，辛丸子这才发现爸爸的脸色极度难看，她原以为妈妈的反应会比较大的。

"别理他。"妈妈注意到她的眼光，强行将她的注意力拉了回来，"你还记得小时候我和你爸送你去学这学那吗？"

往事不堪回首，辛丸子挠了挠头，没有说话。

"哪个家长不希望孩子有个特长啊，"妈妈单手支着头，仿佛已经陷在回忆里，不住地苦笑，"可你小时候真的是哪项都不行。送你去学跳舞，过了三天老师就跟我说你不适合学。送你去学画画，你只会蹭自己一身铅和水粉。你爸手把手教你学钢琴，你连虫儿飞都倒不清手指，气得他差点犯心脏病……"

听到这儿辛丸子实在忍不住要帮自己分辩一下："我现在可以把虫儿飞弹全了！"

"……这并不值得骄傲。"

被她打岔，妈妈好不容易酝酿好的情绪泄了大半，气得斜了她一眼，隔了几秒才又把话题接上，"正因为你半点特长都没有，我和你爸爸才只能期盼你走一条平凡而踏实的路。实际上我们非常希望你能有一个爱好，不一定要功成名就，也不需要以此加分，梦想这个东西能够给予你的，是面对之后势必会来的日复一日平庸琐碎的日常的勇气。也正因为此，后来你沉迷那些漫画书动画片，买乱七八糟没用的玩意，只要不太过分，我和你爸爸都不拦着你。在这世上活着难免会觉得辛苦沮丧，能有一件事是你真心喜欢的，你就会觉得活着真好。"

辛丸子缓缓抬起了头，她仿佛听出了妈妈的弦外之音，但还不太敢确信。

"现在你突然说你有个梦想，你想去做，虽然我们是觉得有点晚了，毕竟年轻的这几年一晃就过。可转念想想，这是你的人生，你有权力决定怎么走。"说着妈妈推了身旁的爸爸一把，爸爸显然知道她的意思，但有点不情不愿，直到妈妈不耐地催了一句，"快去！"

爸爸走回卧室，没多一会儿拿了一张银行卡出来，一声不响推到了辛丸子面前。然后闷闷坐了回去，继续不说话。

"这是我和你爸从怀你开始一点点存的教育基金，就是怕你以后有点什么大的想法，想去留学什么的，还好你这一路走来就都还挺省钱的。现在存下的这些，就都交给你自己处理了。如果不够，我们再想办法。"

握着那张银行卡，辛丸子有满心的话想说，可一开口就只剩呜咽。她都不知道眼泪是什么时候流下来的，抬手一抹早已满脸都是。

她飞快把银行卡塞进口袋里，才敢放心哭："我、我、我会努力的……我一定努力……"

妈妈笑着说"多大了，还跟小孩一样"，等到辛丸子看向爸爸，才发现爸爸眼中泛泪，但明显不是因为欣慰。她哭得更凶了："爸，我又不是不回来了，你要不要这样啊！"

"还有一件事，"妈妈突然揪住她，正色起来，"既然决定了，什么时候去倒不急。毕业以后先把婚结了，把孩子生下来，趁着我和你爸身体还行，可以帮你们带，然后你们想去继续深造就尽管去。"

房间里的空气好似瞬间凝滞了，辛丸子一头撞上去，整个人都蒙了。她尝试了几次冷静去想，可思绪只要一碰到"结婚""孩子"就立刻打成死结。

"孩子？什么孩子？"辛丸子吸了吸鼻子，感动的情绪逐渐沉淀了下去，升起来的莫名其妙里藏着一丝她很熟悉的不妙气息，"是不是串频了？这是刚刚在看的电视剧情节？"

"别瞒了，小高都和我们说了。"

妈妈说完这句，爸爸突然站起来回了屋。辛丸子突然明白过来爸爸生闷气根本不是因为她突然说要出国啊，而是因为高木木又坑她了！

辛丸子小宇宙爆发，气得险些把手机攥碎，但转念一想高木木至今还这么热衷于挖坑等她跳，是否证明了高木木和胡苏真的已经成为过去时了。

她眼珠一转，突然又偷笑了起来。

费了九牛二虎之力，辛丸子才让爸妈相信了她没有怀孕，这是个绝对的误会。然后她才知道高木木之前打电话回来并没有直说，但拐弯抹角说要多照顾她一点，她最近很喜欢吃酸的，于是做父母的发挥了可怕的联想力。

但当父母问她是否在和高木木谈恋爱时，这一次辛丸子没有否认。

花了大半天总算把事情都谈清楚了，辛丸子备感疲惫，拖沓着脚步要回屋睡觉。走了两步，摸着口袋里的银行卡，她突然回头问："妈，这次回来即使我不主动开口，你们是不是也早就准备好了？"

"不是。如果你连开口的勇气都没有，我们永远都会当作不知道。"

回到房间躺在床上，辛丸子闭着眼回忆之前一系列的事情，爸妈知道了她的爱好与愿望，然后妈妈却没有任何表示，只是要求她把大学念完。可在那之后却给了她配音班的听课证，还偷听她的电台，给她鼓励。一直以来辛丸子想的都是爸妈绝对不会支持她，一定会觉得她天真幼稚自不量力，但其实阻碍她往前走的正是自己的不自信。父母只是在等她自己坚定起来，不再畏畏缩缩找理由逃避，毕竟如果连正视梦想的勇气都没有，就真的没必要投入时间和金钱去尝试了。

而辛丸子后知后觉的这一切，高木木却好似早就看穿了。所以他首先替她把窗户纸捅破，又在她这次回来前先给她妈妈打了电话——虽然电话内容很欠揍。

但很显然高木木知道她这一次一定会开口，她终究会走到这一天，得到想要的结果。

"高木木，你这个浑蛋！"

接到辛丸子电话时高木木正在跟俱乐部的队员一起训练，他随手点了扬声器，结果辛丸子不遗余力地一嗓子吼出来，周围一片爆笑。

他赶紧停下手，抱着电话跑了出去，心里已经知道是怎么回事了，根本不搭腔，只是笑着问："谈得怎样？"

"我爸妈答应我去日本念声优学校了。但是，"辛丸子急急地转了折，声音却又突然弱下来，嘟囔着说，"本来我也不是非要去留学的，我原本想的是念念培训学校，或者看看能不能考个研。还不是被你气的……"

辛丸子说的是实话，如果她不是和高木木赌气干脆就说个最远的地方，她大概到最后也不敢直接提去念声优学校的事。而如今木已成舟，覆水难收，她忽然发现虽然那是最险的一条路，确实她自己最想要的。

"挺好，去吧。"高木木没有半点惊讶，反倒很欣慰，"不过我怎么气着你了？"

"你明知故问！"

高木木忍不住笑出声："如果你在说胡苏呢，我就解释一下。我事先不知道她会发那样的帖子，但她说的确实都是事实。我看到帖子后就觉得当初的事情应该说清楚，所以我就去见她了，然后远远就闻见一股刺鼻的酸味……真酸啊……"

"呸！"

隔着手机辛丸子可有还嘴的劲头了，虽然脸已经红了，"那你和胡苏都说什么了？"

"我和她说……"

高木木故意拉了好长的音，还拐了几个弯，直到辛丸子急得都要跳起来，才终于轻声说："我已经心有所属了。之前的事情，很抱歉，但已经过去了。"

手机贴着耳朵也灼灼发烫起来，到最后辛丸子也搞不清究竟是手机烫，还是她整张脸都热得冒了烟。

原想再细问，可外面突然有人按门铃，吸引了辛丸子的注意力。这个时间家里很少会来人，她听到爸爸去开门的声音，之后就开始叫她："丸子，找你的。"

"你有事？那先挂吧，回头再说。"

高木木似乎听到了，就先挂了电话。辛丸子跑出卧室，一眼就望见门口站着个快递员，怀里抱着一大束的花，站在门边的爸爸脸色阴晴不定。

"你是辛丸子小姐吧，"送花小哥从花簇的顶上拿起一张卡片看了一眼又放回去，微笑着对辛丸子说，"这是一位先生送给您的花。"

这是辛丸子第一次收到花，居然有些不知所措。非常大的一捧白玫瑰，没有过多的装饰，好看得不可思议。如果换作从前，她肯定想都不想就确定是有人恶作剧，但现在大概是因为有了那么个人的存在，她还没看清卡片，内心就有了那么一点点的期待。

辛丸子抬起头对爸爸咧嘴笑了笑，暗自期待爸爸会回屋，却发现爸爸直勾勾盯着花。她只能硬着头皮取出卡片，还没看清上面的字就先看见了落款。

是她想看到的三个字。

——如果你同意，就让今天变成我们的纪念日。

——如果你不同意，我就明天再问一次。

小鹿乱撞地把卡片合上，想塞进口袋，结果手一抖掉在了地上，辛丸子赶紧弯腰捡起来，心疼地吹了好几下，却看到卡片背面还有一行小字——我说的是结婚纪念日。

辛丸子仿佛被卡片烫了一下，又脱了手。

求、求婚？！

◇3

离开家回学校的那天是工作日，妈妈下午才有课，上午特意请了假把辛丸子送到了车站，这在以前是极少见的情况。虽然妈妈不说，可辛丸子能感觉得到，自从她说想去日本留学，然后又看到高木木送的花，有什么东西正在爸妈的心中发酵。

"不用送了，我进候车室等了。"安检口外辛丸子故作轻松地跟妈妈告别，"再过不了多久，我就又放假回来啦。"

"路上当心点，别跟人家争啊抢啊的，又不赶时间。"

妈妈说着眼神扫向她的肚子。

辛丸子愣了一下才明白过来，发酵个鬼，明明是妈妈还在怀疑她的肚子!

都是高木木闹的,莫名其妙的求婚,仿佛更是坐实了怀孕的事。辛丸子默默地想,回学校第一件事就要去把高木木踹飞,让他亲口证实她的清白。

"真的没有啦!"辛丸子单手捂着肚子,"你别听他乱说!"

妈妈不置可否地笑了笑,也看不出信与不信,只是突然感慨地说:"小高是个难得的好孩子,要是能有这么个女婿我做梦都会笑醒。他在电话里说,知道我们希望你能有个安稳的人生,不放心你一个人出去闯。他说没关系有他在,他会满足我们的期待,他也会照应你,让我们就放你去做自己想做的事情。我真的特别感动,怎么会有那么好的孩子。所以你们要是真的有结婚的心思,我们不觉得早,只要你们自己考虑好。"

在火车上,辛丸子反反复复想着妈妈的话,她实在想象不出高木木能说出"让她去追求梦想,我在后面给她托底"这样的话,可当她幻想高木木站在她面前说出这句话,突然有一种少女心被击中的感觉,面红耳赤倒地不起。

过去的一幕幕在眼前回放着,高木木杀进她的世界,一次次把她往坑里带,她在学校一步步出名,她逐渐正视自己的梦想,最后走到了今天……她忽然意识到原来高木木一直在背后推着她,根本什么都不用扮就把她这头猪吃掉了。

可她却觉得,自己何其有幸。

在车上就给高木木发了信息,辛丸子想要第一时间见到他。她暗暗打着腹稿,想着自己就冲过去,揪住高木木的领子,质问他为何毁她清白。

但当她急匆匆走到学校附近,隔着一条马路却看到胡苏和高木木一起站在校门口。辛丸子脑袋里的警报突然响了起来,她如离弦之箭般朝高木木冲过去,一把揪住他的衣领,气冲冲地说:"高木木,你要对我负责!"

啊?她要说的不是这个啊?

不等辛丸子把手松开,高木木淡定地抓住了她的手,深情而又浮夸地点了点头说:"没问题,我肯定负责。"

一旁的胡苏看着他俩,抱着胳膊做了个打冷战的动作,朝一侧挪了两步,看嘴形是想喊"噫"。

辛丸子硬生生抽回了手,刚想用眼神质问高木木怎么又和胡苏凑在一起,一歪头却看见苏严正鬼鬼祟祟接近门口,似乎是不想被她看见,在其他人的后面左左右右掩耳盗铃似的迂回,就差变装了。

她原本想开口喊,看了看已经躲到角落的胡苏,心思忽然一转,明白了过来。

"明白了?凑巧而已。"高木木准确地挡在了她和苏严交错而过的中间,低声说,"非礼勿视。"

于是辛丸子就没和苏严打招呼,两个人假装互相没看到,一里一外地岔开了。走了几步之后她停下来回头看,苏严和胡苏已经一起走了,她双眼放光地问:"成了?"

高木木摇头:"不清楚。"然后立刻又补了一句,"怎么?吃着盆里的还看着锅里的?"

"没有!"她下意识回答完,才明白自己又被耍了,嗔怪地瞥了高木木一眼,加快了脚步往前走,"谁要拿盆吃啊,我要吃就直接用锅!"

"那你就是吃着锅里的,还心疼着昨天过期的。"

辛丸子没忍住笑出了声,突然停下脚步朝高木木踢了过去,但高木木早有预料,果断向后躲开了。这个情景似曾相识,好似这四年里她一次都没踢到过高木木:"都怪你和我妈胡说八道,搞得她到现在还疑神疑鬼!"

"我这是帮你哎,"虽然这样说,但高木木显然憋着笑,"做父母的最关心的恐怕不是工作,而是家庭幸福。我给了他们这个希望,等于让他们没了后顾之忧,他们不用担心你再出去读几年书,然后找不到工作,会落得加入相亲大军,最后晚景凄凉的结果。"

"话是这样说,但……"

辛丸子也不知道,如果没有高木木,她父母会不会那么轻易答应自己的请求。

"先成家，再立业，对父母来说也是个安慰。之后你不在，他们身边也不至于没有人照顾。"

高木木突然从口袋掏出了一张皱巴巴的小纸片，塞进她掌心里。辛丸子打开看，上面是用普通中性笔画的一枚钻戒，旁边写着——戒指兑换券。

她抬起头，还略有些反应不过来，但高木木眼神里势在必得的光太耀眼，已经将她所有的后路都照得不存在了。

"如果你想好了，就可以来找我兑换真的。"

不想被看到眼睛里的泛起的水光，辛丸子低下头把注意力放在纸上画的戒指上，脑袋短路，忽然问："真的会有这么大颗吗？"

"……"

没等高木木回答，她突然上前一步，鼓起了她从未有过的勇气，却还是很轻很浅地靠在了高木木的怀里。他们的身高很悬殊，辛丸子发现自己的脸刚好能贴在胸口靠上一点的位置，心跳声那么清晰，听得她也心慌意乱。

"谢谢你。"她轻轻埋了埋脸，衣服上有洗衣液残留的味道，刺得她耳根发烫。

"喂，你没在拿我衣服擦鼻涕吧？"

这种时刻高木木突然煞风景地问，气得辛丸子立刻假装揪起他的衣服撸鼻涕。但是下一刻高木木突然收紧了手臂，胸腔一震一震地笑了起来。

到最后两个人明明是拥抱，却更像是在逗趣，互相推搡地笑成了一团。

就这样，辛丸子和高木木的婚事就口头定了下来，孩子暂时变不出来，不过结婚还是给了她的父母一些安慰……和打击。妈妈给她打电话，说她爸爸说梦话都嘟囔丸子为什么要这么早结婚。

不出意外，他们毕业那天就是关系升级那天。高木木已经麻利地联络好了两家人见面，然后才通知辛丸子，从不讨长辈欢心的她突然知道自己要见未来公婆，吓得几天都没睡够八个小时。

对辛丸子来说这一切的变化都太快了，人家嘴里说的终身大事，在她这里反而变成了第一步。虽然他俩已经相处了快四年,也确定对彼此的感觉是喜欢,可却是刚刚才树立恋爱关系。

先结婚,后恋爱,这么冒险的事情,她居然真的答应了。

只是除此之外,生活还和从前一样,辛丸子忙忙叨叨准备着 N1 考试,到处咨询留学办理的情况,而高木木也在积极备战考研,两个人即使都在学校也不是总能在一起。有些时候辛丸子会突然胆怯起来,觉得会不会这一切都是一场超长的梦,有一天她终会醒过来,发现她刚刚站在大学门口,等待她的只是四年平平淡淡的日子。

令辛丸子不安的因素有很多,最基础的是她不觉得自己做好了结婚的准备,甚至她不觉得自己能谈好一段恋爱,毕竟看再多故事和实践也是不同的。另外还有,虽然胡苏后来清空了帖子内容,但并没有删帖权限,帖子还留存在那里,后面大批的评论除了个别几个吃瓜群众之外,都是骂胡苏见不得人家幸福跳出来捣乱的,还有零星在说高木木也有问题,怕是他那种人根本不会真心喜欢上谁。

胡苏什么都没说,她删帖和发帖一样随性,反正快毕业了,她根本不在乎别人怎么看。可是帖子的内容却在辛丸子心里留下了一个疙瘩,每当自卑心理乘虚而入,她都会忍不住想高木木究竟喜欢她什么呢。

虽然花了很大的气力准备,辛丸子的 N1 考试还是挂了。深更半夜第一时间查出分数的她再也睡不着,在床上蜷缩着总是想哭,现在连个日语等级考试都过不去,她该怎么相信自己能独自在日本生活学习。

"N1 没过,你说我语言天赋那么差,是不是不该去啊?"她给高木木发了微信,却没想过这个时间他还会回。

但几乎是立刻,高木木的电话就回了过来,幸好辛丸子设置的是震动,她害怕吵醒室友,抓着手机蹑手蹑脚下了床,跑到了楼道上。

"喂……"楼道里只有尽头的两盏灯亮着,非常昏暗,辛丸子从来没在这个时间出来过,觉得有点瘆人,她倚着墙围蹲下抱住膝盖,"你怎么还没睡?"

高木木没有理睬她的问题，只是低声劝慰她："没过就没过吧，还能再考。再说了，不是都定好了过去之后先念语言学校吗，别着急。"

"可是如果我的程度能好一点，我念语言学校的时间就能短一点……"

后面的话辛丸子没说出来，她是想说这样就可以把留学的时间缩短一点。毕竟他们即便结了婚，也是立刻就会分开，之后见面比现在还要困难。

"喂，"高木木的语气突然认真起来，"你是不是觉得我没几年好活了？"

"呸呸呸！"

辛丸子急得跳了起来，不自觉抬高了音调，她的声音在寂静的楼道里起了回音，吓得她赶紧又捂住了嘴。

高木木轻笑了一声："所以啊，我们都是能长命百岁的人，还在乎你多念几个月书吗？"

他的笑声带着温热的气流迅速抚平了辛丸子心上起的细微褶皱，她深吸了一口气，心里舒服了一些。

"好了，快睡吧，明天一早我去找你，带你去个地方。如果我明天在楼下叫你时，你还没醒，我可就自己走了。"

"几、几点？"辛丸子立刻紧张起来。

"不告诉你。去睡吧。晚安。"

爬上床之后，辛丸子看了看床头高木木写的那幅"山有木兮木有枝"，很快就睡着了。

第二天早上九点半，高木木在楼下大叫她的名字，因为大家都已经确定他俩在一起了，也没人在意，只可惜辛丸子的室友都出去了，最后还是隔壁屋的人来砸门才把她叫醒。

等到辛丸子收拾妥当下楼，都已经快十点半了。只见高木木坐在花坛边上玩手机游戏，一点都不急。

"对不起……"辛丸子努力想把头顶坚强竖着的那根头发抚平，但事与愿违，"我没耽误你的事情吧。"

高木木看了眼时间，悠闲地说："没事。我特意提前了一个小时来叫你，刚刚好。"

两个人坐车辗转到了一个辛丸子从未到过的区域,高木木带着她钻进楼群里,眼前忽然出现了一块竖着铁丝网的篮球场。场地里已经有几个男生了,光天化日下就在换上衣,辛丸子一晃到一眼迅速把头转到了一边。

"喂,你们注意点影响!"高木木单手捂住她的眼睛,笑着朝场地里面喊。

"你认识他们啊?"

"老朋友了。"说着高木木招呼她进去,"也是时候多给你介绍介绍我的生活了,省得你胡思乱想。"

心事被说中,辛丸子顿时扭捏起来,却又暗自窃喜着。

废话不多说,几个人要先打一局三对三,由辛丸子在中间掷硬币决定哪边开球。结果一出果然是高木木在的那边,对手立刻号叫起来:"有女朋友加成了不起啊!"

"就是了不起啊。"

高木木凌空抢断球,不忘回头对辛丸子眨了眨眼。

辛丸子蹲在一旁看着高木木打比赛,她好歹是看过不少篮球动漫的人,一眼就能看出高木木不算是个菜鸟。他那么灵活果断,进球率也高,听他们在场上聊天,高木木应该从初中就是篮球校队的。

她满眼冒桃心地想,她何德何能。似乎只有让自己变得更优秀,才能让高木木不至于被人说眼瞎。

可是,她能变得更优秀吗?

出神的片刻,脱手的篮球直冲着她的头飞来,等她余光察觉到阴影,对球类的恐惧已经让她动弹不得了。但说时迟那时快,高木木朝她飞奔而来,抢先一步伸手拦在她的脸前捞住了球,辛丸子甚至能感觉到球带起的风扑在她的脸上。

"反射神经还是那么慢。"

高木木一根手指转着球,挥汗如雨地站在她面前揶揄她,辛丸子仰头刚想还嘴,高木木忽然半蹲下来在她额头上轻轻亲了一下,又转身跑回了场上。

在一片男生的起哄声里,辛丸子后知后觉地感到自己的心甜蜜得快要炸裂了。

他们打了三轮比赛,最后二比一,还是高木木这边胜。之后大家陆续离开,只剩下高木木和辛丸子在篮球场里,她刚想问之后去哪里,高木木扬手把球丢给了她。她仓皇抱住,高木木用下巴指了指球筐:"试试。"

"少看不起人,"辛丸子雄赳赳气昂昂走向篮球架,"别的我不行,但我投篮很准的!"

她先是站到了罚球线上,又觉得有点远,偷偷摸摸往前蹭了好大一块。然后摆了个看起来不错的姿势,朝着篮筐划下了一道……非常低的抛物线,篮球距离篮筐还有非常远的距离,就飞出了边缘。

"嗯,真不错。"高木木跑过去捡球,顺便拍了拍她的肩膀。

"意外!我需要手感!"

"行,不着急,慢慢来。"高木木再次把球丢给她,"你每进一个球就可以问我一个问题,我绝对不转移话题,知无不言。"

辛丸子顿时来了精神:"真的?"

"当然。"

虽然保持着投十个才能进一个的概率,但辛丸子完全没有放弃。她珍惜这个时刻,周围没有他人,只有彼此,而她自己付出了努力才换来问问题的机会,能让她更有勇气一点。

"你和胡苏表白时说的话是什么意思?你不相信爱情吗?"篮球在篮筐边缘滚了好几圈终于朝中间落了下去,球落地之后辛丸子没急着捡,而是立刻转身问。

"我当时说的话确实是心中所想。"高木木自嘲地笑了一下,"你要原谅一个还不知道什么是爱情的十八岁少年大言不惭的傻话啊!那个时候我很鄙视你们女生喜欢的那种狗血的爱情故事,总觉得这个世上哪有那么多非他不可的爱情啊，大多数人不就是彼此合适就将就在一起吗！"

他盯着辛丸子的脸，难得露出了点不好意思的神情，"可是事实证明，人只有遇到了才会懂。我遇到了你之后，立刻就知道，原来爱情是存在的。"

借着回头捡球的机会，背对着高木木的辛丸子激动到面部表情失控，挥舞着手臂给自己加了好几个油。

"可是，胡苏她比我漂亮，比我成绩好。我游戏打得烂，运动也不在行，连字都写得丑，我和你的世界天差地别，你为什么会喜欢上我呢？你没问过自己吗？"

高木木皱着眉摇头："我为什么要问自己，喜欢就是喜欢。而且人和人是不能比的。更何况你擅长的事情，她就算练习也是做不到的。"

篮球一下下撞击着篮板，那声音应和着辛丸子的心跳。

"你爸妈会喜欢我吗？"

"和你爸妈不同，我和父母的关系表面上可能没有那么亲，他们都很忙，但他们从来都支持我的决定。"

"你会后悔吗？"

高木木愣了愣，明白她说的是结婚。

"当然不。"

可是这个问题出口之后，辛丸子的脑袋里再也没有其他的问题了，她忽然意识到自己最深的恐惧其实是这个。

所以她仍旧在问："你会后悔吗？"

"不会。"

她再次抬手投篮，手感似乎真的出现了，准确度越来越高："你会后悔吗？"

"不会。"

"你会……"

篮球离开指尖的那刻，辛丸子感受到了背后传来的温度，抛物线顿时扭曲得不像话。她听到头顶传来高木木很深沉的声音："我们都不能预知未来，所有的承诺其实都是没意义的。可是就算你现在问一万次，我也会回答一万次。我，绝不后悔。"

胸中一口气轻飘飘盘旋着落下了，变成了身下看不到底的云烟，令辛丸子觉得唏嘘，却又情不自禁地赞叹很美。

原来这就是恋爱的感觉啊。她想。

✧ 4

让辛丸子没想到的是高木木的父母很喜欢她，两家人的碰面很和谐。她的爸爸似乎也不得不接受了女儿已经到了婚龄这个事实，不知道妈妈在背后做了多少思想工作。

"你尽管去，我们帮你看着他，他要是敢对不起你，我第一个跟他没完。"吃过饭，高木木的妈妈拉着辛丸子的手说了好几遍相似的话。

辛丸子犹豫着问："阿姨，您不会觉得刚结婚就两地分居不太好吗？"

"两个人在一起如果连这点信心都没有，那就算不得感情。"高木木的妈妈眨了眨眼，辛丸子突然打了个冷战，因为她发现原来高木木神情里的狡黠是遗传，"我和他爸在我们的那个年代因为各自的工作原因，有过十年的异地经历，如果不是偶然的见面不小心怀了木木，可能还会继续。"

彼此还不是太熟，就要直面长辈的情感经历，辛丸子有些不好意思，却又心生感慨。果然高木木的个性与勇气是来源于家庭，可辛丸子从始至终在家庭里只体会到了依赖，她的爸妈年轻一点的时候上下班都是在一起的，甚至连买菜都要一起去。

"为什么一定要分开呢？"她不由自主地问，"为什么不能有一个人牺牲一点，让两个人能安稳地待在一起呢？"

高木木的妈妈很快就看穿了她的想法，斟酌了一小会儿，拍了拍她的手说："如果一份爱情要建立在某个人的牺牲上，它注定是站不住脚的。牺牲终会带来不平衡，这份不平衡早晚会带来坍塌，稳定都是一时的。想要长久的爱情，一是要有心，二是要先爱自己，先把自己变成更好的人，然后两个人才能并驾齐驱地往前。"

这些道理对辛丸子来说似乎太深了,她能明白,可放在自己身上却还是有些想不通。

然而日子却加速度地往前走着。

辛丸子出国的日期定了,语言学校也都安排好了,时间虽然还充裕,足够她和学校好好告别,然而大四还没有结束。

高木木的考研结果已经出来了,他成功留在了本校。

大家纷纷给他道恭喜,他自己也颇为意外,不停地说"第一次只是想试试,没想到会过",然后他转身按着辛丸子的脑袋说:"大概是因为我有吉祥物吧。"

众人异口同声发出:"嚄——"

"别总按我头,长不高了!"辛丸子拼命拍打他的胳膊。

"你已经停止发育有几年了吧。"

"呸,我还是有机会的!"辛丸子跳了跳,突然安静下来,叹息着说,"也许你在研究生院那边会遇到不少老同学呢。"

高木木心知肚明地说:"怎么?寂寞了?"

辛丸子拍了拍胸口:"寂寞什么!那边可是有我一堆的声优男神,我是带着我耳朵怀的十几胞胎去认亲的!"

"你敢!"

高木木毫不留情地捏住她的脸颊往两边扯,发现居然可以像柴犬一样横向扯很远,突然玩得停不下来。

但一个烦恼始终纠缠在辛丸子的脑海里,虽然在一起打打闹闹时会暂时忘掉,但稍有松懈就又会跑出来。她反反复复计算着自己的时间,大概要三年才能完成日本的课业,但前提是没有找到合适的声优工作,她大概才会回来,可假如真的有工作机会,她不可能放弃,那样恐怕两头飞就变成了日常。

而高木木的生活却是规律的,他留在学校念三年研究生,周围大多是女孩子,而且都是优秀的又聊得来的女孩子。如果不是她,高木木或许可以有更好的选择。

虽然结婚对于父母而言是个安慰,对她自己而言也是个保障,更何况她确实是喜欢高木木的,在她歪歪扭扭往前飞的时候知道自己即使摔下来也有人会接住她,她会更加一往无前。可是绑住别人,去成全自己的梦想,这样对吗?

无论其他人如何劝说,辛丸子还是迈不过去心里的这道坎。

最后的这段日子聚会变得多了起来,隔三岔五就有一个小圈子要聚,但邀请辛丸子的倒不多。其中一个原因是她从前就不太喜欢和大家一起出去,有时间宁可窝在被窝里刷番剧。不过现在只要高木木参加的聚会,她都尽可能一起去,她想在离开前多积攒一些回忆。

聚会的种类很重复,吃饭,密室逃生,主题乐园……除了有一次在恐怖屋辛丸子尖叫太过,把扮鬼的演员也吓得尖叫了之外,大多还是很有趣的。

但是福不是祸是祸躲不过,在聚会中必然会出现的项目还是来了,电话里高木木在说出"KTV"三个字时,就已经开始笑了,辛丸子哭笑不得地说:"我还是不去了吧……"

"来吧,反正大家都清楚,你可以不唱的嘛。"

辛丸子只有初中时去过一次KTV,在她唱了一首歌后,其他人就死死抱住了话筒,坚决不让她再碰。从那以后只要是去KTV就没人再邀请她了,她也有自知之明,没有再去过。

"我收拾一下东西,明天要回家了。"她犹豫了一下还是想拒绝。

"这次都是熟人,大家可能都是最后一次聚了,过来吧。"高木木向她抛出终极诱惑,"明天我送你回家。"

辛丸子忍俊不禁:"我还不知道你,你肯定是又想吃我妈做的虾了。"

"说得就好像你少吃了一样,每次我不都兢兢业业做着剥虾机器吗?"

话说到这分上,辛丸子也只好答应下来,过了大约十年,再一次走进了 KTV 的包厢。不少人对她在校庆时的歌喉仍旧记忆犹新,所以也没人怂恿她点歌,她的重点就是坐在那里吃吃喝喝。

不过高木木就没这么容易被放过了,大家起哄着要他点首甜蜜的歌,毕竟他俩是全系唯一一对马上要修成正果的。

高木木也没推辞,点了一首叫作《Marry me》的英文歌,歌词每一句都甜得让人牙疼。

When I think of all the years I wanna be with you/ 我想每一年都与你陪伴相守,
Wake up every morning with you in my bed/ 早上醒来有你相伴在床边,
That's precisely what I plan to do/ 这是我确切想做的。
……
And if I lost everything/ 如果我失去了所有,
In my heart it means nothing/ 在我心里那些都是微不足道的,
Cause I have you, girl I have you/ 因为我有你,宝贝我还拥有你。
……
I'll say will you marry me/ 你愿意嫁给我吗?
I swear that I will mean it/ 我发誓我是认真的。
I'll say will you marry me/ 你愿意嫁给我吗?
……

他每唱一次"marry me",就有人代替辛丸子答"I do",大家嘻嘻笑笑只顾热闹,都没有注意高木木唱得如何。只有辛丸子在认真听,在她看来这是一首极其难唱的歌,轻快跳跃的节奏,加上密集的英文歌词,辛丸子尝试哼了一下,根本找不到调子。可高木木居然唱得那么好,气息均匀,拍子准确,他握着话筒的模样自如而专注。

如果放在从前,辛丸子大概会嫉妒,然后抢过话筒合唱一句,把场面搞砸。可眼下她听着好听的歌声,看着屏幕上每一句为她而唱的歌词,心中一阵一阵涌起的难过终于灭了顶。

"不结婚了……"她嘟囔了一句,但音乐声音太大,谁都没听见。

辛丸子突然站了起来,冲到了电视前面,吸引了所有人的视线,她微耸着肩双手在身侧握拳,气沉丹田喊了一句:"我决定了,我们还是不要结婚了!"

然后在一片哗然中,她拉开 KTV 沉重的门跑了出去。

刚跑到电梯门前就被高木木追上了,高木木扯着她的胳膊把她拉进了没人走的安全通道里。还没等她反应过来,高木木的一只手已经拍到了她脑袋旁边的墙上。

"你什么意思?"这是有史以来第一次辛丸子觉得高木木生气了。

虽然是以这种姿势生气。

"我说了,"安全通道的感应灯灭了,但还是能看清彼此,反而觉得更加暧昧不清,她不敢直视高木木,把脸扭向一边,"我思前想后,我们还是不该结婚。"

"你给我仔细讲讲,前后都是什么?"

突然被他如此问,辛丸子根本总结不好语言,她颤抖着嘴唇,有些气恼。

"说不出来了吧!"高木木把另一只手也撑到了墙上,更加逼近她,眼镜片在黑暗里折射出一道光,"承认吧,你就是看我唱歌好听,嫉妒我!"

"……哈?"

"你说说你,嫉妒心怎么这么重!"

辛丸子忍无可忍,跳着脚还嘴:"你要不要这么自以为是啊!会唱歌的人一抓一大把,有什么值得嫉妒的!我这才叫特色!人家苏严还专门喜欢我五音不全呢!"

高木木挑了挑眉:"哦?还想着苏严呢?"

"……看看、看看,这么小心眼!"辛丸子梗了梗脖子,"这可还没结婚呢！"

"这不叫小心眼，这叫在乎，好不好？"

"哼哼，控制欲裹上一层彩色糖纸就叫在乎了！"

"那我现在给胡苏打个电话。"

说着高木木撤了手，真的掏出了手机，辛丸子一把按住他的手，瞪大了眼睛威胁："你敢！"

高木木顺势反手，把她拽进了怀里。辛丸子心脏扑腾腾跳，一时间什么都忘了。直到听见高木木无可奈何地问："那还结婚吗？"

她才意识到他俩跑题太远，连吵嘴的起因都忘了。可是她刚开口哼了个"b……"的发音，高木木就把拦在她腰上的手臂收得更紧了一点。她的心里梗了一下，终究什么都没再说出来。

只不过辛丸子在黑暗里轻靠在高木木的肩头，眼睛红得像只兔子。

被人爱着，太过幸福，居然也会让人想哭。现在辛丸子可以相信少女漫里那些矫情死人的心里状态描写，全部都是真的了。

第二天高木木陪着辛丸子回家，一路上两个人气氛奇怪，很少说话。其实辛丸子不太懂高木木为何一定要送她，她家并没有多余的地方给他睡，高木木如果不想惊动舅舅舅妈，就只能去住旅馆。她忍不住想，或许高木木是有预感她有话要说。

只不过到了家就由不得他俩别扭了，妈妈早已拿高木木当了自家人，把她从小到大的糗事翻来覆去地说。吃完饭待到很晚，辛丸子送高木木下楼，她站在楼门口，一再地深呼吸。

"我有话要说，"她终于还是说出了口，"我觉得这样不行。我们都不知道未来如何，我可能一去三四年，我可能留在那里工作，那么多那么多的不确定，你没有义务背负……"

辛丸子说了半截自己就停住了，这话怎么听起来那么耳熟，就好像不久前才说过。她稍稍回忆了一下，就想起微电影里面的情节，原来她一不小心背出了当时的台词。

都怪此情此景和当时几乎一模一样，虽然没有垂坠的紫藤，却有一弯凄凉的月光从他俩的身侧照过来。同样的理由，同样是想分手，导致她不知不觉就说出了同样的台词。辛丸子在心中苦笑了一下，觉得那个编剧也太神了，简直会未卜先知。

她看着高木木，等待着像微电影一样的结局，她甚至已经酝酿起了足以压垮她的崩溃，只等着高木木离开后大哭一场。

可是高木木并没有按台词来，他苦恼地抓了抓头发，重重叹了口气，下定决心似的说："要么，我们生个小孩？"

"……流氓！"

萦绕在周围厚重的乌云被高木木这一发闪光弹全部驱散了，辛丸子瞬间回到了初始状态。

"你居然把哺乳动物这么高大上的能力说成流氓，太过分了。"

"不能你说生就生，我们丢硬币决定怎么样？

高木木一口答应："好啊，哪面是生，哪面是不生？"

"花是我生，字是你生。"

"……"

难得有她能把高木木说得哑口无言的时候，辛丸子特别有成就感，笑到一半才反应过来话题又被岔开了。她踩着脚往前跑了两步，刚想继续，就见高木木从口袋里掏出一块钱硬币，架在了大拇指上。

"你真要丢啊？"辛丸子疑惑地看向高木木的肚子。

"花是梦想，字是爱情，你希望哪面朝上？"

不等辛丸子认真去想，硬币已经翻滚着高高地弹上了天，那其实仅仅是一瞬间，可在她的眼里却变成了慢动作。她看清了硬币每一次的反复，她的心也跟着翻跟头，就像有两个人在里面打架。一开始"梦想"比"爱情"强壮得多，有压倒性的优势，可随着硬币越落越低，"爱情"居然一下踹翻了"梦想"，她发现"梦想"也不过是虚胖而已。

眼见着硬币落到了高木木的掌心，却因为惯性弹了一下，硬是从指缝里滚落了下去。辛丸子的心也跟着猛地一坠,弯下膝盖慌张地想接,却还是没有接住。硬币仿佛成了精,直立着落了地,没有倒下,而是一溜烟就滚进了马路牙子下面的下水道口里。

高木木和辛丸子一直追到井盖边上,亲眼看着它掉了下去,根本无力挽救。两个人蹲在那里,露出了一模一样的困惑表情,转头看着对方,突然相视一笑。

"也许这就是老天爷收了我的一块钱给出的解答,既然无法选择,那就不选了。我们就这样走下去,看看未来结果如何,怎么样?"

从前辛丸子一直觉得命运是一种不可抗力,它决定了人生的道路。可在这一刻她豁然开朗,原来命运这个词的存在是让人们能有一个放过自己的借口,能在左右为难、自我拉扯的时候最终丢下一句"交给命运去抉择吧",就可以心安理得了。

那就交给命运吧。就像命运安排她在那天不明所以地靠近那间安静的书法社,被高木木抓了个正着一样,辛丸子突然想看看,命运还能带他们去哪里,会不会是天涯海角、地久天长。

"回头见。"

她回身跑进楼道口,转身朝高木木笑着挥了挥手。

就在辛丸子得知自己 N1 终于过了的那天,她收到了一份快递,无比精致的盒子里叠放着一件白色的纱裙。没有正式的婚纱那么烦琐,但同样很精致,前面的裙摆是短的,方便走路,后面拖着尾纱。

盒子里附带的卡片写着——恭喜打倒 BOSS,又通一关。PS:拍毕业照那天,记得换上它。

分数是刚下来的,她还没来得及跟高木木说。辛丸子抱着裙子笑得一脸高兴,看来高木木对她还是很有信心的嘛。

她正要试穿,突然在盒子下面又发现了同样的一张卡片,上面写着——别气馁,一次考试不能代表什么。PS:拍毕业照那天,记得换上它。

……连说辞都一次性准备两份！还有像他这么不走心的男朋友吗！

辛丸子吸气到快憋死，终于拉上了拉链。看着镜子里比魔卡少女樱差五十二个巴啦啦小魔仙的自己，宽宏大量地自言自语：算了，看在裙子的分上，饶过他这一回。

毕业的那天阳光特别的好，虽然很热，大家穿着不透气的学士服都大汗淋漓，可每一个人都穿得规规矩矩，不舍得脱下来。在操场上，图书馆外的楼梯上，大门口的雕塑前，大家换着花样拍照，小几届的孩子们带着好奇又羡慕的表情在远处看着他们往高空中丢学士帽。

拍完一轮学士服之后，辛丸子偷偷摸摸去换了婚纱，一走出来就引来了大片的惊呼，吓得她掉头就想回去换下来。一直等在外面的高木木眼疾手快地抓住她，径直扯到了人群中间。

辛丸子余光好像看见苏严想过来和她说话，但刚迈了一步就被墙后面的一只手揪着脖领拽走了，仓促之间苏严只对她竖了竖大拇指。从辛丸子的角度看不到墙后面的人是谁，但看着那只纤细的手，她也能猜个大概。

她情不自禁地笑了。

裙子是挂脖款的，只是露了一点后背，但辛丸子不习惯穿那么少的衣服，紧张得不停摸自己的肩膀，虽然知道很多人在拍她，可她还是做不出最好的状态。

"恭喜我们这一对终成眷属啊！"有人拿矿泉水瓶和卷起的证书当话筒，伸到他俩嘴前面问，"下面是采访时间。第一个问题，请问二位是什么时间，因为什么样的情形而喜欢上对方的？"

这本是个基础问题，之后大家还准备了"第一次牵手""第一次拥抱"之类更难的问题。但辛丸子和高木木两个人同时沉默了，低着头仿佛绞尽脑汁在想，最后还高木木先开口，但听起来很没有底气："呃……反应过来的时候已经喜欢上了，就好像是一直在喜欢着。"

周围一片单身狗的惨叫。

但辛丸子用手肘碰了碰高木木，斜眼问："你根本没想起来什么时候喜欢上我的吧?"

高木木龇了龇牙。

"好啊你,居然还好意思承认!"

辛丸子撸着不存在的袖子,踩着穿不惯的高跟鞋,跌跌撞撞地追着高木木打。

孰料高木木轻盈地转了个身,一脚踩中了她的纱尾,她本来就觉得拉链分分钟要爆掉,只好立刻捂住肚子,两个人就这样翻滚到了草地上,仰面朝天地看着头顶的朵朵白云。

"说实话,你不是也一样没想起来吗!"高木木扭头看着辛丸子,"那些都不重要,重要的是,我们结婚了。以后无论分隔多远,只要在这片天空下面,我们就是在一起的。"

那一刻青草与阳光的味道,周遭所有的声音,都凝结成了不会褪色的底片封存在了辛丸子人生的青春纪念册里。

一个多星期后,当天带着单反去学校的一个男生拍下了一张她和高木木躺在草地上的照片,因为构图完美,舍不得删掉,于是洗出来发到了群里。

"高木木真是有心,而且他的有心是只对一个人的。从一开始他就只跟丸子话多,和其他人都一本正经的。"

群里大段大段在聊高木木,辛丸子因为在准备最后一期的电台节目,所以只是有一搭无一搭地看着。

等到她准备得差不多了,想关掉QQ,却看到当初微电影的编剧发了一条:"我当时还奇怪呢,为什么高木木给我发了好几个红包,非要我用他写的那个剧本,还不署他的名。现在我算是知道了,他那就是给丸子下套呢。先预演一次分手,提前尝过了苦头,等现实中真到了那天再发糖,谁能拒绝得了啊……"

得知了真相的辛丸子一头栽在了键盘上,在显示器的白光中她仿佛看到了长着狐狸耳朵、摇着巨大狐狸尾巴的高木木在对她做鬼脸。不等她龇牙咧嘴扑上去，高木木摇身一变就成了扛着枪的猎人，带着胜利的笑容低头看着她这只一而再再而三掉进同一个陷阱里的蠢狐狸。

"啊……这段婚姻一定是个错误吧！"辛丸子忍不住发出长长的哀号。

那天晚上辛丸子做了她的网络电台最后一期节目，以前她特别怕"最后"这个词，可这一次虽然不舍，可她却觉得未来可期。

"几天后我就要去日本留学了，想要系统地学习一下声优的知识与技巧。所以，虽然不舍得大家，但这会是节目的最后一期。"

她看到了许许多多陌生的祝福，其中不乏对她的声音表示认可并觉得她适合去学的听众。

"还有一件事，"辛丸子轻笑一声，"我结婚了。到现在我都不知道这个选择对不对，我们两个要面临着很长时间异地分居的考验，婚姻其实更像是给彼此留下的一道难解的题。很长一段时间，我都很纠结，怕自己适应不了这种身份的变化。可是现在我想通了，我没有变，我还是我，所谓的变化只是在我的身边多了个并肩而立的人。"

辛丸子突然变了声音，因为模仿的是非常知名且有特点的男声优的声音，并且翻译成了中文，语气节点不同，所以也只能有个三四分相像，不过在外行听来也已经很惊人了。

"《银魂》里面说过，恋爱就是由无谓的东西构成的，无谓的内心纷乱，无谓的不安，无谓的挣扎，无谓的结束。但是，谁会说那都是无谓的事呢？不，人生的全部都汇聚在那些无谓当中。"

放在远处的手机屏幕亮了，辛丸子瞥了一眼，没有立刻拿起来看。

"而所谓结婚就是把错误持续一生。所以我现在一点都不害怕了，对与错是最不重要的，重要的只有现在的选择。在这一刻，我不后悔，就足够了。"

当辛丸子收起所有设备，看完了最后一条留言，她才想起被忽略的手机。她看到了上面有高木木的三条信息。

最早的一条是："怪物小姐，技惊四座。"夸人都是一样的词，她在心里笑着骂了一句。

第二条是:"什么叫把错误持续一生!"

最后一条是:"希望无论过去多久,后悔两个字都与我们无缘。我会为此而努力的。"

七天后,辛丸子在爸妈和高木木的目送下独自登上了飞往大阪的飞机。过了安检后她突然回身高举着手机跳了几下,爸妈都不知道她是什么意思,只有高木木低头看了眼自己的手机。

他以为自己会看见点什么甜蜜告白,结果只有一条——

"敢勾搭其他小姑娘,你就死定了!"

飞机轰鸣着从头顶飞过时,高木木始终仰头看着,在一阵阵的头皮发麻里小声呢喃:怪物小姐,超进化吧!

✦
番外一

在日本大阪的第二年，辛丸子已经顺利进入了大阪动画学院声优部，也逐渐适应了在日本的生活。但冬天里她仍旧只能裹着羽绒服瑟瑟发抖，没办法像其他姑娘光腿穿裙子。她的年纪在学校里算是大的，绝大部分留学生同学都是高中毕业就从国内过来了。

可此时辛丸子才意识到父母坚持让她念完本科并不是浪费她的时间，而是给了她更多的底气，她不那么急功近利，不像一些人总希望在学校里就能被事务所看中，她能静下心来安安稳稳学些东西。

学校的生活丰富而有趣，他们要练主持、舞台剧、脱口秀……他们经常在舞台边上课，大家在一起讨论剧本，分配角色，每每此时辛丸子都会想起在学校时拍的那个不像样的微电影。

过去的回忆无时无刻不在给予她力量。

但除了高木木之外，辛丸子和其他人的联系还是难免越来越少，虽然现在网络很发达，可心与心之间的距离还是无法控制的。好在辛丸子本就不是个人缘特别好的人，大学时的热闹才是意外，所以她也想得开。

然而一天晚上，辛丸子在住处洗完澡，正打算再练一遍词，却看见微信上苏严问她："最近好吗？"

她赶紧回复："挺好的。你呢？"

大四的下半学期起辛丸子和苏严的交流变少了很多，虽然也有结束了广播电台工作后两个人总是碰不上的原因，但认真说来那其实都是借口，在她确定了自己要来日本学声优之后，在她确定了自己喜欢高木木之后，他俩似乎都是有意与彼此疏远。

但时过境迁，如今苏严主动找她聊天，她还挺高兴的。

"我有件事要告诉你，我和胡苏，订婚了。"

"啊？"辛丸子太过惊讶，之后才欢天喜地地打了一排的"恭喜"。

苏严和胡苏的事情毕业前其实辛丸子看出了一点苗头，后来群里讨论过，说他俩的名字很像，还起了个外号叫"苏胡cp"，念起来很像大舌头的"舒服"。只不过因为胡苏当时发的那个帖子，导致她最后在学校里的人缘很差，也没有多少人真的关注他俩。

如今突然听说已经订婚了，辛丸子都不知该怎么开口八卦。

"结婚要明年了，到时候你一定要回来啊。"

"好，就算飞来回，我也肯定参加。但是一定要有好吃的啊！"

"那当然！"

辛丸子忽然想到了一个棘手的问题，她犹豫了半天才纠结着发出去："不过……我去合适吗？"

"有什么不合适的，"

就留着一个逗号发了过来，辛丸子等着苏严继续打字，没想到下一句语气就彻底变了："不合适，你别来！"

她挑了挑眉，哭笑不得地想象苏严输入着半截，被胡苏抢走手机。

"你不要总是欺负苏严。"她选择直接揭穿胡苏。

"我哪里有欺负他，"胡苏也没遮掩，"倒是他，你都跑国外去了，还对你念念不忘。"

风水轮流转，辛丸子这次从胡苏那里闻到了一股酸味。但不等她调笑，就看见胡苏发过来："对了，昨天我回学校找朋友，遇见高木木了，他好像挺受指导员器重。"

辛丸子狠狠拍了一下床，心说高木木胆子大了啊，居然敢不汇报这么重要的事。她急冲冲就要去开电脑审问高木木，手机突然震了一下，她低下头发现对方居然申请了视频通话。

镜头对准之后辛丸子看见了苏严,他焦急地解释:"你别听她胡说,昨天我俩一直在一起,她根本没去学校。"

在苏严的背后隐隐传来胡苏的笑声。

辛丸子恶狠狠做了个抹脖子的动作,不得不承认过了这么久,她还在食物链最底层。

不过,暂时可以饶过高木木了。

"苏严,你的日子也不好过啊……"辛丸子心疼地摇了摇头,"反正你们结婚我俩都会去的,放心。"

苏严回头看了看,胡苏似乎走远了,他飞快对着手机说:"丸子,以前我是真心喜欢你的。"

"我相信。"

曾经的喜欢,在彻底过去之后,是可以坦然当作笑谈的,辛丸子提醒他:"你要小心点,被听到你可是小命不保。"

"不过我不得不承认,我做不到高木木那样。如果当初是我们在一起,当我知道了你的想法,我可能会劝你留下来,我没有那么坚强,能独自面对遥远的未知。比起支撑别人,我更想要别人理解我,支持我。所以最后我逃了……"苏严并没有注意到背后胡苏蹑手蹑脚靠近,但辛丸子可是看到了,她挤眉弄眼踢醒了好几次,但苏严说得太投入,根本没发现。

直到胡苏从后面伸过手,狠狠揪住了他的耳朵,问:"聊得挺开心啊,说什么呢……"

苏严嗷嗷叫着,就要关掉视频。辛丸子几乎笑岔了气,抓紧时间喊了声:"胡苏!"

"干什么?"胡苏用另一只手抢过手机,揪着苏严耳朵那只也没松开。

"当初你发的那个帖子……谢谢你。你们一定要幸福。"

退出视频通话前,她听到胡苏嘟囔"那当然",也听到了苏严的笑声。她走到阳台上,看着漫天的星星想着从前的事。后来她才明白胡苏当时发那个帖子并不是想证明什么，那个帖子造成的直接结果就是激得她醋意大发，彻底了解了自己对高木木的心意，而且还顺便解开了她心里关于高木木对胡苏表白的疙瘩。

当然了，有一件事辛丸子永远都不会让胡苏知道，那就是后来高木木对她坦白了一件事，当初那个表白确实是在打赌。当时高木木想早点离席回去打游戏，但同班男生压着他不让走，最后决定如果他敢去和胡苏表白，他就能走人。

所以高木木才没有说喜欢她，而是编了那样一个听上去很深邃实际上是敷衍的表白词。而被拒绝后转身离开，也是因为打赌赢了，并非伤自尊。

这件事给高木木留下的教训就是感情是私人的事，真的不应该拿出来让众人观赏。他发自内心觉得那个拿别人的感情当赌局的自己很糟糕，因此到了大学他坚持要低调做人，也不太好意思面对胡苏。

辛丸子对此的想法是："你对低调是不是有什么误解？"

"我只是在喜欢你这件事情上高调而已。"高木木反复叮嘱她，"这件事就是我们两个人的秘密，就不要破坏胡苏的骄傲了。"

辛丸子并不是一个很擅长保守秘密的人，不过好在秘密也已经不再重要了，最后大家都获得了幸福。

返回屋子后辛丸子收到了高木木发来的例行晚安。

番外二

"今天出声优见面会的抽选结果,我紧张!"

之前辛丸子买了动画特典 BD,里面有声优见面会的应募券。其实能抽中的可能性是很小的,但辛丸子仿佛有点预感,到了出结果那天居然紧张到不行,特意给高木木打了越洋电话。

"我并不想把我的 RP 贡献给你,让你去见你耳朵里孩子的爹。"

辛丸子没有搭理他,刷开了网站,对照着自己的号码。当她反复确认了 N 遍,终于相信了电脑屏幕上那串号码就是自己时,她抑制不住地尖叫起来。

听这动静高木木就知道结果了,呷醋是假,为她高兴是真。

这是辛丸子人生中参加的第一场声优见面会。对她来说,意义非凡。

现场规模非常大,粉丝们的尖叫像海浪,辛丸子置身其中居然有一种晕船的感觉。如果不亲眼所见是很难理解这种文化氛围的,配音演员不像歌手演员的职业设定是站在人前闪闪发光,声优是站在二次元人物背后的人,他们露在外面的只有声音,他们本人可能没有那么美丽帅气,可在这个场馆里他们受到的尊重与爱戴一点都不比那些明星少,他们就是最闪亮的。

他们只需要在台上闲聊,看图说画,插科打诨,就能引发强烈的共鸣,大家都是知道梗的人,自然而然形成了一个巨大的磁场,将彼此紧紧吸在了一起。

辛丸子不知不觉模糊了视线，她发自内心觉得这一切太美好了，站在这里她更能感受到自己追求的意义。

当辛丸子最喜欢的现场朗读环节开始，声优们不需要进入状态的准备时间，拿起台词本立刻就能变成另外一个人。他们一字排开，各自坐在高脚凳上，配动画的同一个片段，辛丸子注意到他们其实根本没有看前面的屏幕，他们完全研究透了角色，融入了骨血，以至于每一次开口自然而然就踩在点上，连笑声的尾音、哽咽的气音，都恰到好处。

现场彻底沸腾了，即使辛丸子知道其中一些原理，却仍然觉得眼前的一切如同神迹。每个声优老师配的声音都和本音有着天壤之别，却又像自己说话一样自然。果然只有出来看了更大的世界，才会知道原来在小世界里自诩天才的自己是多么的可笑。

可她现在不会一味自卑了，她想得更多的是——努力。

让辛丸子没想到的是，之后的互动环节里，声优们在台上随便点几个观众上台，她会再度被抽中。当时几乎所有人都高高扬着手臂，距离舞台又有距离，所以光扫到她身上时，她居然呆住了。

时至今日，辛丸子仍旧怯场，站在光的下面，在成千人的注视下，她的小腿不断打战。可当主持人开玩笑说她好像快吓哭了时，她还是鼓起勇气跑上了台。

她没有要求牵手拥抱，而是谨慎地提出要求："我现在在大阪动画学院学习声优，我想现场尝试一段，请老师指点一下，可以吗？"

"当然。太好了。"

主持人递了一个女性角色的台词本给她，是非常癫狂的一段。她深吸一口气，努力让自己忽略台下的尖叫，尽可能不发抖地开了口。

自己究竟说得如何，辛丸子其实并不清楚，等她的灵魂回归，听到了震耳欲聋的惊叹。虽然舞台上很亮，但她还是可以看到最前面的几排观众脸上的兴奋与惊讶。主持人站在她身边，和她开玩笑说："这是不是哪个事务所塞进来做出道秀的啊？"

辛丸子的脸瞬间就红了,摇着手想跑下台。台上一个资深声优老师拍了拍她的肩膀,对她简单点评了几句,说了"加油"。回到了自己的座位上后,辛丸子还收到了前后左右非常多陌生的祝福,半天才安静下来,她偷偷抹了抹眼角渗出的眼泪。

散场之后辛丸子往地铁站走,又忍不住给高木木打了电话,一天打两次长途还是从未有过的。可是她太幸福了,太想要和人分享,高木木就是第一个想到的人。

但电话接通后,她又组织不好语言,只是一再重复着:"太棒了,像做梦一样。"

高木木只是陪着她高兴,陪着她笑,毕竟对高木木来说,辛丸子的快乐代表了他们的选择没有错,这就是最好的事了。

"前几天有事务所来学校挑人了,是要去配一个新动画,不过没挑上我。"

"不急,以后机会还有很多。"

"嗯,我不急。"辛丸子在地铁站外的长椅上坐了下来,路灯在她头顶洒下暖暖的光,"不过如果我被事务所录用了,以后就要两头飞了。"

高木木突然感慨了一声:"苟富贵勿相忘啊,老婆!"

辛丸子扑哧笑出了声,这么多年了,高木木还是那么会用不着调来转移沉重话题。

"那你可要多贿赂我!"

"今天给你寄了点水果和一些零食,待会儿我把单号发你。"

正说着,辛丸子感觉到脸上落了两滴凉凉的东西,但并没有下雨,她抬起头,看见灯光下面小小的雪花缓缓飘荡下来。她抬起手,雪花落在掌心就凝结成了水珠,同样也像一场梦。

"下雪了。"她仰着头笑了,可惜高木木看不见,但她相信他能感觉到,"真好。"

冬天的第一场雪,他们在一起。

后记·论声控的养成姿势

究竟是什么时候开始关注声优的呢？其实记不太清楚了，反应过来的时候我已经能够清晰分辨出很多人的声音，说出非常多拗口的名字。

我是看日漫长大的，幼年的记忆被宠物小精灵、数码宝贝、灌篮高手和柯南占据，只是那个时候关注点更多是在画面上，对声音并没有太多的印象。直到长大后，看的作品越来越多，才渐渐留意到动画的演员表。关注得越多就越觉得神奇，声优可以让自己的声音在差别极大的角色间自如跳跃，保留声音中的特点，却又不令人觉得违和。再翻回头去看小时候电视机上的作品，甚至还会发现很多男性角色背后的配音者是女生，比如台版配音的柯南和火影忍者中的鸣人出自同一位女声优。

慢慢的，也开始会和大家一起喊，耳朵怀孕了。才发现原来一个声音听久了，也能住进心里去的。

虽然小说里一直在说声优，听起来似乎更偏向于动漫领域，不过其实是因为辛丸子是一个像从前的我一样的中二少女，我内心更想表达的是对整个配音界的敬意。

近年来影视剧也逐渐开始用演员的原声，反而到了这时大家才逐渐了解到之前配音工作的繁重，以及他们明明是在用声音出演，却鲜少被观众注意到躲在幕后的默默付出。看着越来越多的配音大大们也有了粉丝的追捧，也听说了越来越多中国的孩子进入了日本知名的声优事务所，这样的改变促使我创造了这样的一个女主人公。

辛丸子是个乍看起来不太靠谱的姑娘，但她也是当代年轻人中一个群体的缩影。喜欢二次元的孩子很多，由于他们的特立独行，或是他们的一些不够成熟的行为，导致不理解二次元的人也很多。我想借此表达的是，爱一件事物，愿意为之疯狂，是没有错的。关键是人会为了热爱做哪些努力，如何将这种热爱转化为正向的动力。于是辛丸子从一开始的自娱自乐，慢慢摸索出了意义，从自我怀疑，到树立信心。她的性格没有变，她还是中二，还是缺点一堆，前途仍旧未卜，可她仍然还是变成了更好的自己。

梦想能让变得坚强，变成更好的人。

好的爱情也可以。

遇见高木木之后，辛丸子最大的改变是她"被迫"要走出安全区，直面那些她潜意识里认为是危险的选择。她面对的其实是每个人都会有的抉择，更喜欢的东西在悬崖的另一边，即使不要那个东西，同样可以在悬崖的这一边过安稳的一生，她甚至都不愿意去计算自己能不能跨越悬崖。可高木木却偏要拿着"逗猫棒"，吸引她跳过去，她后知后觉原来难的不是距离有多宽，悬崖有多高，甚至不是对面是不是海市蜃楼的怀疑，而是迈出第一步。

如果是她一个人，她是做不到的。万幸，她不是一个人。

"如果面前有一条路，很难走，但尽头是这一生最想得到的宝藏。有可能，一直走，一辈子都走不到。你说，还要去走吗？"

"找个人陪你一起走。"

希望读到这本书的你们能从轻快的故事里读到对于梦想的坚持，也希望你们都能像故事里的欢喜冤家一样拥有相互理解，相互扶持，不惧怕时间距离，永远相信未来的美好爱情。

也希望所有拥有天赋、怀揣梦想的人，可以不轻言放弃，努力什么时候都不迟。就算最终还是难免会被庸庸碌碌的生活推着往前走，梦想却永远都是灯塔，让心不会偏航。

感谢为这本书付出的所有人，编辑、校对、设计师等等。也感谢选择这本书的你们。

感谢缘分。

默默安然
2018.8